# 緑の毒

桐野夏生

角川文庫
18762

嫉妬はこわいものでありますな、閣下。
そいつは緑色の目をした怪物で、
人の心を餌食にして、苦しめるやつです。

『オセロ』シェイクスピア　三神勲＝訳

# 目次

# 1　夜のサーフィン

水曜日、川辺康之《かわべやすゆき》はその日最後の患者と些細《ささい》なことで口論した。患者は初診で、中年の会社員。安物のスーツはともかく、アボカドをふたつ繋《つな》げたような奇妙な形の眼鏡を掛けているのと、手首に数珠《じゅず》を巻いているのが気に食わなかった。男は、夏風邪を引き、一日だけ熱が出たが今は咳《せき》と痰《たん》が出る、中指の爪が縦に割れたのが気になる、と川辺の眼前に指をかざした。川辺は聴診器で胸部の音を聴いた後、煙草を控えた方がいい、爪のことはわからないから皮膚科に行ったらどうか、と告げた。丁寧に言ったつもりだったが、男の顔色が変わった。

「先生、私は暇じゃないんですよ。さんざん待たされて、言うことはたったそれだけですか。爪を診てくれたっていいじゃないですか」

男は診察用の小さな丸椅子の前でおとなしく揃えていた足を組んだ。勢いが良かったので薄っぺらなズボンがめくれ上がり、毛臑《けずね》が覗《のぞ》いた。川辺は意地になった。

「風邪と関係あるとは思えませんね。専門医に診せるべきでしょう」

川辺は、看護師の栗原《くりはら》に応援してくれないかと目顔で合図したが、栗原は川辺の医者としての器量を試しているかのように口を挟まない。

「先生、みのもんたじゃないけど、爪に大病が表れるとか言いませんか。まず、患者の気にしてるところを診てあげる、そして手に負えないなら他の病院に紹介するのが町医者の役割ってもんでしょう」男は厭味《いやみ》たらしく続けた。「うちの奥さんがここの評判を聞いてきましてね。六時半まで開いているし、川辺先生は若いけど真面目ない い人だって。でも、人の心に食い込むのはどうかなあ」

とうに診療時間は過ぎていた。川辺はカルテに薬名を書き入れ、事務的に頷《うなず》いた。

「すみません。僕の方では抗生物質と咳止《せきど》めを出しておきます。胃の薬はいいですか」

「何だ、コミュニケーション拒否ですか。どこが真面目なんだよ」

男がいきり立った。川辺も言い返す。

「拒否なんかしてませんよ。あなたが勝手に怒ったんでしょう」

「先生ねえ、私は怒ったんじゃない。未熟な診療に対する不満を述べただけです」

疲れた川辺はむかっ腹を立て、「文句があるなら、来なくていいですよ」と怒鳴った。滅多に声を荒らげず、暴言を吐かない川辺にしては、珍しいことだった。

ぶつくさ文句を言いながら男が出て行った後、川辺は憮然《ぶぜん》として立ち上がった。白衣を脱ぎ捨てる。下は黒いTシャツとカーゴパンツ、ヴィンテージのアディダス・スーパースターを履いている。若者ぶった服装が、三十九歳の川辺を更に若く未熟に見せてしまうのはわかっていたが、川辺はいまだレア物のスニーカーに血道を上げるような男なのだった。

看護師の栗原が、疲れた顔で川辺の白衣を拾い、淡々と血圧計や聴診器を片付け始めた。無口で表情の乏しい栗原は、川辺と一緒にクリニックを開業した野崎《のざき》が、世田谷《せたがや》区にある心臓外科病院から引き抜いたベテラン看護師だ。何も言わないが、川辺の手際を常に観察し、心中で批判している気がする。当の野崎は六年前に、長兄の急死によって後継者のいなくなった病院を継ぐために故郷の岩手に戻ってしまったから、川辺の手許《てもと》には、クリニックの全権と、野崎の分の借金と、無愛想な栗原が残されたことになる。

川辺は妻のカオルに相談したい、と急に思った。不愉快な出来事があった日は、同業の妻に愚痴を聞いて貰《もら》いたくなる。しかし、カオルは水曜の夜はいつも不在だった。新宿の公立病院で内科医をしている妻は、木曜が公休なので水曜の夜は決まって遅い。カオルだったら、あの患者にどう対処するだろうか。俺の反応は如何《いかが》なものか。あの患者はその後、どういう仕打ちに出てくるのが予想されるだろう。川辺は、心の中でカオルとの一問一答を始めていた。川辺は気付いていなかったが、それは習慣となっている。愚痴と相談から始まって、最後は妻に対する攻撃になることにも。

カオルは川辺の話を聞いた後、コンタクトがはっきり見える出気味の目を剝《む》いて、こう言うに違いなかった。

「無視、無視。患者って、とかくつまらないことを病気と関連づけたがるじゃない。被害妄想かつ誇大妄想だもん。あたしはクレームになるのが嫌だから、一応は診る振りするけどね。公立病院てすぐ投書されて新聞とか動くから大変なのよ。でも、命に別状はないんだから、どうってことないでしょう」

命に別状はない、と言うのは最近のカオルの口癖だ。「命に別状はない」仕事をしている川辺が不満なのだから。

「カオルは現実主義者だもんな」

カオルは、口を歪《ゆが》めるだろう。川辺に何か指摘されるのが不快なのだ。

「あたしは仕事をやりやすくしたいだけ。患者って常に医者に依存しようとする存在だからさ、依存させればいいのよ。そうすれば失点は免れる。医療現場で揉《も》めても仕方ないわよ。あなただって商売なんだから、少し融通利かせたら」

自信満々の妻。現実主義者というより、要領のいい女。川辺はおそらくここで、カオルの不思議な顔を感嘆して眺めることになる。眉《まゆ》とふた重瞼《えまぶた》の大きな目の関係は少々バランスを欠いている。眉と眉、目と目、そして眉と目が離れているのだ。鼻は低く胡座《あぐら》をかいている。膚《はだ》は滑らかで色黒。美人ではないが、ベトナムやカンボジア辺りの女に間違えられる容貌《ようぼう》は女らしくて魅力的だ。体も大きく、全体に豊かな感じがする。ただし、服のセンスは悪いので、いつも川辺が選んでやることにしている。普段は知的で愛らしく、決める時はセクシーな服がいい。現実的で、目的のためには何でもする強《したた》かなカオルに似合う服を選ぶのは川辺の喜びだった。

「カオルは勤務医だからいいよ」

カオルは絶対に反駁《はんばく》する。

「何よ、それ。開業医の方が気を遣うってこと?」

「そうだよ。男の患者はたいがい俺を試そうとするんだよ。特に俺って若く見えちゃうからさ」

川辺の声は声量がないので、自信なさげに聞こえるだろう。カオルはぺちゃんこの鼻をうごめかして笑う。

「あなたの被害妄想、甘えだよ。女の方が試されること多いよ」

「違うね。男は大変だよ。他の男の医者だって、きっとそう思ってるよ」

川辺は誘導し、カオルの顔色を窺《うかが》う。次の瞬間、カオルの脳裏に何が浮かぶかが想像できる。他の医者、玉木《たまき》。いや、カオルの頭の中には常に玉木しかない。あらゆる場面で玉木と川辺を比較し、結論を出している。カッコいいのは川辺、服装のセンスも川辺、金を持っているのも川辺、肉体が逞《たくま》しいのも川辺。でも、セックスは玉木。「命に別状ある」、凄《すご》い仕事をしているのも玉木。玉木は、賢いカオルをねじ伏せるだけの強い考えを持ち、性的にもカオルを満足させられる。今頃、二人はシティホテルではなく、新宿の外れの安いラブホテルに入り、ワインではなく、缶ビールを飲みながら今日一日を振り返り、互いの仕事について意見を述べ合っていることだろう。それとも、忙しい玉木のことだからせかせかとセックスか。あいつは限られた時間内で何度カオルを抱けるのか。

そこまで妄想した川辺は急に息苦しくなり、クリニックの廊下の壁に手を突いて息を吐いた。嫉妬《しっと》の発作が襲ってきて、立っていられないほど腹の底が重く、むかついた。が、川辺はその感情を抑え、別のものに爆発させる余裕もある。川辺はカオルと結婚して以来、嫉妬と共に生きているのだから。大きな波、小さな波。いずれの波も川辺を激情の沖合にさらっては、日常の岸に押し戻す。そのスリル。それがカオルという浮気な女を手に入れたことの対価なのだ。しかし、今度の波はでかい。川辺はサーフィンをしている気分になって、バランスを取った。

「院長、サーフィンの練習ですか」

「え、院長ってサーファーなんですか」

若い女たちのからかう声がしたので川辺は体を起こし、作り笑いをした。クリニックのスタッフはすべて女性だ。だから、川辺はどんな時でも機嫌のいい顔をしてしまう。

「そうだよ」

川辺の嘘に笑いながら、受付事務の井上《いのうえ》はるかと青山秀子《あおやまひでこ》がこちらに向かって歩いて来た。ショートカットの井上は、ライセンス生産のジーンズに、無印良品の半袖《はんそで》グレーのポロシャツだ。ジーンズは、ジーンズメイトででも買ったのだろう。

ロングヘアの秀子は、お姉様風のピンクのワンピースだ。ヴィトンのボストンを後生大事に提げ、国産のサンダルを履《は》いている。秀子の着ているワンピースがナースの制服に似ているので、川辺は違和感を覚える。クリニック勤めの若い女が、わざわざナースめいた格好をするのは、男に受けるからか。それとも、秀子は病院事務という自分の仕事に良いイメージを持っているのだろうか。

川辺がまじまじと見ているため、秀子は羞《は》じらって下を向いた。秀子は美人で化粧も巧《うま》いが、自分の美しさに十全の自信を持っていない感じが川辺は好きではなかった。ましてや、病院好きな女なんて嫌だ。以前、カオルから秀子に関する噂を聞いたことがあった。

『あなたのクリニックに青山って女の子いるでしょう。その子、野崎さんと付き合ってるって本当？』

『何で知ってるの』

カオルは答えなかったが、その顔に一瞬不快そうな色が浮かぶのを見て、川辺はカオルが野崎を好きなのだという確信を持った。以来、秀子が忌むべき存在になっている。野崎が夢中になるとしたら、自分の傲慢《ごうまん》な妻、カオルでなければならないのだ。野崎と秀子がカオルを苦しめるなどもっての外で、カオルが秀子と比較されるだけでも不快だった。

野崎は、大学の同級生だった。サラリーマンの息子の川辺が、クリニック開業資金を作るのに、莫大《ばくだい》なローンを借り入れて四苦八苦したのに対し、野崎は親に全額出して貰った。何事にも鷹揚《おうよう》な男だから共同経営者としては何の不満もなかったのに、川辺が密《ひそ》かに野崎を憎むようになったのは秀子のことがあったからだけではない。たまたま東京に来ていた野崎が川辺に、カオルと玉木の仲を注進したことがあった。

『ちょっと言いにくいんだけど、新宿でカオルさんを見かけたんだ。中年男と一緒だった。あれ、放っておいて大丈夫かな。手を繋《つな》いでたよ』

その時、野崎の眼の中に暗く愚かなものが見えた。嫉妬。嫉妬。川辺は腹立たしかった。嫉妬は、川辺にだけもたらされる権利なのだ。嫉妬は、卑小ではあるが、巨大で偉大な感情でもある。自分を蔑ろにされる屈辱に堪えながら、相手と自分の心の裡を覗こうとする意思が、怒りの感情と戦うせめぎ合い。その暴力的なパワーを統べるのは知性しかない、というのが川辺の持論だった。嫉妬に駆られる度に、川辺はハワイのノースショアで砕ける大波を連想した。愛情と憎しみの間でバランスを取るサーフィン。だから、川辺は凡庸な野崎を侮蔑《ぶべつ》したのだ。

「院長、さっきの患者さんですけど、処方箋《しょほうせん》を破いてしまったんですよ」秀子は完璧《かんぺき》に描いた眉を寄せて、川辺に訴えた。「あたし、びっくりしちゃいました」

「あ、そう。診察室で揉めたんだよ」

「聞こえてきました」

秀子は心配そうに頷《うなず》いたが、井上が横から口を挟んだ。

「どうってことないですよ。お金はちゃんと払って貰《もら》いましたから」

川辺は井上の強気が嬉《うれ》しくなり、秀子を無視して井上の肩を叩《たた》いた。

「そうそう、それでいいんだよ。それで行こうよ、井上さん」

秀子は自分の何が川辺に気に入られなかったのかと悩むことだろう。悩め悩め。川辺は、野崎の遺《のこ》した栗原と秀子を、早くクリニックから駆逐したいと思った。

川辺は、黒いボルボのエステートワゴンで自宅に戻った。借金だらけだが、川辺の金遣いは荒い。駐車場から自宅玄関まで歩く間、西武新宿線の電車の音を聞いた。今夜はあの電車に乗って夜の街を彷徨《さまよ》う。水曜の夜は家にいたくない。川辺は、電車の暗い窓に映る打ちひしがれた自分の顔を思った。嫉妬に苦しめられ、何かを求めて夜の街を歩く自分。だが、その想像は甘美だった。

「お帰りなさい」

鍵音《かぎおと》を聞き付けたのか、内側からドアが開けられた。カオルが照れ笑いしている。

「あれ、どうしたの」

妻がそこにいる喜びと、不在によって生まれ、膨れ上がる妄想が断たれたことへの失望が同時に渦巻いた。

「予定変更」

カオルは不機嫌そうに肩を竦《すく》めた。相手に仕事が入ったのだろう。帰って来たばかりらしく、先週の日曜に一緒に買った、ジル・サンダーの焦茶のドレスを着ている。色の浅黒いカオルにはよく似合う。こんな素敵な女の医者がどこにいる。川辺はカオルに対する愛情がいや増すのを感じた。だが、金のピアスは、去年のカオルの誕生日に玉木が贈った物だった。

あの夜、上気した顔で戻ったカオルの耳に、見たことのないピアスが光っていた。新宿の地下街で売っているようなピアスなんかするなよ、カッコ悪い、と川辺は声を荒らげたからよく覚えている。カオルは何て言い返したっけ。『これがあたしの趣味なの、悪い？』。この男があたしの趣味なの、悪い？　と聞こえた。始終ピアスを片方なくす癖に、カオルはこのピアスだけは大事にし、水曜にしか付けない。川辺は、カオルの鈍感さが憎たらしかった。

「そう、俺は出かけるよ」

川辺はさり気なさを装って、カオルに告げた。カオルの顔に安堵《あんど》が刻まれたのを確認し、ひりつくような痛みと爽快《そうかい》さを感じる。

「何だ、久しぶりにご飯を作ろうと思ったのに」

「へえ、何を」

「たいしたもんじゃないよ」カオルは鼻に皺《しわ》を寄せる魅力的な笑いを浮かべた。「パスタとか、そんなもん」

「ごめん、お前いつも水曜の夜はいないじゃん。だから、予定入れちゃった」

川辺は、シャワーを浴びた。診療の後はシャワーを浴びないと、幼児の強いウィルスや細菌が体を覆っているようで気持ちが悪い。特に今日は、アボカド眼鏡の男が発した悪意が、べっとり張り付いているような気がする。

浴室を出たら、カオルはとっくにショートパンツに着替えてソファに座り込み、新聞のテレビ欄に目を通していた。玉木から貰った安物のピアスは大切に仕舞ったのか、もう姿を消していた。カオルは川辺の裸体をちらと横目で眺めた。川辺は締まった体に自信がある。視線を感じて胸を張った。

「どこに行くの」

「ジム」

そう、と興味なさそうに頷き、カオルは傍らの白ワインをひと口啜《すす》った。ポニーテールにまとめたカオルの頸《くび》が一層細く見えた。両手で頸動脈《けいどうみゃく》を絞めたらどうなる。その想像が、川辺のペニスを硬く屹立《きつりつ》させた。カオルに見られたくないので、川辺は慌ててタオルで前を隠した。二人がセックスをしなくなって三年近く経っていた。カオルが玉木と付き合い始めた頃だ。

川辺は西武新宿駅で降り、牛丼を食べた後、タクシーを拾った。西新宿にある公立病院の名を告げる。

「どうします。この時間ですから、正面に着けても開いてるかなあ」

運転手がダッシュボードの時計をちらと認めて呟《つぶや》いた。午後九時二十分。川辺は歌《か》舞伎町《ぶきちょう》の絶えない人混みを眺めながら答えた。

「いや、通用口。というか救命救急センターの方」

カオルの勤める公立病院には、何度か行ったことがあった。まだ二人が新婚の頃、カオルを迎えに行ったのだ。

「あの病院も古いですよね。救命センターは確か中央公園側でしたっけ」

運転手がのんびり言う。そうそう、と適当に相槌《あいづち》を打って、川辺は黒いキャップを目深に被《かぶ》った。

カオルの浮気相手が玉木という名で、同じ病院の救命救急センターに勤める医師だと知ったのは、クリニックにかかってきた匿名電話によってだった。中年女の声だった。明瞭《めいりょう》な発声をすることから、看護師かもしれないと川辺は思ったが、看護師がこんなことをするだろうかと自信はなかった。

『川辺先生でいらっしゃいますか。余計なことですが、ご存じないでしょうから、お知らせしておきます。お宅の奥様が救命センターの玉木先生と不倫しています。玉木先生も既婚ですから、じきに騒ぎになりますよ』

『それはわざわざどうも、恐れ入ります』

川辺は、野崎から聞いていたことなどおくびにも出さず、驚いた風を装った。

『奥様の監督をよろしくお願いします』

『はあ、申し訳ありません。ところであなたは？』

『言えません』

馬鹿げた会話だったが、電話を切った後、川辺は考え込んだ。カオルに男がいることはとうにわかっている。相手の素性を知ることができたのはめっけものだったが、問題はどういう関係者が何の理由で密告してきたかということだった。

病院は女の園だ。看護師、受付、事務、検査技師、薬剤師。男の医者はとかく女たちの噂の種になることを覚悟しなくてはならない。まして、玉木はカオルが好きになるほどだから、さぞかしもてる男であろう。しかも、野戦病院並みの判断力と行動力を要する救命救急センターの主任だという。玉木の専門には、どこか男臭いカリスマ性が匂った。

一方、カオルも目立つから、女たちの好奇や嫉妬《しっと》の的になっているはずだ。美人医師と野戦病院。二人が無自覚無頓着《むとんちゃく》なだけで、実は二人の行動の一部始終を周囲から鵜《う》の目鷹《たか》の目で観察されているに違いなかった。そんなことも露知らず、二人は互いに心を燃やし、逢《あ》い引《び》きを重ねている。川辺は馬鹿だなあと思った。

川辺の嫉妬が、ゲームに似た余裕があるのも、想像に広がりと奥行きをもたらしているのも、実は嫉妬する側が孤独ではないからだった。恋する二人を包囲する網がきつければきついほど楽しい。攻撃という出口さえ見出《みいだ》せば、嫉妬は容易に愉楽に転じるのだ。密告者は、玉木を好きな女の一人かもしれないし、玉木を憎む女かもしれないというわくわくするような妄想。劇的にしようと思えば、玉木の妻本人ということも考えられた。はたまた、少女マンガ風にカオルのライバルの女医から、ということも有り得るし、ただの騒擾《そうじょうず》好きとも考えられた。川辺は、嫉妬に苦しむ玉木の愛人からの電話、しかも師長、という病院政治絡みの仮説が最も気に入った。つまりは、この一本の電話も、川辺を興奮させ、妄想を膨らませる、いい材料になったのだ。

そこでいいよ、と川辺は救命救急センターを見渡せる位置で車を停めた。センターの前に救急車とパトカーが停まっている。サイレンを止め、屋根の上の赤いライトだけがくるくると回っているのが不吉だった。救急車の後部ドアから、救急隊員が担架を運び出している。物見高い連中が何事かと駆け寄って行くので、タクシーを降りた川辺も、これ幸いとさり気なく群衆の中に混じった。

センターの観音扉《かんのんとびら》が大きく開かれ、男の医師が一人と看護師二人がストレッチャーを押して飛び出て来た。あいつだ。顔はとっくに名簿で確認している。川辺はできるだけ側に近付き、玉木を凝視した。その距離、二十メートル。玉木は二枚目だった。昔の新劇俳優のように鼻が高く、眉《まゆ》が濃い。その整った顔立ちはまるでテレビ番組の役者のようで、野次馬を興奮させるに足る。

担架に乗っている怪我人は血だらけで、微動だにしなかった。それを見て、見物人がわーっとたじろいで後退《あとずさ》る。玉木は、動かすなよ、動かすなよ、と叫んでいる。大きな声はよく通る。確か四十二歳の働き盛り。カオルが三十五歳だから、七歳年上。玉木がカオルを支配しているのだろうか。若いカオルが玉木をあしらっているのか。ナイスカップルには違いなかった。川辺は背負っていたプラダスポーツのリュックサックからデジカメを取り出し、救急車を撮る振りをして、こっそり玉木を撮影した。他にも数人、カメラ付き携帯で修羅場を撮っている人間がいる。

「フォールです」

救急隊員が叫び、玉木が頷《うなず》く。自殺か、事故か。どのくらいの高さから落ちると、あんな血塗《ちまみ》れになるのか。頭が砕けているのか。物見高い見物人は、再びじわじわと包囲の輪を縮めた。玉木は大声で看護師やインターンに指示を出している。救命救急センターの仕事が好きな奴は、俺のようにアボカド眼鏡に悩む暢気《のんき》な医者ではない、と川辺は思った。瞬間の判断力を好む勝負師みたいな奴らだ。キセツ（気管切開）だの、イーシーティーだの、イーシーエルだのと符丁で怒鳴り合っている連中。

カメラ付き携帯で撮影していた男が傍らの女に囁《ささや》いたのが聞こえた。

「すげえ、テレビみてえじゃん」

「マジ、カッコいいね」

「こういうのって、ほんとなんだな」

玉木の頭髪は硬くぱさついていて、整髪料を付けた跡もない。白衣の下は襟首の緩んだ白いTシャツ。野暮なコットンパンツの裾《すそ》はほつれている。きっとスーパーでも買ったんだろう。そして、体育教師でさえも履かない紺のスニーカー。どうにもいじれないほどださい格好が、逆に臨場感を醸し出していた。警察官が、玉木に何か聞いてボードに書き入れている。玉木は髪を掻《か》き上げながら答えている。玉木の白衣の上から、背中の逞《たくま》しい背筋が動くのがわかる。川辺は、その背に組み敷かれるカオルを想像し、鳥肌が立った。

ストレッチャーは玉木を残して、とうにセンターの中に消えていた。怪我人はおそらく駄目だろう。玉木の落ち着きが被害者の死亡を物語っていた。玉木の横顔に患者を救えなかった寂寥《せきりょう》は漂っていないか。それとも、次に備えて心を整えているのか。川辺は熱心に首を伸ばして、カオルの恋人を見つめ続けた。

もう一台、救急車が到着した。またも玉木が真っ先に現れた。仕事熱心に見えるが、玉木が観客を意識しているのは明らかだった。白衣の袖《そで》を腕まくりし、今度は聴診器を首に下げている。交通事故の被害者らしい。救急車から被害者のものらしいヘルメットを抱えた救急隊員が降りて来たから、バイク事故だろう。玉木がストレッチャーに寄り添って、被害者に何か言っているが聞こえない。意識はアラート（清明）ってか。パトカーが到着して、警官がセンターの中に入って行く。事情聴取。また一台救急車。ストレッチャーで運ばれる被害者。真っ先に飛び出る玉木。同じことが慌ただしく繰り返された。

川辺は去ろうと思ったが、その気になれなかった。玉木の一連の動きに魅せられていた。観客を意識してあっちに走り、こっちに歩み寄り、怒鳴り、指示し、挫《くじ》け、勝つ男。ひと晩に何回繰り返されるのだろうか。明らかに、玉木はこの場の主役で英雄だったが、果てしのない分、道化でもあった。だからこそ、カッコいいのだ、と川辺は思った。玉木の道化の能力と、その軽佻浮薄《けいちょうふはく》なサービス精神に感心していた。玉木はきっと、救急医療の現場だけでなく、女に対しても格好つけて振る舞うに違いない。疲れることを己に禁じている男。性的な様子まで想像できる気がして、川辺は密かに興奮した。一方、カオルは玉木が道化だと知っているのだろうかと疑念が湧いた。

一時間以上経った。救急車が途絶え、見物人はどこかに散った。川辺がなおもセンターの前に佇《たたず》んでいると、玉木が一人で表に出て来た。玉木はどんより曇った西新宿の空を見上げ、ポケットから煙草を取り出した。一服しながら、携帯電話をかけている。相手はカオルだろう。川辺は耳を澄ましたが、声は聞こえなかった。玉木は機嫌良く、談笑している。川辺は玉木から少し離れ、カオルに電話してみた。キャッチホンのはずなのに、カオルは出ようとしない。俺からだと知って出ないつもりなのだ。川辺の心に、暗く重く、湿った低気圧のような嫉妬の雲が広がった。ぶっ殺してやりたい、酷《ひど》い目に遭わせたい、という攻撃性。だけど、それをしたら嫌われる。常に超えられない境界線を眺めている。それは嫉妬の主症状だった。川辺は、自分の眼前にお前の浮気相手がいる、とカオルに告げてやりたい衝動に駆られた。

玉木のよく通る声が響いた。が、声音は甘く切実だ。

「じゃ、土曜に会おう。行きたいとこある？」

土曜の夜は、カオルは川辺と映画に行く約束していたのに。だが、川辺は肩を竦《すく》めた。土曜の夜に二人の後を尾《つ》ける、という新たな楽しみを考えだしたのだ。電話を終えた玉木が振り返って川辺に気付いた。眉を顰《ひそ》め、心配そうに聞く。

「ご家族の方ですか」

川辺は玉木を見つめながら、首を横に振った。

「いや、野次馬です。先生がカッコいいから、立ち去りがたくて」

「そんな綺麗《きれい》ごとじゃないです。時間との勝負ですからね」

玉木は、存外、人の好《よ》さそうな笑いを浮かべた。耳を傾けてくれる人間だったら、いくらでも喋《しゃべ》りそうな明るさがある。

「そうしないと、命に別状ありますもんね」

川辺の意味不明な言葉に玉木はきょとんとしたが、気を取り直したらしくこう言って、遠くを眺めた。

「ま、事故に気を付けてくださいよ」

その視線の先に、遠くの角を曲がる救急車が見える。玉木の顔に、瞬時の際どい勝負に酩酊《めいてい》する快楽が露《あら》わになってきたのが認められた。川辺は、玉木が最も好むのはカオルではないのかもしれない、と思い、落胆した。嫉妬心《しっとしん》が萎《しぼ》むのが怖ろしいと思ったのは、これが初めてだった。

川辺は汗を拭《ふ》き拭き、暗い方南《ほうなん》通りをあてどなく歩いた。星の見えない蒸し暑い夜だった。途中、道幅の広がった部分から、渋谷《しぶや》区本町《ほんまち》の住宅街に折れた。案の定、小さな木造モルタル塗りのアパートがぎっしり並んでいた。女好みの白いワンルームマンションがあったので、玄関から郵便受けを覗《のぞ》く。名字しかないので女の名前かどうかわからない。最近は、若い女たちも用心深く、女の一人暮らしを悟られないように粉飾を凝らしている。だが、どこかの部屋から浜崎《はまさき》あゆみの歌声が流れているのをキャッチした。川辺は知人の部屋を探す顔をして、階段を上った。二階の端から、その音が流れている。微《かす》かにドアが開き、暗い廊下に明かりと音が洩《も》れていた。その部屋の住人は、無防備なことにチェーンを掛けたままでドアを開け、夜風を入れてくつろいでいるらしい。川辺は足音を殺して近寄り、中を覗いた。見付からないか、と激しく胸が高鳴った。

若い女の投げだされた脚が見えた。脚は太く、白い。女はテレビを点《つ》けっ放しにして、足の爪にネイルを塗っている最中らしい。立ち上がって、部屋の隅に向かう女の後ろ姿。死角になるので見えないが、冷蔵庫から飲み物を取り出すような音。やがて戻って来た瞬間、ちらりと顔が覗けた。長い髪をして、童顔の若い女だった。二十三、四歳か。ヒスグラに憧《あこが》れつつも、金がないのでコピーで我慢している風の安っぽい女だったが、ずんぐりした太めの体型が好みだった。今はチェーンを掛けているだけで安心しているのか、Tシャツとピンクのショーツしか穿《は》いてない。部屋の散らかり方からして、男はいないだろう。男が帰って来るのが一番困る。

川辺は再び外に出て、道路から今の女の部屋を見上げた。お飾りのような貧相なベランダ越しに窓が開いているのを確認する。洗濯物も干したままだし、ゴミの袋も雨《あま》晒《ざら》しだった。だらしなさそうだから狙い目だ。川辺はマンションの玄関に戻って、マンション名と町名をデジカメで撮影した。後日来た時、探しやすい。

川辺は獲物になりそうな女を探して、あちこち歩き回った。午後十一時過ぎ。そろそろ、真面目な一人暮らしの女たちが眠りに就く頃だ。玉木と会えなかったカオルも、ベッドに入ってオナニーでもしているかもしれない、玉木とのセックスを思って。玉木の背筋を思い出した途端に、勃《ぼっ》起《き》した。川辺はせかせかとさっきの女のマンションに戻った。朝が早いので帰りたかったが、どうでもいい気分になっている。

川辺は人気のない暗い道に蹲《うずくま》り、リュックの中の道具を点検した。すぐ使う物はカーゴパンツの大きなポケットに入れる。女のマンションに行くと、思った通り、部屋は暗くなっていた。下の部屋は借り手がつかないらしく、カーテンもなく真っ暗だ。絶好のチャンスだった。

川辺は手袋をして一階の部屋のベランダに手を掛けた。人通りのないことを確かめ、懸垂の要領で二階のベランダによじ上る。自慢のヴィンテージ・プーマ、スエードのブルースターを脱いで丁寧にリュックサックに仕舞い、女の部屋に忍び込む。

女は窓を頭にして狭いベッドで眠っていた。小さな懐中電灯で足元を照らす。ジーンズやTシャツが散らかり、生理ナプキンが転がっている。それらを足で除《の》け、パンツの尻《しり》ポケットに入れておいた液瓶と注射器を取り出す。女が気配を感じてか、寝返りを打ったので、慌てて女の脇腹にスタンガンを当てた。続いて、左腕の静脈を浮かせてセレネースを五ml注射した。これでひと晩は起きない。

川辺は真っ暗な部屋で、気絶した若い女を犯そうとしている。この瞬間が最高だった。見ず知らずの、勿論《もちろん》、好きでもない女を自由に犯す喜び。この時ほど、自分がカオルのような自由にならない妻を愛せる男であることを実感する瞬間はなかった。ぐったりと正体のない女から、Tシャツを脱がせ、ショーツをベッドの下に落とす。女は川辺が両脚を開いても、全く気付かない。川辺は服を脱いだ。街灯の明かりで、部屋の壁に立っている川辺の姿が歪《ゆが》んだ影絵となって映った。勃起《ぼっき》したペニスが、股間《こかん》に凶器を持っている怪物のように見えるのが、誇らしかった。

川辺は女の弾力ある固い体にのしかかり、大きな乳首を噛《か》んだ。女は呻《うめ》いたが、眼を覚まさない。今度は両の手で女の乳房を握り締めてみた。少しでも女が濡《ぬ》れないかと思ったからだった。だが、ちっとも濡れないので、持参したゼリーを塗りたくって、女のぬるぬるする股間にペニスをゆっくり埋《うず》めた。膣《ちつ》の抵抗が強いので、それだけで果てそうになるのを堪《こら》え、何度か体を動かす。一度果てたが、カオルがゼリーでオナニーする様を想像すると、川辺のペニスはまたも硬くなった。カオルはどうやって玉木のペニスを舐《な》めるのか。玉木にこんな風に犯されるのか。興奮は怒りの意味合いを帯び、川辺は再び乱暴に挿入し、激しく動いた。女が眼を瞑《つぶ》ったまま、回らない口で言葉を発した。

「どーしてー、ねー、どーしてなのー」

川辺は発作的にスタンガンを、もう一度女の腹に当てた。たちまち女は白目を剝《む》いて黙った。いつの間にか、女の口角から涎《よだれ》が垂れて枕に溜《た》まっている。川辺は果てた後、急に心配になった。心停止したらどうする。睡眠強姦魔《すいみんごうかんま》が女を殺したら、どういう刑を受けるのだろうか。死刑か。だが、女が救急車であの病院に運ばれ、玉木が蘇《そ》生《せい》させることを思うと、笑えてきた。

川辺は裸の女をほったらかしたまま、部屋の鍵《かぎ》を開け、廊下から逃げた。指紋も拭いたし、遺留品もない。絶対に捕まるはずはなかった。女自身も朝の気分はひどく悪いに違いないが、おそらく命に別状はないだろう。命に別状、か。川辺は息を吐く。

川辺はこうした強姦を、すでに四回もやっていた。すべて水曜日の夜である。最初の被害者は、学生風の女でさすがに気が咎《とが》めたし、顔も見られたようだったので、逮捕を怖れ、しばらくびくびくと暮らしたものだった。もう二度としない、と思ったのも束の間、時間が経つと再びやりたくなった。

三度目は、どういうわけか見込み違いで中年女が寝ていた。そのため、腹いせに太《ふと》股《もも》に悪戯《いたずら》書きをしたが、レイプはしなかった。以後、気を付けて報道を見ているが、一度も新聞沙汰《しんぶんざた》になっていないので自信がついたのだった。そして、五度目ともなると落ち着き、かなり大胆になっている。

走ると人目に付くので、逸《はや》る気持ちを抑えてゆっくり夜道を歩き、方南通りでタクシーを拾った。後部座席に座ると、ようやく気分が治まった。同時に、何とも言い難い不快感に襲われた。異様な興奮が鎮まり、替わって罪悪感に搦《から》め捕られ始めたからだった。狂乱の波を何とかサーフィンして辿《たど》り着いた岸は泥塗《どろまみ》れだ。女の涎が糸を引く様を思い出し、女の中に放出した大量の精液を思った。ベビーが出来たらどうする。

不法侵入して強姦するなど、鬼畜の行いに等しいではないか。万が一、ばれたら自分の一生は終わりだ。川辺の足が恐怖でがくがくと震えだした。しかし、また一週間もすれば、自分は住宅街をほっつき歩き、押し入れそうな一人暮らしの若い女の住まいを渉猟《しょうりょう》するに決まっていた。終わりのない欲望。いや、カオルが玉木との関係を止めればそれでいいのだった。本当にそれでいいのか。

「石神井《しゃくじい》公園」

行き先を告げる声が震えるので、運転手が振り返った。

「クーラー寒いですか」

「熱があるみたいで」

運転手は何も言わずに前を向いた。川辺は自宅マンションに着くまで震え続け、パトカーが追って来ないかと何度も背後を振り返った。

マンションに帰り着いたのは、午前二時近かった。予想に反し、カオルは、まだ寝室のパソコンでネットを見ていた。ワインがひと瓶空き、顔が赤い。普段滅多に吸わない煙草を吸ったらしく、寝室が煙草臭かった。玉木が煙草を吸うから、カオルも吸うようになったのだろう。健康志向の強い川辺は、煙草の臭いが不愉快で手で空気を払う仕種《しぐさ》を何度もした。思えば、アボカド眼鏡の男と口論になったのも、男がヤニ臭いので嫌だったという理由もあった。

「寝室で吸うなよ」

「ごめん。でも、遅かったじゃない」

窓を開けて空気を入れ換える川辺を、カオルが睨《にら》んだ。コンタクトを外し、上半分が赤、下半分がクリアな眼鏡を掛けている。アジアのどこかの国の国語教師みたいに見えた。ノーブラで大きめのTシャツと短いショートパンツの組み合わせが可愛いかった。カオルはパソコンの電源を落とし、壁の時計を眺めた。

「あなた、何してたの」

川辺は戸惑って答えられない。強姦して帰って来た時、カオルがいたためしはなかったのだ。水曜の夜、カオルの帰宅は明け方だ。

「お前に言われたくないよ」

川辺の反駁《はんばく》に、カオルは悔しそうに唇を噛んだ。川辺は構わず浴室に直行する。カオルが後を追って来て、しつこく問うた。何でこんなに遅いの、何してたの。川辺は乾いたゼリーでべたつく手を洗いながら答えた。

「だからジムって言ったじゃないか」

「どこのジムよ」

川辺は自分の通うジムの名を告げ、腹立たしくなった。お前のせいで俺は犯罪を犯すようになってしまったのに、なぜ俺を責める。今日は下見のつもりだったのに、お前の男を見た故に衝動を抑えられなくなったのだ。お前に、俺の今の惨めな気持ちがわかるか。川辺は苛立《いらだ》ちのあまり、浴室のドアをぴしゃっと閉め、着衣のままシャワーを出した。帰りのタクシーで感じた不安と後悔がいまだ尾を引いているのに、カオルから責め立てられている悔しさ。しかも、この姿をカオルには見られたくなかった。濡れそぼった衣類を苦労して剝《は》がしていると、外からカオルが怒鳴った。

「ねえ、何でパンツ、外で脱がないの」

やっと裸になり、黙ってシャワーを浴びる。眼を閉じる。蘇《よみがえ》るのは、気絶した女の冷たく重い乳房。ぬるぬるの股間。白衣に浮かび上がる玉木の背筋。玉木の背の下で悶《もだ》えるカオルの顔。いろいろなことがありすぎて、頭がパンクしそうだった。川辺はびしょ濡れのまま、浴室の扉を開けた。カオルが待ち構えていて、バスタオルを投げて寄越した。カオルが思ってもいない言葉を発した。

「ねえ、あなた、誰か他の人と会ってるんじゃないの」

川辺は驚いて体を拭《ふ》く手を止めた。カオルが本気で嫉妬《しっと》していることに気が付いたからだった。

「会ってないよ」

「本当なの。あなたのクリニックに、美人の女の人いるじゃない。ほら、青山さんとかいう人。あの人じゃないの」

　意外な展開になった。カオルは秀子に嫉妬している。そうなると嫉妬が輝きを与えるのか、軽侮していた秀子が急に魅力的に見えてくるから不思議だった。川辺を捕まえようと海面で気味悪く盛り上がり、端から砕けて見事なパイプラインを作る嫉妬の大波が、萎《しぼ》んでいくのを感じた。

「あの人ってさ、病院の中で評判悪いんでしょう。何か、MRさんに媚《こ》びたりしてるらしいよ。誰でもいいんじゃないの。あたし寝るからね」

　カオルはそう言い捨てて、寝室に戻って行った。川辺は全裸で居間の椅子にへたり込んだ。誰が秀子のことをカオルに言ったかは、見当が付いている。野崎だ。もしかすると、カオルはとっくに玉木と別れ、また野崎と付き合っているのではないだろうか。野崎は毎週水曜に岩手から出て来るほど暇じゃないはずだった。だが、大病院の院長なのだから、そこは何とでもできるだろう、とまた打ち消す。俺は間違った方向に進んでいたのだろうか。玉木の姿に妄想を膨らませたことを思い出し、川辺は訳がわからなくなった。相手が玉木だと思えばこそ、川辺は睡眠強姦魔となったのではなかったか。玉木という浮気相手を失ったカオルは、急速に生彩を欠いていく。

　翌朝、川辺は早くから起きて昨夜の着衣を洗濯し、ワイドショーを見た。強姦した翌朝は、騒ぎになってやしないかと心配でならない。幸い、テレビで報道されるほどの事件にはなっていないようだが、しばらくは気が気ではない。川辺はデジカメで撮った、女のマンションの看板や住所表示を、早めに削除することにした。

デジカメの画面に、玉木の勇姿が現れた。ストレッチャーの横で、看護師に指示する玉木。カッコいい道化。川辺は、カオルの相手が玉木であることを願っている自分に気付いた。

「何してるの。今朝はゆっくりじゃない」

カオルが寝室から現れたので、川辺は慌ててカメラを隠した。カオルは憂鬱《ゆううつ》そうな顔で朝刊を読んでいる。川辺は、お前は誰と浮気しているのだ、とカオルに直接聞いてみたい衝動に駆られたが、辛《かろ》うじて我慢して立ち上がった。

交通渋滞に捕まり、到着したのは診察時間が始まる寸前だった。いつもより三十分遅い。川辺の姿を見て、受付のカウンターから、薄いブルーの制服を着た秀子と井上が明るく挨拶《あいさつ》した。待合室には、診察開始を待ってすでに十人近い患者がいた。ラコステの黒いポロにリーバイス501XX、ナイキのダンクSBという姿の川辺を、院長だとわからない患者がほとんどだった。

「あ、先生だ」

子供が川辺を見て指さした。その声に、患者たちが慌てて会釈する。どういう訳か、川辺は反射的に秀子を見遣《みや》った。秀子が優しい微笑みを浮かべて川辺を見つめていた。明るい茶に染めたロングヘア。綺麗《きれい》に化粧された顔。羞《は》じらい。秀子が松嶋菜々子《まつしまななこ》に似ている、と患者さんの間で人気絶頂だ、と言ったのは、井上だっけ。それとも栗原だっけ。興味のなかった女が、意識にぐいぐいと浮上してくる。

午前中の診察は、栗原が気を揉《も》んでいるのが痛く感じられるほど、自分でも手を抜いているのがわかっていた。秀子のことが気になって仕方がない。いったい、どんな女なのだろう。カオルが嫉妬する相手だからこそ、自分は嫌ったのに。カオルに失望した途端に、秀子の価値が上がっている。昼休み、川辺は出前の蕎麦《そば》を食べた後、とうとう野崎の携帯に電話を入れてみた。野崎はすぐに出た。

「久しぶりだな。どうしたの」

野崎の声は明るかった。

「今、いいかな」

「俺、今ラウンドだから後でかけ直すよ」

一瞬ゴルフかと思ったが、院長回診だと気付き、川辺は失笑した。診察中でも携帯の電源を切らない、そういう男なのだ。鷹揚《おうよう》の裏返しは鈍い、ということだ。肥えやすい野崎は、ますます太って、貫禄《かんろく》と鈍感を身に付けていることだろう。あんな馬鹿に何を聞こうとしたのか、と自分の迷いにうんざりする一方、迷路に入り込んだ気分だった。自分だけが空回りし、破滅していきそうな危うい予感があった。

川辺は立ち上がり、窓の外を眺めた。近所のファミレスに昼食に行った女性スタッフが財布を片手に帰って来るのが見えた。井上だけがポーチを持っているのは、あいつは煙草吸いだからだ。昨日は井上のさばけた強気が気に入ったのに、今日はもう嫌いになっている。歩いて来るのは、秀子と井上とバイトの女、検査技師の山田《やまだ》、の四人だった。仲がいいらしく、肩を叩《たた》いて笑い合っている。秀子の胸が意外に大きなこと、内股《うちまた》で歩くことに、初めて気付く。秀子を強姦《ごうかん》するとしたら、俺は興奮するだろうか。川辺は自分に聞いてみた。その気はなかった。強姦する相手は、感情の生まれる余地のない他人でなければならない。では、秀子が野崎と本当に出来ていたらどうだ。野崎となんか出来ていたら軽蔑《けいべつ》、だ。

気配を察したらしく、秀子が顔を上げて川辺の方を見た。眼が合い、秀子が眼を逸《そ》らした。男に怖《お》じているのか。それとも媚びか。だとしたら、玉木に恥ずかしいことを強要されたら、お前はどうする。玉木と秀子を結び付けた途端、川辺の心の中に強い芯《しん》が生まれた。それだったら、秀子を好きになれそうだった。秀子が再び眼を上げ、川辺を見つめた。川辺の願望が伝わったのか、挑むような視線だった。また愉《たの》しみが生まれそうだ。川辺は浮き浮きした。

木曜の夜は、休みのカオルが夕食を作ることが多い。帰宅すると、キッチンにカレーの香りがしていた。川辺の大嫌いな、多種類の香辛料を入れた上等なカレーだ。食べる時に必ず、月桂樹《げっけいじゅ》の葉やシナモンをよけなければならないような。川辺は口中に残るカレーの苦味を思って、口を歪《ゆが》めた。カオルが上機嫌でシャルドネを開ける。食卓に着いた川辺に、カオルが言いにくそうに切りだした。

「悪いけど、土曜日は映画に行けないわ」

「何で」

「用事が出来たのよ。医局の飲み会になったから」

川辺は、視線を避けるカオルの魅力的な顔を眺めた。玉木と会うのだろう。どんなに隠しても、意地悪そうな眼が土曜の逢《あ》い引《び》きを思って輝いている。秀子への嫉妬は、俺も自分の支配下に置きたいという単なる我《わ》が儘《まま》だったのか。大きな喜びにくるまれた失望。あるいは、その逆。川辺はカオルに夢中になっている自分に気が付いた。秀子のことなど、とうに忘れていた。

## 2　象のように死ね

「はんざいネット　題：『許せません』投稿者ｓｎｏｏｐｙ（注：五番目の被害者）

私の、すごくすごく嫌で、怖い体験を書きこみます。今でも思い出すだけで、震えが止まらなくなって、涙が出るほどです。そのことがあってから、男の人が怖くなりました。念願の一人暮らしもやめて、実家に戻ってしまったくらいです。こういう気持ちは、喋《しゃべ》っても誰にもわからないだろうし、警察に行ったって嫌な思いをするだけではないか、と一人でずっと悩んでいましたが、ともだちがこのサイトがあることを教えてくれたので、皆さんの辛《つら》い体験を読んでいるうちに、私も勇気をもって、自分の身に起きたことを書いてみようと決心しました。

あれは二カ月前、六月終わりの水曜日のことです。その夜、寝てると、いきなりびりっとショックが来たので、驚いて目を覚ましました。全身が痛いのです。それも、今まで経験したことのない、何と表現していいのかわからない、すごい痛みなのです。起き上がろうとしたのですが、体が全然いうことを利かなくて、動けませんでした。

それだけじゃなくて、両脚が痙攣《けいれん》して突っ張る感じなんです。いったい自分に何が起きたんだろうと、パニックになりました。その時、見たんです。男が、私の腕に注射針を突き刺すところを。恐怖を感じましたが、たちまち気が遠くなって訳がわからなくなりました。

次の日、携帯が鳴っているので目が覚めたら、もう午後でした。電話は、無断欠勤してしまったので、心配した同僚がかけてくれたのでした。具合が悪いから休む、と言って電話を切った後、私は昨夜のことを思い出して、あれは夢だったのかなあ、と考えました。でも、だるくて吐き気がするし、たっぷり寝たのに、まだ眠りが足りないというか、高熱が出た時みたいなぐたっとした嫌な気分でした。いったいどうしちゃったんだろうと思って、ふと自分の姿を見て、すごく驚きました。裸で寝ていたんです。そして、ベッドの横には吐いたものまであって。ああ、あれは夢なんかじゃなかったんだ、と思ったら、ものすごく怖くなりました。左腕に注射の痕《あと》も残っていたから、間違いないです。男が入って来て、私に麻酔かなんかの注射をして、レイプしていったんです。玄関ドアには鍵《かぎ》がかかっていたし、チェーンもして寝てたから、ベランダから侵入して、玄関から逃げたんだと思います。私が起きた時は、玄関の鍵は開いていました。

ともだちは、悪質だから警察に言え、と言うのですが、私はまだ迷っています。そうすれば、家族にも知られてしまうでしょう。母親にはこんなこと絶対に知られたくないのです。妊娠していなかったのは不幸中の幸いでしたが、今でも思い出したくないし、眠るのが怖くて仕方がありません。長文でごめんなさい。どなたか、こんな私にアドバイスしてください。」

「身近で起きる犯罪を告発しよう・はんざいネット」というサイトに、ついこんな書き込みをしてしまってからしばらく、亜由美《あゆみ》は、書いたのが自分だとばれやしないか、と怯《おび》えて暮らしていた。家族のことや、仕事の内容などは書かなかったから大丈夫だとは思うものの、独立する、と大言壮語して実家を出たのにすぐ舞い戻って来た、という事実だけからでも、友人に突き止められるのではないかと不安でならなかった。また最近、ネットに嵌《はま》っている母親が、何かのきっかけで、このサイトを見る可能性だって無きにしもあらずだ。もし、母親が見たら、疑うかもしれない。亜由美は、その週末に川崎《かわさき》の実家に帰って以来、渋谷区本町のアパートには戻っていない。実家を出てから、たった半年間で「一人暮らし」は消滅した。

「亜由美、あなたいつまでいるの。何かあったんじゃないの」

炎天下、実家から一時間以上かけて通勤する亜由美に、母親は訝《いぶか》しげな視線を向けた。アパートなら、勤務先まで徒歩で十分という近さなのだ。

「別に」

亜由美は、必死に動揺を抑えながら、テレビのバラエティ番組に見入っている振りをしていた。

「下着泥棒にでも遭ったんじゃないかって、お父さんが心配してたわよ」

下着泥棒なら、まだいい。自分がどんな目に遭ったかを知ったら、両親はさぞかし驚愕《きょうがく》し、憤激するだろう。亜由美は顔を強張《こわば》らせた。

「お金がかかるからだよ」

「それを承知で家を出たんでしょうに」母親が呆《あき》れた風に眉《まゆ》を上げる。「家賃が勿体《もったい》無いじゃない。こっちに住むなら早く解約してらっしゃいよ」

「わかってる」

亜由美は不機嫌に答えた。この問答が何度繰り返されたことだろうか。しかし、亜由美は実家で暮らすのも苦痛なのだった。だからこそ、アパートに引っ越したのに。

一人暮らしは気楽で快適だったが、もう怖くて住めない。かといって、他の部屋に引っ越すだけの経済的余裕はもうなかった。

「メールの返事を書かなきゃ」

母親はいそいそと居間の隅に置いてあるパソコンを立ち上げた。両親共有のパソコンだが、夜中に帰る父親が使うことは滅多になく、今は、引きこもりや境界性人格障害などの情報収集に余念のない母親の専有機と化している。専門のサイトで、同じ引きこもりの子供を持つ母親たちとメール交換をしており、それが母親の現在の生き甲斐《がい》でもあるらしかった。亜由美はその姿を見て、それなら性犯罪被害者のサイトもあるだろうと探した結果、「はんざいネット」に辿《たど》り着いたのだった。

二階でドアが開く音がした。続いて、階段をゆっくり下りて来る足音。姉の真須美《ますみ》だ。真須美は、必ず階段の途中で止まり、階下の様子を窺《うかが》う。果たして足音が止み、耳を澄ましている気配がする。亜由美は緊張して、テレビのリモコンを強く握った。母親も慌ててパソコンを操作し、無難なオークションのページに変えている。やがて、真須美が無言で居間を通り抜け、キッチンに入って行った。あれが本当に美しかった姉だろうか。亜由美は、真須美の後ろ姿を見て顔を顰《しか》めた。数年間、美容院に行かない髪はぼさぼさに伸び、灰色のジャージは薄汚れて、膝《ひざ》も尻《しり》も抜けている。着替えも入浴も滅多にしない真須美は、汚れ放題で、二十六歳の妙齢の女とは到底思えない。体重も増加したから、昔の真須美を知る人が会っても、わからないだろう。真須美は冷蔵庫から、二リットル入りのウーロン茶のペットボトルを取り出して、そのまま口を付けた。そしてのろい動作で振り向き、母親の目を見ずに口を開いた。注意しないと聞き取れないほどのか細い声だった。

「お母さん、これ、あたしの部屋に持って行っていい？」

「あと、苺《いちご》ポッキー、もうないんだけど」

「いいわよ」

「買っておくから」

今日の真須美の機嫌は悪くない。というか、元気がなかった。が、母親は大きく肩で息を吐いた。真須美が騒がないので、ほっとしたのだろう。三年前から、昼夜逆転した生活を送るようになった真須美は、午前九時頃に就寝して、午後九時に起床する。父親が帰るまで自室に籠《こ》もって皆が寝静まるのを待ち、それから食事をしたり、風呂《ふろ》に入ったりしているらしい。

一度、夜中に目を覚ました亜由美が、トイレに行くために二階から下りて来たら、真須美が一人、居間のソファで食事をしているところを目撃したことがある。真須美はてんこ盛りにした飯にカレーの残りをかけ、貪《むさぼ》るように食べている最中だった。時折、放心したように暗い眼差《まなざ》しを部屋のあちこちに向ける。二人の目が合った。亜由美はまずい場面を見たと思い、さっと視線を落とした。途端、真須美はスプーンを置いて、亜由美に怒鳴ったのだった。

「あんた、あたしがこんなだから遣《や》り切れないと思ってるんでしょう」

「思ってないよ」

図星だったために、うろたえる亜由美を、真須美は罵《ば》倒《とう》し続けた。

「嘘だ。顔が引きつってたじゃない。あたしが引きこもりだからって、馬鹿にするんじゃないよ。自分だけちゃらちゃらお化粧して、外に出られて、男と遊び回って、あたしよりずっとずっと上等な人間だと思ってるんでしょう。あんた、あたしみたいな姉がいて、嫌だと思ってるんでしょう」

眠気が吹き飛んだ亜由美は、思わずこう言った。

「そんなこと思ってない。お姉ちゃんが辛《つら》いのはわかってるもの」

「あんたに何がわかる。辛いだなんて、簡単に口にしないでよ」

真須美がソファから立ち上がり、意外に機敏な動作で亜由美に突進して来た。真須美が近付いた瞬間、ぷんと強い体臭がして、亜由美は反射的に真須美を突き飛ばしていた。真須美はよろめいてテーブルにぶつかり、もんどりうって倒れた。家中に響くような大きな声で、真須美が泣き叫んだ。

「あんたに何がわかるってんだ」

「ごめん」

気圧《けお》された亜由美は慌てて謝ったが、真須美は逆上した。

「亜由美なんか出てってよ。あたしは出て行きたくたって行けないんだから、あんたが出て行けばいいんだよ。目障りなんだよ。あんたがいるから、あたしが治らないんだよ。成功してるからって、威張んなよ」

真須美の目から涙が溢《あふ》れて、カレーの付いた上唇の上にぽとぽと落ちた。『あんたがいるから、あたしが治らないんだよ』。亜由美は自室に帰ってからも、その言葉について考え込み、とうとう朝まで眠れなかった。最近の真須美は、おとなしく部屋に引きこもっているだけではなくなっていた。亜由美にも母親にも攻撃的で、いったん攻撃が始まるとなかなか治まらないのだ。ほとほと嫌気が差した亜由美は、本気で家を出る気になった。それで、勤務先の西新宿に近いアパートを見付けたのだった。

真須美と亜由美は三歳違いの姉妹だ。真須美は、子供の頃から勉強もスポーツもよくできて、どこでも目立った。すらりとした痩《や》せ型《がた》で、顔もちんまりと整っている。だから、背が低くて太めの亜由美は、長い間、劣等感に苛《さいな》まれ続けてきた。ところが、真須美は、社会に出て躓《つまず》いた。第一志望の銀行に入れず、仕方なく自動車販売会社に入ったのだが、勤めて三ヵ月で、突然出社しなくなった。理由は、上司に些細《ささい》な仕事上の失敗を皆の前で叱責《しっせき》されたからだという。父親は、真須美を脆弱《ぜいじゃく》だと怒り、期待していた母親は露骨に落胆し、家中大騒ぎになった。

ほどなく、真須美は次の仕事を見付けた。それは、中規模の浄水器製造会社だった。真須美はひと月ほど勤めたが、今度は顔の吹き出物を笑われた、と再び出社しなくなった。どうやら営業に回されて、一台も浄水器が売れないのを苦にしたらしいことが後でわかったが、二度の失敗で懲りた真須美は、仕事をするどころか、外出さえも嫌がるようになった。あれほど華やかで、皆から注目されるのは当然だと言わんばかりの自信家の真須美が、家に引きこもるようになったことが、亜由美には信じられなかった。

反対に、取り柄は愛嬌《あいきょう》だけ、と姉からも父からも馬鹿にされていた亜由美は、短大を出た後、新宿の公立病院に事務職で入り、順調に勤めていた。

病院勤めの利点は、今回の事件で発揮された。亜由美は、顔見知りの玉木という医師を呼び止めて、「静脈に注射して、すぐさま患者を昏睡《こんすい》させられる薬は何でしょうか」と聞いた。玉木は即座に、「セレネースかな。五ml で、ことん、といくよ」とジェスチャーを交じえて言ったので、亜由美は忘れないうちにメモに書き留めた。

玉木が、「何でそんなことを聞くの」と、不思議そうに亜由美を見たが、亜由美は何も言わずに礼だけ述べて立ち去った。自分の予想が当たった、と思ったのだ。亜由美は、犯人は医者か医療関係者に違いないと考えていた。もしかすると、顔見知りに忍び込まれたのではないかと、亜由美は勤務医たちをよく観察したが、若い医師たちはプライドが高く、地味な事務員などにあまり興味はなさそうだった。彼らが遊ぶのは、度胸の据わった外科のオペ専門の看護師や、派手な女医、あるいは全く関係のないお嬢様系の女たちだった。

玉木が事務職の女たちに人気があったのは、事務系だろうと看護師だろうと関係なく、自分に興味を持つ女なら誰でも手当たり次第、付き合っていたせいだ。だから、派遣も入れて総勢二十人以上いる事務職の女たちの間でも絶大な人気を誇っていたのだった。亜由美は、玉木と話した後、もし玉木が忍び込んで来て、自分に麻酔薬を注射したらどうしただろう、と想像したことがあった。だが、カッコいい玉木だとて、レイプされるのだけは絶対に嫌だった。

あれ以来、漠然と持っていたセックスに対する憧《あこが》れが崩壊したように思う。いや、それはセックスへの憧れではなく、男そのものへの憧れだったのかもしれない。それは当然、無惨に潰《つい》えた。どころか、今の亜由美は男たちを憎んでさえいた。

「あたしが帰って来たこと、お姉ちゃんは何か言ってた?」

亜由美は夕刊を開きながら、母親に聞いた。母親はパソコンから目を離さずに答える。

「何も言ってない。最近は、あまり口も利かなくなってきたから、逆に心配なのよ。引きこもりが長引くと、鬱病《うつびょう》とかを併発しやすいらしいのよ」

見なくても、母親が顔を顰めているのはよくわかる。父親は仕事と称して、帰りが遅い。家庭の状況から逃げ回っているのは明らかだった。母親のストレスはかなり強いはずだ。だから、亜由美は今回の事件を、母親にだけは知られたくないのだった。

くたびれた母親はきっと挫《くじ》けるだろうし、他にも、亜由美を責めたり、仲間にメールで打ち明けてしまったり、などのとんでもない過剰反応をしそうで怖い。

「お姉ちゃんが引きこもった原因て何なのかな」

亜由美はそれとなく母親に聞いた。無論、その質問をした真意は、真須美が叫んだ『あんたがいるから、あたしが治らないんだよ』にあったのだが。

「さあ。人が怖いんでしょうね」

母親の答えに、亜由美は黙り込んだ。人が怖いのは私の方だ、と思った。姉は、人が怖いのではなく、人に評価されることを怖がっているのだ。自分に高い価値があると信じているのに、誰も認めてくれないから。

「はんざいネット」に思い切って書き込んでから三日後、アクセスした亜由美は激しい動悸《どうき》がした。こんな投稿が載っていたのだ。

「はんざいネット　RE：『許せません』投稿者ツミレ（注：最初の被害者）

はじめて書きます。皆さん、よろしくおねがいします。

ｓｎｏｏｐｙさんの書きこみを読んで、心臓がどきどきしました。ｓｎｏｏｐｙさんを襲った犯人は、私を襲った犯人と同一人物かもしれません。私も睡眠中に男に襲われました。私の場合は、びっくりして飛び起きたところをパジャマの上からスタンガンを押し付けられて、動けなくなり、それから注射されたのです。スタンガンが素肌に直接ではなかったので、動けなかったけれども、相手の動きや体つきなどは見えました。スタンガンと知ったのは、彼氏に打ち明けたら、スタンガンじゃないか、と言って、ネットで検索して実物の写真を見せてくれたからです。

私の場合は、もう一年八ヵ月前になります。でも、片時も忘れることはできません。今でも、思い出すと涙が出ます。私も、ｓｎｏｏｐｙさんと同じように、警察に行こうかどうしようか迷ったのですが、結局、行きませんでした。私はレイプされた後、妊娠してしまって、結局彼氏の子かどうかわからなくて、中絶したからです。そのことで、彼氏とマジな喧嘩《けんか》になって、結局別れました。そんなことで辛い思いをたくさんしたので、警察に行くような精神的な余裕がありませんでした。

レイプは、本当に被害者の心と体を打ち砕きます。私は、あの犯人を絶対に許すことができません。最近は少し落ち着いてきましたが、今でも男の人とエレベーターなんかで二人きりになると、恐怖で息ができなくなりますし、夜道は一人で歩きません。もちろん、部屋も引っ越しました。今は、侵入されにくい上階に住んでいます。

ｓｎｏｏｐｙさん、今は充分休養を取って、心と体を休めてください。私もこのサイトは時々見ていたのですが、あなたが書いてくれたおかげで、私も書く勇気をもらいました。本当にありがとうございました。」

あの痛みとも痺《しび》れとも付かない衝撃は、スタンガンによるものだったのか。スタンガンとセレネース。亜由美は、男の悪質さに、言い難い怒りと嫌悪を感じる一方で、その周到さに鳥肌が立った。命を取られなくてよかった、と安堵《あんど》すべきかもしれなかった。

亜由美は、ツミレと連絡を取りたいと考え、管理人に宛ててメールを書いた。そして、その日のうちに、ツミレとメール交換をすることができた。ツミレは、二十三歳のフリーターで、事件当時、亜由美の住んでいたアパートと割と近い場所に住んでいたことがわかった。亜由美はツミレと相談して、同様の被害に遭った人がいたら、是非、書き込んでほしい、と「はんざいネット」に書いた。数日後、驚いたことに、もう一人からも書き込みがあった。

「はんざいネット　RE：『許せません』投稿者チャラ（注：四番目の被害者）

ｓｎｏｏｐｙさん、ツミレさん、びっくりしました。私も、もしかしたら、同じ犯人にやられたのではないかと思うからです。私の場合は、十カ月前、それもｓｎｏｏｐｙさんと同じ、水曜でした。私はアパートの二階の角部屋に住んでいました（もう引っ越しました）。犯人は、一階の張り出し窓からよじ登り、ベランダから入って来たみたいです。泥の付いた足跡がベランダに残ってました。私の場合は、ぐっすり眠っていたので、注射されたことにも気付かなかったのかと思っていたのですが、きっとスタンガンを使われたのだと思います（次の日、手足がしびれていました）。だから、犯人の姿も見ていないのです。

犯人はうまく注射できなかったみたいで、右腕の血管のところに、ふたつほど穴が開いて、血が少し付いていました。あと、内股《うちもも》にも青痣《あおあざ》がありました。朝になって自分が裸になっているので、何が起きたのかわからず、気が狂ったのではないかと思いました。今、お二人の書き込みを読んで、やっと自分が何をされたかがわかり、本当に腹が立ちました。そして、ものすごく悔しいです。幸い、私は妊娠はしませんでしたが、ツミレさんはお気の毒です。この分では、私たちの他にももっと被害者がいるように思いませんか？　心の傷はなかなか癒《いや》せませんが、第四、第五の被害者を作る前に、皆で連絡を取り合って、警察に行きましょう。」

また一人現れた。亜由美は、傷口が再び開いたような嫌な気分にもなったが、傷口の奥を覗《のぞ》き込まなければ完治も望めないのなら、いっそもっと覗き込もう、という気になった。チャラの言う通り、皆で証拠を持ち寄り、警察に行くべきではないだろうか。亜由美は、再度、サイト管理人に、チャラに自分のメールを転送して貰《もら》うよう頼んだ。翌日、返信が来た。チャラは二十一歳。北新宿に住んでいたという。現在は放送専門学校に通っていて、アナウンサー志望だそうだ。早速、亜由美はツミレとチャラに、一週間後の日曜、渋谷のハチ公前で会わないかというメールを送った。目印は、雑誌Ｈａｎａｋｏを胸の前で抱える、ということにした。二人から返信が来て、会うことが決まった時、亜由美はこういうのを何と言うのだろうと思い、レイプ被害者オフ会か、と自分で言って、かなり落ち込んだ。

約束の日曜は、あいにくの豪雨だった。午後二時の待ち合わせ時間より早めに着いた亜由美は、念のため、Ｈａｎａｋｏを抱えている女がいるかどうか探した。すると、青い傘を差した若い女が、律儀に胸の前にくたびれたＨａｎａｋｏを掲げて、ハチ公の真ん前に立っていた。ジーンズに黒のカットソー。雨のしぶきで、ジーンズの裾《すそ》が黒く汚れている。腰近くまで垂らした長い髪が、女を鬱陶《うっとう》しげな暗い印象にしていた。しかも、傘の色が顔色を悪く見せている。

「あたしが、ｓｎｏｏｐｙですけど」

亜由美が近寄ると、女ははっとした顔をして、傘の中で頭を下げた。

「私はツミレです。この度はいろいろすみません」

「初めまして。よろしくお願いします」

「こちらこそ。お蔭《かげ》で、何かすっとしました」

「あたしも、あたしだけじゃないとわかって、嬉《うれ》しいというのか、ショックを受けたというのか、何と言っていいかわからないけど。でも、みんなで何とかしましょうよ」

降りしきる雨の音に言葉を消されそうで、亜由美は大きな声で喋《しゃべ》った。ツミレは、意外そうな顔をした。

「ｓｎｏｏｐｙさんて、想像していたのとちょっと違ってました」

「どんな感じだと思っていたんですか」

「もっとか弱くて、線の細い人かと思っていた。ネットの文章って、書いた人をいろいろ想像するけど、大概違っているんですよね」

何となく小馬鹿にされている気がして、亜由美はむっとした。

「そういうもんですか。あたしはこういうことするの初めてだから」

「あたし、しょっちゅうやってますよ。前の前の彼氏もチャットで知り合ったし」

へえ、そうなんだ、と亜由美は口の中で呟《つぶや》いた。ネットから広がる人間関係そのものは面白いと思ったが、このような緊急の事態で会う以外はあまり食指が動かない。

「もしかして、ｓｎｏｏｐｙさんと、ツミレさんですか。あたし、チャラです」

振り向くと、ビニール傘を差した背の高い女が、照れ臭そうに笑っていた。体は細いが、顔の肉が厚く、整形でもしたように鼻の先だけが尖《とが》っているのが不自然だった。

微妙に襟ぐりの開きが違うカットソーを何枚も重ねて、ジーンズの上に短めのスカートを穿《は》いている。三人の中では一番お洒落《しゃれ》で外見も華やかだから、彼氏もいるに違いない。亜由美は、やや引け目を感じつつ、提案した。

「雨も降ってるから、マークシティの中のお店でどうですか」

「いいんじゃないすか」と、ツミレが軽く言い、持っていたＨａｎａｋｏを近くのゴミ箱に投げ捨てた。Ｈａｎａｋｏの表紙が雨に打たれてふやけていく。あらあら、とチャラが呟くと、ツミレが笑った。

「あれ、古本屋で五十円で買ったんですよ。目印だけだと思って」

随分、割り切っている、と亜由美は思った。こんなことでもなければ、仲良くなることはないかもしれない。同時に、亜由美は不思議な感覚にも囚《とら》われていた。街で会っても、何の関心も持たずに擦れ違うような、外見も性格も好みも全く違う三人の女が全員、同じ男の暴力によって昏睡《こんすい》させられ、レイプされたのだ。ツミレもチャラも同じようなことを考えているのか、目が合えば笑うが、そこには戸惑いが含まれているように思う。

コーヒーショップの奥まった席に陣取った亜由美は、持参したノートを広げた。

「思い出したことを何でも話していただけますか」

「ねえ、後で、警察に行くんでしょう」

チャラがアイスコーヒーのストローの袋を蛇腹状に丸めながら聞いた。

「それでもいいですけど。あたしはまだ迷っているから、後で考えませんか」

亜由美の発言に、ツミレは何も言わずに硬い顔をしている。ツミレはインド製らしい布バッグから1mgのケントを取り出して、火を点《つ》けた。目の辺りに険があって、暗い表情が消えない。二人がツミレの返事を待っていると、ツミレが低い声で言った。

「警察に行くのはやめにしてくれませんか。あたしはそいつに自分で復讐《ふくしゅう》したいんです。新聞にでも出たら、そいつは二度とやりませんよ」

「あたしだって復讐したいですよ。だけど、個人じゃ調べられないじゃないですか」

チャラが口を挟んだ。メールでは、アナウンサー志望ということだったが、ひどい鼻声だし、どこかの訛《なま》りがあった。亜由美はグレープフルーツ・ジュースをひと口飲んで、緊張を解いてから話した。

「でも、そう言うけど、案外調べが付くかもしれませんよ。あたしは、あいつは医者だと思うんですよ。あたしは病院の事務をやってるから、救急医療の先生に聞いてみたんです。そしたら、あたしたちが注射された薬は、たぶんセレネースじゃないかって教えてくれました。たったの五mlで、ことん、だそうです。五mlって、こんなですよ」

亜由美は、指で分量を示した。知識を披露したので、少し得意だった。

「ああ、やっぱり。あたしも医者だと思ってました。注射を打つ手付きが慣れていたし、注射器なんて、普通の人は持ってないじゃないですか。持っていたって、そこまで思い切ってなんてできないですよ、普通。そいつがどこの医者かわかったら、警察なんかに言う前に、あたしが注射して、酷《ひど》い目に遭わせてやりたいです」

ツミレは怒りを抑えられないらしい。妊娠させられたのだから、他の二人より恨みが深いのは当たり前だった。

「わかります、すごくわかります」

「ええ、あたしもよくわかります」

亜由美とチャラが同時に相槌《あいづち》を打ったが、ツミレは、あんたたち本気なの、という風に二人の顔を見比べるのだった。

「でも、こういう男って、復讐とか陰険なこと考えるんじゃないですか。あたし、それが怖くもあるんですよね」

チャラが、亜由美に同意を求めるように見つめた。ツミレがじろりとチャラを見遣《みや》ってから、煙草を潰《つぶ》した。

「あたしは、ばれないと思って高を括《くく》っているだけのような気がするな。女に復讐されることとなんて、全く考えてないヤツだと思う。あたしは絶対に絶対に赦《ゆる》せないから、警察に言う前に突き止めてリンチします。だから、すぐには届けないでくれませんか。

だって、こいつはやばいとなったら絶対にしない。そういうヤツだってあたしにはわかるんだ」

亜由美の開いたノートに、激昂《げっこう》するツミレの唾《つば》が飛んだ。亜由美は、紙ナプキンでさり気なく拭《ふ》き取ってから、こう言った。

「あなたの気持ちはわかってるつもり。とにかく、あいつが誰か突き止めたいと思っているのは、皆同じなんだから、警察の件は後で考えるにしても、皆で覚えていることを言い合いませんか」

二人が頷《うなず》いたので、亜由美はツミレを指差した。

「じゃ、ツミレさんから」

「状況からすると、あたしが一番見てるんだよね。そいつを」

ツミレが呟く。それを聞いたチャラが薄気味悪そうに唇を歪《ゆが》めた。亜由美も、あの夜の恐怖を思い出すと冷や汗が出る。確かに、自分も犯人に恐怖を味わわせてやりたかった。被害者が三人集まると、憎しみや悔しさが、何十倍、何百倍にも膨れ上がる気がする。

「犯人はそんなに若くない。あたしは当時、彼氏がいたから、何となく比較して言うんだけど、脇腹とかに肉が付いている割に、上半身は厚ぼったかったから中年だと思う。ちょっと加齢臭もあった。でね、結婚してると思う」

「嘘」と、亜由美とチャラが同時に叫んだ。

「ほんと」ツミレは落ち着いた声で続けた。「だって、左手の薬指に結婚指輪してるの見たもの。それも細いリングじゃなくて、お洒落な銀色の太いヤツだった。あと、あたしも水曜日だったのね。一昨年《おととし》の十二月十八日の水曜日。間違いないよ。あたしね、次の日にアパートの人に聞いて回ったの。あたしの部屋から誰か出て行ったのを見なかったかって。そしたら、一階に住んでる男の人が、飲んで遅く帰って、郵便受けを覗《のぞ》いていたら、階段を駆け下りて来る男を見たんだって。その男は黒のジャンパーに黒縁の眼鏡掛けて、黒いリュックサックを背負って、全身黒ずくめだったって。見かけない人だから、覚えていたみたい」

「そいつだ、きっと」

亜由美は昂奮《こうふん》した。

「どんな顔してたんですか」と、チャラが上手に描いた眉《まゆ》を顰《ひそ》めて聞いた。

「顔はよく見なかったけど、洒落た格好してたって」

「洒落た格好って、どういうこと。つまり、何風なの」

亜由美は勢い込んで聞いたが、ツミレは肩を竦《すく》めた。

「その人も、服装にそんなに詳しくないから、うまく言えないのよ。何かお金がかかってる感じだったって程度。ちょっと若作り、とか言ってた。でもね、そんな金持ちなんだったら、何もあたしたちを餌食《えじき》にしなくたっていいと思わない？　そうでしょ」

ツミレの声が詰まり、目に涙が滲《にじ》んできた。チャラが咳払《せきばら》いをして、話し始めた。

「じゃ、あたしの番ですね。サイトにも書いといたけど、あたしも水曜日でした。去年の十月八日。あたしは何にも覚えていないから、あまり役に立てないんだけど、ベランダに付いた足跡だけは見たんですよね。結構大きいんです、二十七・五センチくらいはあった。あれはスニーカーだと思う。気持ち悪いから、水かけて流しちゃったけど。後は何もないです。近所付き合いしてないから、誰か見たか、とか聞けなかったし。要するに、そいつは適当に一人暮らししている若い女のところに忍び込んでいるんでしょう」

「ｓｎｏｏｐｙさんは」

やっと涙を拭《ぬぐ》ったツミレが、光る目で亜由美を見た。

「あたしが覚えていることはあまりないんだ。指輪は見なかったけど、割とごつい男の手があたしの左手の静脈を出すために、上腕を駆血帯できつく縛ったのは覚えている。だから、医者か看護師だと思った。あと考えたのは、薬品を持ち出すのは、大きな病院だと難しいから、開業医じゃないかな。水曜の夜に暇な開業医。医者は、木曜休みが多いから全然不思議じゃない。それと、チャラさんのメールで気付いたんだけど、全員のアパートは区が違うけど、案外近いんだよね。ツミレさんが中野区弥生町《やよいちょう》、チャラさんが北新宿、あたしが渋谷区本町。変なんだけど、あたしの勤めている病院の側なの。あたしは、西新《にししん》総合病院ていう公立の病院に勤めているのよ」

「クケツタイって何ですか？」

チャラが怪訝《けげん》な顔をするので、亜由美は少し自慢するように答えた。

「ゴムのこと」

「じゃ、あなたの病院の医者じゃないの」

ツミレが叫んだので、亜由美は慎重に答えた。

「あり得ないと思う。だって、あたしはそこの職員なんだよ。危険過ぎるでしょう。それに、さっきも言ったけど、うちの薬品の管理は徹底してるから、持ち出しは無理。でも、偶然にしては変だなと思っているところ。あたしの方でもう少し調べてみる」

とはいえ、何をどう調べるかなんて、皆目見当が付かなかった。すると、チャラが顔を上げて、亜由美を見た。

「そう言えば、ｓｎｏｏｐｙさんが、警察に行かなかった理由ってはっきりあるんですか。あたしから見ると、ｓｎｏｏｐｙさんて、割としっかりしてそう。警察に行ってもちゃんと説明したりする感じ」

亜由美は、正直に言った。

「あたしの姉がヒッキーで、調子悪いのよ。だから、母親に心配かけたくなかったんだ。警察に行ったら、家族も知るでしょう」

「ヒッキーて、宇多田《うただ》ヒカルじゃないですよね」

チャラの問いに、ツミレが小馬鹿にしたように笑った。

「違うよ。引きこもりのことだよ。で、チャラさんはどうよ」

ツミレは、チャラの尖《とが》った鼻の辺りをじろじろと見ている。

「あたしは、正直に言うけど、事件当時は、警察に行きたくない事情があったんですよ。ちょっとやばいバイトしてて。でも、あのことがあってから、もう足を洗いましたけどね。だから、今ならいいかと思って。それに一人じゃ嫌だけど、三人もいるし」

二本目の煙草に火を点《つ》けようとしていたツミレが手を止め、決然と言った。

「警察に言ったら最後、復讐《ふくしゅう》はできないよ。あいつはどっかに隠れちゃう」

「だから、それは後で考えようって言ってるじゃない。あたしたち三人の他にもまだ被害者がいるかもしれない。このオフ会だって、ネット見てなきゃ知らないでしょう。もう少し情報を集めて、それからでいいじゃないですか」

警察には言わない、とするツミレと、ともかく三人で警察に行こうと言うチャラとの間に入って、亜由美は折衷案を出した。

「わかった。何度も言うけど、警察に言うのをどうするかは後で決めて、まずはあたしたちで探すからね」

ツミレが思い詰めた様子で言ったので、チャラは頷いたものの、少し引き気味に見えた。結局、「はんざいネット」で、もう少し情報を集めてから考えよう、ということに決まり、第一回目の「レイプ被害者オフ会」は散会した。


帰り道、品川駅から京浜《けいひん》急行で帰る亜由美とツミレは一緒に山手《やまのて》線に乗った。ツミレは、宮崎から出て来る母親を東京駅に迎えに行くのだと言う。ツミレの家は父親は早く亡くなり、母親は美容院を経営してツミレと姉を育て、東京の大学に入れてくれたのだそうだ。

「だから、頑張らなくちゃならないんですよ」と、ツミレは何度も言った。そして、こうも付け加えた。「こっちに実家がある人はいいですよね。あたしたちは、嫌なことがあってもすぐに引っ越せないじゃないですか」

実家があったとて、事情はいろいろあるのだ、と亜由美はツミレに言ってやりたかったが、黙っていた。ツミレは、「見て」とインド製の袋からカッターナイフを取り出した。

「これ、何に使うか知ってる？　バイトに行く時ね、痴漢が出たら、これで切り付けてやるの。満員電車って痴漢だらけじゃん。だから最近、女もみんな武装してきてる。今に、女は全員、スタンガンを持って電車に乗るようになるよ。そうなると男と女の戦争みたいだよね。ねえ、あなたは、痴漢に遭わない？」

病院は始業時間が早いので、通勤電車はそれほどに混んでいなかった。しかし、亜由美は以前、駅のホームで口論する男女を見たことがあった。ひと目で勤め人とわかる中年男と女子高生。男は手を血だらけにして、女子高生は蔑《さげす》む目で男を睨《にら》んでいた。男は、すぐさま駅員に連れて行かれたが、あれは痴漢行為に対する女子高生の処罰だったのだろう。自分たちも、犯人に処罰を与えようとしている。でなければ、見えない泥を体中になすりつけられたような不快感と屈辱は消えないだろう。しかし、この行いは正しいのだろうか。だから、亜由美は、品川駅で先に降りる時に、目の据わったツミレと視線を交わすのが、少しばかり苦痛だった。

電車を待ちながら、亜由美は突然、疲労を感じた。こんなことをしても無駄なのだ、と思った。ツミレはますます、果たすことなんか絶対に不可能な復讐を夢見続けるだろうし、チャラはそんなツミレに怖《お》じてオフ会にも来なくなるだろう。そして、自分はどうしたらいいかわからなかった。それは、どこにも行き場がない、ということだった。亜由美は、電車を一本やり過ごした。

川崎駅に着いた途端に、携帯が鳴った。母親からだった。

「落ち着いて聞いて。真須美がね、手首を切ったのよ。発見が早かったから、命に別状はないの。今、病院から帰るから、びっくりしないでね」

驚きはしなかった。実は、姉は一年前にも二度ほど、リストカットしている。その監視もあるから、母親は家を離れることができないのだった。

「お夕飯はどうするの」

姉の奇行にすっかり慣れた自分がいるのが怖ろしかった。

「あなた、カレーでも作ってよ」

「いいけど、お父さんは？」

「一緒にいる」

母親はそれだけ言って、慌ただしく電話を切った。いつもの日曜なら、父親はゴルフでいない。偶々《たまたま》、豪雨で父親も自宅にいる日曜だからこそ、姉は手首を切ったのではないか。またしても湧き起きる、邪《よこしま》と言ってもいい想像に打ち砕かれながら、亜由美は誰もいない自宅に帰った。玄関先に黒ずんだ血が数滴落ちていた。ティッシュを濡《ぬ》らして、一生懸命擦《こす》った。あの朝、駅のホームに滴り落ちていた中年男の血を思い出す。姉が手首を切ったのも、カッターだろうと思った。

キッチンでカレーを作っていると、両親と真須美が帰って来た。真須美の左手首は白い包帯にくるまれている。普段着のジャージの上に、学生時代に着ていたトレンチコートを羽織っている。太ったので、前が締まらないらしい。ぼさぼさの髪を後ろでまとめているので、今日はまだすっきり見えた。真須美は、ちらりと亜由美の方を見て、何も言わずに階段を上がって行った。こうして、また同じ日常が繰り返される。

父親は悄気《しょげ》て肩を落としているが、母親は普段通りの様子だった。今日のことを早速メールに書こうと張り切っているのだろう。やがて、日本全国津々浦々から、母親への同情と、今何をなすべきかを綿々と書いた、長いメールが届くのだ。母親が、家を顧みない父親よりも、サイトの仲間を信じているのは、その態度からもよくわかった。

母親が憔悴《しょうすい》しきった父親の肩を叩《たた》いている。

「お父さん、もう休んでいいわよ。後は、私と亜由美とで何とかするから」

疲れた父親は、夕飯も食べないで就寝すると言う。真須美が血溜《ちだ》まりの中に寝ているのを見て、ショックを受けたのだそうだ。亜由美は、母親と二人でカレーを食べた。そう言えば、夜中に真須美と喧嘩《けんか》した日の献立もカレーだったと思い出し、一人笑った。

「何が可笑《おか》しいの」

母親が見咎《みとが》めた。

「ごめん。カレーの日にいろいろ起きるな、と思って」

「前に何かあったっけ」

母親が虚《うつ》ろな表情で言ったが、亜由美は答えなかった。

「お姉ちゃんの手首の傷、どうなの」

「今度のは深くて、人差し指の神経を傷付けたんだって。一生、動かせないだろうと言われて、真須美も落ち込んでたわ」

「どうやって発見されたの」

「三時頃に、お父さんが二階で唸《うな》り声《ごえ》がするから見に行けって言うのよ。あたしは夢でうなされているんじゃないの、と取り合わなかったんだけど、最近口を利かないことを思い出して、もしやと思って二階に駆け上がったの。そしたら、ベッドの下に血が溜《た》まっていて、意識朦朧《もうろう》となっていたのよ」

「やれやれ、だね」

母親がきっと亜由美を見たが、すぐに共犯者めいた表情になった。

「よかったじゃない。何でもなくて」

そうだけど、と続く言葉を呑《の》み込む。亜由美は食べ終わった皿を流しに片付けた。

ねえ、梨食べない？　という母親の問いかけには答えず、二階に上がった。姉の部屋をノックする。返事がないので、ドアを開けた。マンガや週刊誌、ビデオなどが散乱する汚い部屋だった。不潔な獣じみた臭いに混じって、微《かす》かに血の匂いがする。ベッドで掛け布団を被《かぶ》ったまま、真須美が言った。

「出てってよ。あたし、今日疲れたんだから」

「何で手首切ったの」

「もう嫌になったからだよ。放っといて」

「あたしがいるから、死にたいの？」

「そうだよ」

真須美が乱暴に言い捨てて、ベッドから何かを投げた。足下に落ちたので拾い上げると、苺《いちご》ポッキーの空箱だ。

「お姉ちゃん、どうせ死ぬんなら、象のように死んだら」

亜由美はそう言って自室に戻った。ベッドや持ち物は、すべてアパートに持って行ってしまったから、空っぽになった自分の部屋には、家中のゴミが集まっていた。冬物の衣服、中元に貰《もら》ったサラダ油セット、母親が真須美に飲ませようと大量に買ったマイクロダイエット、夏になったので仕舞った羽毛肌掛け布団、買い置きのビール、プリンター、ゴルフセット。不要物の墓場みたい。亜由美は、それらを見ながら、言い方を間違ったと思った。「象のように死ね」ではなく、他人に迷惑をかけず、人知れず死ぬことを勧めるのなら「猫のように死ね」と言うべきだったのだ。象には墓場が必要なのだから。言い直そう、と亜由美は真須美の部屋に向かった。

「お姉ちゃん」

声をかけたが、相手は静まり返っている。思い切って、ドアを開けた。最近、取り付けたばかりの鍵《かぎ》が掛かっているかと思ったら、ドアはすっと開いた。真須美は、机の前に座っていた。

「寝た方がいいんじゃないの」

「だって、血臭いんだもの」真須美はそう言った後、振り返ってちらりと上目遣いで亜由美を見た。「ねえ、あたしは象のように死ねばいいんでしょう」

「猫みたいにって言い直す。本当に死にたいなら、どこかに行って、人に迷惑かけずに人知れず死になよ。悲しいけど仕方がないよ。そういうことってあるんだもん」

真須美がいきなり机に突っ伏した。机の上は、化粧品や菓子のクズや、読みかけの本などで雑然としていた。真須美が泣いているらしいので、亜由美は優しく言った。

「お姉ちゃん、どうにもならないことってあるんだよ。あたしなんかさ、お姉ちゃんが出てけって言うから出てったら、酷《ひど》い目に遭ったんだよ。お姉ちゃんにも言わないけど、殺したいほど憎んでいる人間がいて、でも、どうにもならなくて、あたし、そのことに本当に疲れた。あたしもお姉ちゃんみたいに家にいた方が楽なのかな。ね、どう思う。教えてよ。それとも本当に死んじゃおうかな。そっか、象みたいに死ねっていうのは、あたしに対する言葉だったんだね。今やっとわかった」

「あんた、何言ってるの」

真須美が振り向いて、不安そうに亜由美を見上げた。

「別に。お姉ちゃん、あたしのアパートに住んでみたらどう。そしたら、あたしがこの部屋に引きこもる。交換しようよ」

真須美が引《ひ》き剝《は》がされるのを怖れるように、机にしがみ付いた。亜由美は苺ポッキーの空き箱を拾い上げて弄《もてあそ》びながら、「交換しようよ、交換しようよ」と言い続けた。

ふと、幼い頃を思い出した。頑固な真須美に、駄々をこね続けた思い出。ねえ、お姉ちゃん、ジェニーちゃんとリカちゃん取っ換えっこしようよ。ねえ、しようよ。亜由美は思わず笑った。

## 3　受け返し（二番目の被害者）

若宮伸吾《わかみやしんご》は、スーツのジャケットの袖《そで》を通さずに羽織り、赤い花柄シャツを鳩尾《みぞおち》まではだけて歩いていた。巨大な六本木《ろっぽんぎ》ヒルズの照明が、伸吾の姿を照らし出している。頭蓋《ずがい》に張り付く短髪。渋面を作って顎《あご》を引き、上目遣いに相手を見る卑しい眼差《まなざ》し。首を左右に振って肩をそびやかす歩き方。強靭《きょうじん》な肉体を誇示するがごとき薄着。擦れ違う人は皆、ヤクザかチンピラではないかと伸吾を露骨に避けた。ごく稀《まれ》に、ヤクザ映画から立ち現れたような伸吾に顔を輝かせる男もいたが、不機嫌そうな伸吾がやって来るのを見て、立《た》ち竦《すく》む男女の方が圧倒的に多かった。

だが、ファッションに精通した者が伸吾の服装を見れば、玉虫色に光るスーツはグッチであり、花柄のシャツはドルチェ＆ガッバーナの春物の新作だと気付いて、ヤクザ風の高級なファッションを好む男、もしくはファッション感覚に溢《あふ》れたヤクザ、と思ったかもしれない。さらに、もっと目利きが居合わせたなら、顔も体も満遍なく灼《や》けて、よく手入れされていること、シャツをはだけた胸に見事な筋肉が付いていること、そして、滑稽《こっけい》なほど突出した自意識に、もしや体を使って人に見せる仕事をしている人間では、と看破できたかもしれない。

若宮伸吾は、チンピラ役が得意な俳優だ。活躍の場は、主にVシネマと舞台。Vシネマでは、二度も主役を張ったことがあるし、狭い業界ではかなりその名を知られている若手俳優だ。主役を張ったのは、渋谷のチーマーの死闘と、ヒットマンの悲しい運命を描いた作品だった。どちらも、偏ったファンの獲得に成功し、伸吾デザインの特攻服を作ってくれ、という注文が舞い込んだこともある。六本木ではなく、東京東部や地方の繁華街を歩けば、きっとあちこちから「テッー」と感極まった声がかかったことだろう。テツとは、狡賢《ずるがしこ》い親分の命を受けて恋人と別れ、無様に死んでいく、若きヒットマンの役名だった。

だが、伸吾は東京東部や地方には滅多に行かない。六本木によく出没する。住まいが麻布十番《あざぶじゅうばん》で、事務所がミッドタウン裏、そして、週に一度は通って体を鍛える格技道場が、星条旗《せいじょうき》通りにあるからだった。

伸吾は、つまらなそうな顔をして、星条旗通りに入った。実は、道場に行くのが嬉《うれ》しくて仕方がない。久しぶりに、道場主の青鬼《あおおに》に会えるからだ。伸吾は、嬉《うれ》しい時はつまらない顔をし、苦しい時や悲しい時は、逆に楽しい顔をする。伸吾にとって俳優という職業は、それぐらい苦しさや悲しさとは無縁で、心底楽しい仕事だったのだ。

わざと不貞腐《ふてくさ》れた表情をしたり、不機嫌さを装っていないと、つい本心が覗《のぞ》けてしまい、仕事に差し支える。逆に、楽しげな振りをすることもほとんどなかった。つまり、伸吾の今の生活は、幸福に満ちていた。

伸吾は足取りも軽く、「青鬼ビル」と書かれた三階建ての小さなビルに入った。正面の受付に、ジャージ姿の女性が立っていた。昨年、ＯＬを辞めて道場の事務に就くことになった、三十代後半の女性キックボクサーだ。日焼けサロンで作った茶色い膚《はだ》をして、頭頂部に近い位置で、髪を高く結い上げている。目尻《めじり》を強調した太いアイラインを引き、ピンクの光るリップグロスを塗りたくっていた。仕上げは、鉢巻よろしく額に巻いたヘッドバンドだ。まるでエアロビクスのインストラクターだな、と思いながら、伸吾は芸能界の挨拶《あいさつ》をした。

「おはようございます」

「お疲れ様です」

女が緊張して最敬礼した。伸吾が俳優だからではなく、有段者だからだ。伸吾は、首を突き出すチンピラ風の会釈を返したが、言葉遣いは礼儀正しい。

「青鬼先生、いらしてますか」

「はい。道場にいらっしゃいます」

女の顔が上気している。自分への憧《あこが》れを膚で感じ、伸吾はくすぐったくなった。伸吾は女の熱い視線を背中に貼り付かせて、地下の空手道場への階段を足早に下りた。

白の道着を着た男女が十数人、空手の稽古《けいこ》をしていた。欧米やアジアの外国人が半分近く占めているのは、六本木という場所柄である。小学生くらいの外国人少年もいる。全員、鏡に向かって、熱心にワンツーと前蹴《まえげ》りを入れたシャドウを繰り返していた。生徒たちの顔に汗が噴き出ていたが、エアコンが効いて、汗の臭いもしない。道場と言っても、床はフローリング、壁は全面鏡張り、インテリアは白と黒、というモダンなダンススタジオのような洒落《しやれ》た空間だ。

椅子に腰掛けて稽古を見ていた青鬼が振り返り、伸吾の訪問に顔を綻《ほころ》ばせた。てかてかと光る生地で作られた灰色のスーツにノーネクタイ、という格好だ。青鬼は、空手五段。六十歳を優に超えている。伸吾が十歳の時から指導を受け、様々な悩みごとも相談した人生の恩師だ。

青鬼は、道場主としても遣《や》り手《て》だった。弟子たちに、全国二十カ所以上もの「青鬼」を冠した道場を開かせ、全国大会を主催しては、人や金やマスコミを集めた。空手DVDや青鬼グッズを販売し、貸しビル業、出版業にも手を染めている。伸吾が今の俳優事務所に入れたのも、青鬼の紹介だった。

道場の一階は、事務所。二階にはリングがあって、ボクシングやムエタイも教えている。三階は青鬼の住居だが、最近は妻が一人きりで住んでいる。青鬼は、三十歳も年下の愛人と共に、熱海《あたみ》のマンションに移ったのだ。現在は弟子たちに指導を任せ、月に数日しか道場に来ない。

青鬼が、アシスタントのパクに稽古を見るよう言い置いて、伸吾のところにやって来た。パクは、三十代の誠実な男で、もうじき釜山《プサン》で青鬼・釜山道場を開くことになっている。

「伸吾、この時間に珍しいな。撮影はどうだ」

青鬼は、ヴァレンティノの女物のタオルハンカチで、額の汗を軽く拭《ぬぐ》った。撮影という言葉を発する時、嬉しさがあらわれているような気がする。いや、俺が嬉しいのか。伸吾は、顔が弛《ゆる》まないように、眉根《まゆね》を思いっ切り寄せた。

「青鬼先生こそ、珍しいじゃないすか」

道場経営は弟子任せの青鬼が、自身で稽古を見ることなどほとんどない。青鬼が久しぶりに道場に来ていると聞いて、伸吾は挨拶に馳《は》せ参じたのだ。

「確定申告なんだよ」

青鬼が苦笑してから、嬉しそうに生徒の方を見遣《みや》った。伸吾が習っていた頃に比べると、遥かに盛況だった。

稽古は、ワンツーに回《まわ》し蹴《げ》りが加わった。不格好な外国人の蹴《け》りをパクが手で制止し、見本を見せた。シュッと空気の裂ける音が、伸吾のいる場所にまで聞こえてきた。

生徒たちが、おーっと嘆声を発した。

「オヤジさん、どうだ」

青鬼がハンカチをポケットに仕舞って顔を向けた。伸吾は首を捻《ひね》る。

「最近行ってないんすよね。一進一退じゃないすか」

伸吾の父親は、ロカビリー歌手の若宮ゴロウだ。「あの子にイェイイェイイェイ」という大ヒットを飛ばしたことがある。日本全国で「イェイイェイ」という言葉が流行《はや》って、大変な寵児《ちょうじ》だったそうだが、その後は鳴かず飛ばずで、司会業や俳優などを細々と続けていた。だが、四年前に脳梗塞《のうこうそく》で倒れ、入退院を繰り返している。

伸吾はゴロウの愛人の子供だ。本名を、山村篤志《やまむらあつし》という。俳優デビューに当たって、それでは地味だからとゴロウに頼み込み、若宮姓を名乗らせて貰《もら》った経緯があった。

しかし、芸能界の端っこにいる今、子供時代に感じていたような、ゴロウへの強い憎しみや気兼ねは一切消えた。代わりに、ゴロウが一時期とは雖《いえど》も誰もが知っている芸人にまでなったこと、長くこの業界で生き抜いてきたこと、に限りない尊敬を感じるようになったのは意外だった。子供時代の伸吾は、捨てられた母親の圧倒的な味方で、母親を苦しめるゴロウは、悪人でしかなかったのだ。

「オヤジさん、まだあの女と一緒なのか」

青鬼は下卑た口調で言った。ゴロウは、正妻が許してくれないからという理由で、伸吾と妹のルリ子を認知しなかった癖に、五年前にあっけなく離婚し、二十代の女と再婚したのだった。その途端に病に倒れたのだから、女にも迷惑な話だろう。だが、伸吾とそう歳の変わらない若い義母は、熱心に看病を続けてくれていた。

「そうです。俺たちも感謝してますよ」

「それは良かった。ところで、ルリちゃんは元気かい」

ルリ子は、伸吾の七歳下の妹で二十一歳。専門学校を出た後、代々木《よよぎ》のアパートに住んで、裏原宿《うらはらじゅく》で人気のある、若者ブランドのデザイナーをしている。

「元気っすよ。念願のデザイナーになって夢を叶《かな》えてます」

「ルリちゃんならセンスがいいから、大物になるよ。お前たちは、いい兄妹《きょうだい》だ」

はあ、と伸吾は本気で頷《うなず》いた。ルリ子の話になると、なぜか泣きたくなった。歳の離れた妹が不憫《ふびん》で、可愛くて仕方がなかった。父親に認知されない、と二人で悔し泣きをした経験があるせいだろうか。物心付いた時から、自分と母親が対等の立場で、か弱いルリ子を守り育てているような気がしていた。

噂というものは、隠していても、どこからか流れるものだ。小学校でも中学でも、伸吾とルリ子の兄妹は、「あれは、ロカビリーの若宮ゴロウの妾《めかけ》の子供だ」と言われて苛《いじ》められた。空手を習い始めたのも、喧嘩《けんか》に勝つためだった。ルリ子が泣いて帰って来ると、必死に相手を捜し回り、必ず復讐《ふくしゅう》を果たしたものだ。母親が再婚した今、自分がルリ子を守らなければならない、と前より強く思うようになった。母親と妹。父親という存在が欠落した人間関係の中で育った経験が、伸吾を、女を必要以上に大切に思う男に仕立て上げたのかもしれなかった。

稽古が終わり、生徒が青鬼と伸吾の周囲に集まって来た。

「伸吾サン、こにちはー」

間延びした日本語で挨拶したのは、アメリカ人のグラハムだ。グラハムは米軍関係者だと自称しているが、何をしているのかは誰も知らない。

「映画見たよ、カッコよかったー」

グラハムは、伸吾の肩を叩《たた》いた。伸吾はにやにや笑って、目付きを危うくするサービスをして見せる。グラハムが、「テッ、テッ」と相好を崩して喜んだ。

スペイン人の女の生徒が青鬼に詰め寄っていた。

「先生、どうしてまだ受け返し、教えてくれないですか。もう一カ月同じことやってるよ」

青鬼が真面目な顔で答えた。

「基礎をもう少しやってから」

受け返しとは、スパーリングのようなものだ。二人ひと組となって、相手の技を受け、自分も返す。スペイン人の女は、一人で地味な突きや蹴り、シャドウを繰り返しているのが退屈なのだろう。空手二段の俺だって、一年以上は基礎ばかりだった。甘いな、まだまだ早いぜ、と伸吾は内心思ったが、勿論《もちろん》口には出さない。俳優は、寡黙な方が得だった。顔と体だけで語る方が謎めいている。

「伸吾、これから飲みに行くか」

青鬼が声をかけてくれた。折角の誘いだったが、伸吾には行かなければならない場所があった。

「すいません、野暮用があって」

苦い顔で恐縮すると、青鬼が笑った。

「女のところだろう」

図星だった。しかし、心のどこかで、用事があって良かったとほっとしている自分がいる。家を出てからの青鬼が、あまり好きではなかった。

伸吾は、タクシーを拾い、里香子《りかこ》の住まいに向かった。場所は、青山《あおやま》三丁目にある、雑居ビルの上階だ。

インターホンを鳴らしながら、伸吾は内心の怯《おび》えを隠して、にこにこ笑おうとしていた。恋人の里香子に、「話がある」と呼び付けられたことが、不安で堪《たま》らなかったのだ。苦しい時は笑え。これは俳優だけでなく、伸吾の考える、真の男の条件でもあった。

「あっちゃん?」

里香子がドアの向こうから伸吾の名を呼んだ。あっちゃんとは、本名篤志の愛称だ。伸吾は、母親や妹、そして里香子から、こう呼ばれている。

里香子は、今年で五十一歳になった。テレビのシナリオライターで、近頃は仕事が減っているらしい。が、雑誌の記事を書いたり、ドラマのリサーチをしたり、本業はうまくいってなくても、その生活が崩れることはなく淡々と暮らしている。そんな肝の据わったところがあって、歳の割に締まった体付きをした、美しい女だ。映画関係者がよく行く飲み屋で知り合い、翌日から付き合いが始まった。

「ごめんね、呼び付けて」

ドアを開けた里香子は、優しく微笑んだ。笑うと、ふくよかな頰にえくぼが出来る。伸吾はほっとして、里香子のくびれた腰を抱いた。若いヤクザが年上の女房に威張るような気分になった。

「いいよ、それより用事って何だよ」

テーブルの上に、グラスやつまみが用意されていた。里香子が、ヤクザ映画の女房のように、伸吾の肩からジャケットを取ってハンガーに掛けてくれた。伸吾は立ったまま、煙草を箱から直接くわえる。風もないのに、ジッポのライターを手で覆って、火を点《つ》けた。里香子が冷蔵庫からビールを出しながら、陰鬱《いんうつ》な顔で言う。

「あっちゃんに言おうか言うまいか、迷ったのよ」

来た。伸吾は動揺を悟られまいと、煙草を忙《せわ》しなく吸った。煙草の持ち方も研究してあって、人差し指と親指で摘《つま》む。しかし、その指が細かく震えている。伸吾は二十三歳も年上の里香子に心底惚《ほ》れていて、「話がある」と言われると即、別れ話か、と怖《お》じてしまう。それを悟られないように、意地を張る。

「嫌だな、こういう話って。どこから始めていいかわかんない」

里香子が溜息《ためいき》を吐き、椅子を引いて腰掛けた。

「勿体《もったい》付けんなよ」

伸吾は怒鳴った。この怒鳴り方は、Vシネマでさんざんやった。しかし、里香子は動じない。伸吾が心優しいことを知り抜いている。

「勿体なんか付けてないわよ」里香子も煙草に火を点けて、部屋の壁を眺めた。「てか、事態が深刻だから、あたしも悩んでさ」

伸吾は動悸《どうき》がして、思わず子供っぽい口調で聞いてしまった。

「病気か何かなの」

里香子はビールの泡を見つめたまま、首を振った。

「あたしのことじゃないの。ルリちゃんのことよ。でも、本人には言わないで。それから、あたしから聞いたっていうことも、絶対内緒よ」

ルリ子のこととは、意外だった。伸吾は、身を乗り出した。ルリ子は里香子を慕って、始終、連絡を取り合っているらしい。実の母親が他の男の元に去ってしまった今、母親と歳の近い里香子が、今度は母親の役を担っているようなものだった。もしかすると、だから伸吾も里香子が好きなのかもしれなかった。メンバーが入れ替わっただけで、家族の形態は少しも変わらない。

「ルリ子がどうしたんだよ。男でも出来たのかよ」

「ほら、顔色が変わった。あっちゃんて、ルリちゃんのことになると血相が変わるから、どうしようかと悩んじゃう」

「言えよ、早く」

伸吾は天板を掌《てのひら》で叩いた。

「怒鳴るのやめなさいよ。今話すから」

里香子がぴしゃりと叱った。里香子の命令は絶対で、伸吾は黙る。

「ひと月前かな。ルリちゃんから電話があって、あなたには内緒でここに泊めてって言うのよ。変だな、と思って気になったんだけど、沈んだ様子で何も言わないから、敢《あ》えて聞かなかったの。失恋でもしたのかな、くらいに思ってた。結局、三泊して帰ったわ。あなたはちょうどロケでいなかった」

「何だ、知らなかったぜ。言ってくれよ」

伸吾が思わず口を挟むと、里香子が伸吾の目を見つめたまま、こめかみの辺りを人差し指で示した。額に青筋が立っている、と言いたいのだ。伸吾はビールを呷《あお》った。

「そしたら、また一週間前にうちに来たの。顔色が悪くて痩《や》せてて、すっかり別人だった。びっくりしたわ。どうやら、ずっと一人で悩んでいたらしい。で、やっと話してくれたのよ。その話を聞いたら、あたしもショックを受けて一週間悩んじゃった。あなた、最近ルリちゃんに会ってないから知らないでしょう。あなたからのメールには、元気な振りしてるって言ってたから。きっと知られたくなかったのよ、女の子だし」

女の子だし。ということは、男に騙《だま》されて中絶でもしたのか。事実を知る苦しさに、伸吾は思わず歯を食いしばった。最早、表情の粉飾はできそうになかった。しかし、現実はもっと厳しかった。

「あの子ね、レイプされたみたいなの。それも、凄《すご》く悪質な手口で。あたしも聞いてショックを受けたわ。ほんとに酷《ひど》い話なの」里香子は言葉を切って、しばらく俯《うつむ》いていた。「あたしのところに泊まりに来た前の日のことらしい。だから、一カ月くらい前ね。一人で家にいるのが怖かったんでしょうね、可哀相に。ルリちゃん、その頃は仕事で遅く帰る日がずっと続いていたんだって。その日も、十時過ぎに帰って来て、デザインの仕事してたんだって。一時くらいに疲れてベッドに横になったら、うたた寝しちゃったらしい。部屋の明かりは点けっ放しだったって言うから、余程疲れていたんでしょう。何時間か経って妙な気配がするので目を覚ましたら、部屋の中に男の人がいるんですって。びっくりして、最初は幽霊か何かかと思って、布団を被《かぶ》ってがたがた震えていたって。でも、その男の人は、ルリちゃんが目を覚ましているのに気付かず、リュックから何かを取り出したり、仕舞ったりしているところだったんだって。体も大きくて、黒ずくめの格好をしているから、あなたかもしれないと思って、思い切って『お兄ちゃん?』て、声をかけてみたんだって。すると、男がぎょっとした顔で振り向いた。全然、知らない男だったので、怖くなって叫んじゃったらしいよ。当たり前だよね。しかも、男は注射器を持っていたんだって。すると、男が慌ててポケットからシェーバーみたいな物を出して、脅したらしい。『黙れ、これを押し付けたら痛いぞ、気絶するぞ』って」

「スタンガンだ」

伸吾は絶望的な気分で呟《つぶや》いた。自分の出演している映画なんか問題にならないくらい、悪質で酷薄な犯罪だった。ルリ子がそんな目に遭ったと想像するだけで、頭の中が白くなった。

「ルリちゃんは、このままじゃ殺されると思ったんですって。それで、勇気を振り絞って、近所に聞こえるようにキャーッと叫んだんだって。そしたら、その男が慌てた様子で、ルリちゃんの脇腹にそのシェーバーみたいなのを押し付けたんだそうよ。Tシャツの上からだったけど、ショックでヘッドボードまで跳ねて、痛さに悶絶《もんぜつ》したって」

「スタンガンていうんだよ、それ。ひでえな。子供なんか、死んじゃうことだってあるんだからさ」

伸吾は受け売りの知識を呟きながら、涙目になった。伸吾に同調して、里香子も言葉を詰まらせた。

「その時、男が言った。『ほらね、だから言ったでしょう。おとなしくしなさい。腕出しなさい。注射するけど、怖くないよ。大丈夫だからね』って。その言い方がまるでお医者さんなんだって。ルリちゃんは、もう抵抗する気力もなくしてベッドに横たわっていたらしい。そしたら、腕にゴムバンドをきりきり巻いて、とんとんと静脈を叩《たた》いて、手際よく注射したらしいのね。ルリちゃんは、そこまでしか覚えてないって。次の日、気分が悪くて眠くてうとうとしてたら、職場から電話がかかってきて、夕方だけどどうしたのって言われて、びっくりしたって。やっとのことで起き上がったけど、夢か現実かわからなくてぼうっとしていたって。二日間くらい、手足は痺《しび》れるし、頭は痛いし、凄く具合が悪かったらしいわよ。いったい何を注射したのかしら」

「そいつ、殺してやる」

伸吾は、涙を流しながら呻《うめ》いた。里香子は深い溜息を吐いた。

「あたし、ルリちゃんに言ったのよ。一緒に警察に行きましょうって。あたしが付いて行ってあげるって」

「そしたら？」

伸吾は拳《こぶし》で涙を拭《ぬぐ》った。怒りのあまり、語尾が震えている。

「噂が怖いって言うのよ」

わかる。俺たちは、そういう運命の兄妹《きょうだい》だったんだ。今は死語かもしれないが、俺たちは妾の子とからかわれて、さんざん侮辱されてきたんだ。噂がどれだけ暴力的に人を傷付けるか、俺は知っている。伸吾は、里香子の穏やかな丸顔を眺めた。里香子は、人の気持ちがわかるいい女だが、俺たち兄妹の屈辱や怯《おび》えまではわからないだろう、と思いながら。

「だから、あっちゃんの方から、警察に行くことを勧めてみたらどうかと思って。あたしから聞いたことを言わないで、最近何か様子がおかしいけど、とか誤魔化して。ねえ、どうかしら」

「いや、俺が復讐《ふくしゅう》する」伸吾はテーブルの上で拳を固めた。「そいつを探し出して、歯を全部折ってから、吊《つる》して、さんざいたぶってやる」

里香子は、あーあ、と声を上げて、天井を仰いだ。予想通りの反応に、話したことを後悔しているらしい。

「あっちゃんはそう言うと思ったのよ。だから、躊躇《ちゅうちょ》していたのに」

里香子が、スーパースパイシーという名のポテトチップスを一枚齧《かじ》った。伸吾が好きだから用意してくれていたのだろう。伸吾は、思い切って尋ねた。

「妊娠してないのか」声が掠《かす》れた。

「聞けなかったわよ、そんなこと。可哀相で」

里香子が食欲をなくしたように、ポテトチップスを盛った皿を押しやった。しばしあって、口を開く。

「でもね、ルリちゃんが自分で言ったの。処女だったって」

伸吾は絶句した。やっぱりと安心する自分がいる一方で、体中の血が逆流し、口から火を吐きそうなほどに腹を立てていた。よりによって、俺の大事な妹に何てことをしてくれたんだ、畜生め。しかし、伸吾は、これでようやく自分がヒットマンのテツと同化した、と感じていた。映画の中では、本当の弟のように可愛がってくれた若頭を拷問で殺され、その無惨な遺体を前に、テツが復讐を誓うのだ。だが、テツの純粋な気持ちは親分に利用され、取り返しの付かない悲劇を生んでいく。今だったら、もっとうまくテツを演《や》れたのに。

　翌日の六時過ぎから、伸吾はルリ子のアパートの前で、ルリ子の帰りを待った。携帯に電話すれば避けられてしまうかもしれない、と慮《おもんぱか》っての奇襲攻撃だった。スーツ姿の伸吾は寒さに震えながら、アパートを見上げた。ルリ子の部屋は、二階の角だ。そいつは、塀に上って、そこからベランダに飛び移ったのだろう。そして、ベランダの戸から侵入したのだ。その夜の光景が目に見える気がして、またも総毛立った。独立したい、と言い張るルリ子の言葉なんか無視して、一緒に住むべきだったと激しく後悔していた。スタンガンで打撃を受けて体の自由を奪われた上に、睡眠薬を注射されて、処女を奪われたのだ。そんな酷い目に遭わされた女が身内にいたら、ほとんどの男は怒りで気が狂うだろう。

　攻撃を受けたら返す。それが俺の遣《や》り方《かた》だ。伸吾の身内に、これまでになかった感覚が沸々と湧いてきた。それは、自分が演じてきた、血の熱い主人公たちが生身の自分に続々と乗り移ってくる感覚だった。ヒットマンのテツ、チーマーのサトル、舎弟のタカ、暴走族のコウジ。みんな単細胞で愚かで利用され、虫けらのように殺され、いたぶられ、死ぬほどの屈辱を受けていたが、必ず復讐は果たしていた。

　やっと、役柄が自分の中に入ってきた。伸吾は気が済むまで暴れ回りたくなっている。空手やボクシングやテコンドー。これまで学んだ格闘技が、演技ではなく、現実の世界で生かされるのだ。アドレナリンが途切れることなく体じゅうを駆け回り、伸吾の顔は自然に野獣のような猛々《たけだけ》しいものになっていた。

「あれ、お兄ちゃん。どうしたの」

やっとルリ子が帰って来た。午後八時を回っていた。残業でもしてきたのか、ルリ子はくたびれた声を上げた。どこかに伸吾を疎む気配があった。伸吾はルリ子の顔をじっと眺めた。襟や袖口《そでぐち》に、白いラビットの縁取りの付いた可愛いコートを着ているのに、表情は冴《さ》えない。目の下に隈《くま》が出来て、頬がこけていた。ああ、これは現実だ、現実なんだ。伸吾は頭を抱えたくなった。好きな女が対立する暴走族に輪姦《りんかん》されたことを知り、傷付き、放心した女を胸に抱きながら、大声で泣き叫ぶ役をやったことがあったのだ。あの時の俺は、魂が籠《こ》もっていなかった。今なら、迫真の演技ができるのに。

「話があんだよ、中に入れてくれ」

ルリ子は何も言わず、諦《あきら》めた顔をした。里香子が話したことを悟ったらしい。が、同時に、どこか安堵《あんど》したように弛《たる》んだ表情だった。

伸吾は、ルリ子の部屋を見回した。ピンクの綿菓子のような部屋だった。ピンクのカーペット、白いレースのベッドカバー、キティのクッション、ピンク地に赤のイチゴ模様のカーテン。家具も家電も、六〇年代風に纏《まと》めた、チープで可愛い女の部屋。

だが、服や菓子の袋が床に散らかっていた。自暴自棄の生活をしていたのだろう。伸吾は、ルリ子が哀れになって、抱き締めてやりたい衝動に駆られた。気付くと、落涙していた。不思議そうな顔をするルリ子に、伸吾は土下座した。

「ごめんな、お前を守ってやれなくて、ごめんな。俺は最低の兄貴だ。ちょっと有名になったからって慢心していたんだ。馬鹿な野郎だ」

「映画みたいなこと言わないでよ」

ルリ子は笑ってコートを脱いだが、口調にはこれまでにない諦観《ていかん》がある。伸吾はきっと顔を上げた。

「映画のどこが悪い。俺の職業だぞ」

「そんなこと言ってないじゃん」

ルリ子は唇を尖《とが》らせた。黄色いタートルネックセーターの上に、自分でデザインしたらしい、パフスリーブの迷彩柄ワンピースを着ている。髪を切ったせいで顔が尖って見えたし、厚めの唇がかさついていた。可愛い顔をしているのに、限りなく不幸そうだ。伸吾は遣り切れなさに顔を背けた。後悔で、体じゅうが痛い。何も知らずに、六本木を肩で風を切って歩いていた自分が、恥ずかしかった。

「里香子さんに聞いて来たんでしょう。喋《しゃべ》ると思ったんだ。あの人、お兄ちゃんのこと好きだもんね」

「馬鹿。お前のことを一番心配してんだよ」

安っぽい映画なら、ここで妹の頬のひとつでも張るところだった。が、伸吾はそうはしない。ただ、泣いただけだった。

「いいよ、もう済んだことだし」

「済んでねえよ」伸吾は怒鳴り返していた。「俺がそいつを探し出して、殺してやる」

突然、ルリ子の頬に涙が流れた。

「嬉《うれ》しいよ。ありがとう、お兄ちゃん」

「もう、大丈夫だよ。安心しろよ」

伸吾は、ルリ子の荒れた手を取って撫《な》でてやった。ピンクとグリーンと、交互に塗られたマニキュアが剝《は》げかかっている。

「お兄ちゃんの気持ちは嬉しいよ。でも、もう忘れて生きていきたいんだ。だって、そうでしょう」

「忘れられるのかよ。俺たちが近所のヤツらや学校で言われたことだって、結局忘れられなかったじゃねえか。そうだろ。それよっか、もっと酷《ひど》いことなのに、忘れられっこねえよ、この先」

「でも、どうしたらいいのかわかんない。里香子さんが言うように、警察に行った方がいいのかな」

伸吾は、自分の指を見た。節の目立つ肉刺《まめ》だらけの指。格闘家の指だ。活躍しろ、と指に命じる。

「サツなんか当てになるかよ」

これは、何かの映画で言った台詞《せりふ》だったと思い出したが、気分はまったく同じだった。

「そいつはどこから侵入したんだ。思い出して、全部言えよ」

ルリ子は溜息《ためいき》をひとつ吐き、冷めた目でベランダを指差した。

「あそこ。鍵《かぎ》を掛けてなかったの。いつも暖房を付けっぱなしにしてるから、少し隙間風が入った方がいいと思って」

やっぱりな。伸吾は、黒いスーツの胸ポケットから手帳を取り出して、メモをとり始めた。ベランダ、と書いて首を傾げる。そいつはどうして、ルリ子の部屋のベランダの鍵が閉まっていないのを知っていたんだ。

「お前の知り合いじゃないのか」

違う、とルリ子は首を振った。声は虚《うつ》ろだが、はっきりしていた。

「見たことのない顔だった。歳は、だいたい三十代後半くらいかな。結構シャレたヤツなんだよ、それが。薬指にローリーロドキンの指輪をしてるの。あれ、あたしも欲しかったけど高いから買えなかったのよ。だから何かショックで、ずっと見てたんで間違いない。あと、リュックサックはプラスポ。プラダスポーツのこと。黒いジャンパーはわからなかったけど、下に着ていたロンTはマルジェラ。何もかも有名ブランドだよ、絶対。それと、ジーンズじゃなくて、黒のパンツだった。ジーンズじゃ、ブランドがわかるからだよ」

「思い出すこと、何でも言ってくれよ」

さすがファッション関係者だった。妹の観察力の凄《すご》さに、伸吾は舌を巻いた。わかってる、とルリ子は頷《うなず》き、必死に考えている。

「そいつは、マジお洒落《しゃれ》が好きなヤツだよ、お兄ちゃん。だって、見たことのないヴィンテージもののスニーカー履いていたもん」

「家の中を土足で歩き回ったのか」

「違う」ルリ子は嫌悪を堪《こら》えるように、顔を顰《しか》めた。「後ろを向いて、リュックサックにスニーカーを入れているのを見たの。それが、凄い綺麗《きれい》なブルーのプーマなのよ。あたし、怖いながらも、しっかり、あれプーマなんだ、と意外に思ったの覚えてる。後で、スニーカー集めている友達に聞いたら、それって激レアらしいよ。ヤフオクでも滅多に出ないってさ」

「スニーカーのヴィンテージマニアで、レイプ野郎か。最低だな」

伸吾は溜息を吐いた。

「あたし、最初、お兄ちゃんが来たのかと思って、喜んで声をかけたりして馬鹿だったよ。お兄ちゃんだって、鍵がなきゃ入れないじゃんね」

「俺と間違えたのか」

伸吾は、衝撃を受けてルリ子の顔を見た。ルリ子が、伸吾の目を見て顔を赤らめた。伸吾は目を背けて、部屋を眺めた。調度は可愛らしいが、どれも金がかかっていない。貧乏な若い女の部屋に入り込みやがって。畜生。またしても、憎しみが沸騰して、爆発しそうだった。だが、その矛先をどこに向けていいのかわからない。この怒りや憎しみを抱えたまま生きていくことを思うと、その憤懣《ふんまん》で死にそうだった。

伸吾は不意に、自分の出ていた映画の中の主人公たちは、憎しみの対象がはっきりわかっている分、幸せだったのだと思い知った。急に、虚構が虚構めいて感じられ、あれほど身内に溢《あふ》れていた映画との一体感が失《う》せた。俺はこの出来事で不幸な人間になった、と感じられ、伸吾は薄笑いを浮かべた。苦しいときは笑え、だ。

「どうしたの」と、ルリ子が怪訝《けげん》な顔をした。

「いや、何でもない」

伸吾は肩を落とした。

「あと、あいつは医者だよ、間違いない」

「注射をしたから?」

「それもあるけど、体からアルコールの匂いがした。お医者さんの匂いだよ。白衣の匂い」

本物の医者か。伸吾は、メモを取るのも忘れていた。医者の役だけは演じたことがなかった。「白い巨塔」に出たいもんだ、と思ったことはあるが。

「あとね、あれは水曜の夜中だった」

突然、どうにも拭《ぬぐ》い去ることのできない嫌悪の情が湧いてきて、伸吾は呟《つぶや》いた。

「医者かと思うと、何かすっげえ不快だな」

「うん、人を助ける商売なのにね。サイテーだよ」

陰鬱《いんうつ》な顔でルリ子が頷いた。

「三十代の医者で、スニーカーのヴィンテージマニアで、プラダスポーツのリュックが好きで、ロドキンの指輪して、マルジェラのロンT着てるシャレ者。それだけはわかったけど、この後、どうすりゃいいんだ」

「そこだよ」

ルリ子に冷徹に指摘され、伸吾は自分が無力に感じられた。人一倍、怒る感情はあっても、それだけではどうすることもできない。

「他に、同じような事件を起こしてるんじゃないか」

「多分、そうだと思うけど、新聞とか見てても出てないよ。みんな泣き寝入りしてるんだよ」

「やっぱ、サツに行こうか」

伸吾の弁に、ルリ子は侮蔑《ぶべってき》的な眼差しを向けた。

「さっきと話が違うじゃん」

部屋のドアがノックされた。二回叩《たた》いて、間を置き、もう一回。伸吾はぎょっとして振り返ったが、ルリ子は落ち着いた様子でドアを開けた。二十歳くらいの若い男が立っていた。男は、伸吾を見て驚いた様子で立《た》ち竦《すく》んだ。カーキ色の破れたコートを着て、同じく穴だらけのジーンズを穿《は》いていた。

「だいじょぶ、これはあたしのお兄ちゃん。ヤクザじゃないよ」

伸吾は、格闘家の癖で顎《あご》を引き、相手を睨《ね》め付けていたのだ。

「お邪魔します」

若い男は、挨拶《あいさつ》して部屋に上がった。ルリ子が男を指差した。

「友達の佐藤《さとう》君。同じ会社の同期の友達」

佐藤が恐縮したように頭を下げた。ルリ子と同じ会社ということは、着ている物は同社の製品なのだろう。わざとボロのようにデザインしてあるらしい。佐藤が、感に堪えたように、伸吾のスーツ姿を見た。

「カッコいいすね。キマってる」

「佐藤君には、あれから時々泊まって貰《もら》ってるんだ。怖いからさ」

伸吾は慌てて部屋を見回した。狭いワンルームのスペースでどう泊まるのだ、と焦ったが、ルリ子も佐藤も平気な顔をしている。泊まりっこする男女の友達など、自分の出た映画にはまったくなかったシチュエーションだった。自分の考えていた妹の生活が、現実とかけ離れていたことを実感し、伸吾は戸惑った。

「ねえねえ、ルリちゃんが言ってたスニーカーって、これじゃない。今パソコン見たら、ヤフオクに出てたから、プリントアウトして持って来たよ」

佐藤が、黒い鞄《かばん》からクリアファイルを取り出した。A4判の紙を見せる。鮮やかなブルーのスニーカーが写っていた。八万円、とある。

「これかもしれない。プーマのブルーって、珍しいもんね」

「激レアどころか、鬼レアだよ。六〇年代のプーマって、博物館級だからね。でも、激古だから、ソールを替えないと履けないだろうな」

佐藤は熱弁を奮った。伸吾はルリ子の肩越しに覗《のぞ》いたが、薄汚い靴に過ぎなかった。しかも八万だ。

「俺なら買わないぜ」

「あたしも買わないけど、あたしを襲ったヤツは、こういうのを好むんだよ」

ルリ子が言うと、佐藤がしんと押し黙った。遠慮がちな目に同情の色がある。急に、伸吾は不機嫌になった。兄である自分には知られたくなかった癖に、男友達には話したのか、という理不尽な怒りだった。

「で、どうするつもりなんだ」

伸吾の問いに、佐藤が怜悧《れいり》そうな目を向けた。

「僕もヴィンテージ物のスニーカーを手に入れて、ヤフオクに出してみようと思ってます。こういうマニアは、絶対にヤフオク見てますから、チェックすると思うんですよね。うまく引っ掛かってくれたらいいんだけど」

伸吾は煙草を取り出しかけたが、ルリ子に目で叱られてポケットに戻した。

「ヤフオク見てるって保証はあるのか」

「だって、相手は医者でしょう？」佐藤が勝ち誇ったように言う。「古着屋やヴィンテージショップを探して歩く暇なんかないはずだから、絶対に見てますよ。マニアなんだから」

「そうだよ、お兄ちゃん」

知らないんだろう、と言いたそうなルリ子の言い方にも傷付けられ、伸吾は立ち上がった。

「わかった、任せるよ。俺は俺の遣《や》り方《かた》で見付けるから」

「どうやって」

ルリ子が怪訝そうな顔で聞いたが答えなかった。何の方策も持っていなかった。振り向いて、ルリ子の窶《やつ》れた顔を見る。

「な、悪いこと言わないよ。サツに行こう」

「あたしは絶対に嫌だからね。だって、検査されたりするんでしょう。嫌だよ。探し出して復讐《ふくしゅう》してやるって言ってくれたの、お兄ちゃんじゃない」

ルリ子が怒ったのがこたえた。


車を拾おうとしたが、寒空に、光るスーツ姿で手を挙げる伸吾を避けたのか、タクシーはなかなか停まってくれなかった。やっと捕まえたタクシーの運転手は、怯《おび》えを隠さなかった。以前の伸吾なら、黙ってヤクザの振りをして脅してやるところだが、今夜は違っている。自信を喪失し、当てどない気持ちになっていた。「青山三丁目」と、里香子の住所を告げた。

「運転手さん、この辺て、夜中はタクシーよく通りますか」

「山手《やまて》通りまで出れば、すぐ摑《つか》まりますよ」

「どんな会社のタクシーが一番通るかわかりませんか」

さあ、と言ったきり、運転手は答えなかった。

ルリ子を犯した後、その医者は山手通りまで歩いて、タクシーに乗って逃げたのだ。

あるいは、乗用車で来て停めていたのか。いや、この辺りは路駐できない。だから、タクシーで来て、タクシーで帰ったのだ。伸吾は目を閉じて、その夜の医者の気持ちを想像した。罪を犯した満足と、無事に逃げおおせるかどうかという不安とが交錯して、さぞや昂奮《こうふん》していたことだろう。役柄では時たまあるが、伸吾には、女に暴力を振るって犯し、満足する男の気持ちがよくわからない。でも、きっと頭だけはいい奴なんだろうな、と思う。

『俺、頭悪かったからさ、唄《うた》しか得意なものはなかったんだよ。お前も悪いだろうな、ごめんな』

たまに家に遊びに来るゴロウは、そう言って伸吾の頭をぽかぽか叩き、ふざけていた。その通りだ。俺も頭悪いよ、オヤジ。台詞《せりふ》を言うだけの役者にはなりたくない、と思ったが、結局そうなのだ。「ヒットマンのテツ、チーマーのサトル、舎弟のタカ、暴走族のコウジ。みんな単細胞で、愚かで、利用され、虫けらのように殺され、いたぶられ、死ぬほどの屈辱を受けて」。伸吾の気が変わった。道場で汗でも流そうと思った。

「運転手さん、すみません。星条旗通りにやって」

受付にキックボクサーの女が退屈そうに立っていた。

「あれ、師匠は熱海にお帰りになりましたよ」

伸吾の顔を見て、弾んだ声で告げる。

「いいんだ。練習しようかと思って」

伸吾は、スーツのジャケットをはらりと脱いだ。裏地の赤が目に入るように練習した賜物《たまもの》で、女が目を瞠《みは》った。

「カッコいい」

「ね、キックやろうか。教えてよ」

「いいですねえ」

女が飛び上がって喜んだ。伸吾は、自分より年上の女を従えて、二階に上る。誰もいなかった。女が階下を気にしながら照明を点《つ》けた。四角いリングが浮かび上がる。

「グラブ付けないんですか」

「いいんだ。感じだけ教えてくれよ。受け返しでさ」

はい、と女がリングに入り、構えた。伸吾が構えると、早速、ワンツー回《まわ》し蹴《げ》り、を始める。伸吾は、真剣な女の眼差しを見つめ返しながら、これじゃ駄目なんだ、これじゃ、と呟《つぶや》いていた。女がふと動作を止めた。

「どうしたの」

「だって、伸吾さん、笑ってるから」

伸吾は気が抜けて、両腕をだらんと下げた。

# 4　「お前じゃないが仕方ない」（三番目の被害者）

あたかも大勢の客が来ているかのようだった。華奢《きゃしゃ》なサンダルや、パステルカラーのバレエシューズ、赤い紐《ひも》のスニーカー、茶のハーフブーツなどが狭い玄関先に並んでいた。つい数日前から、厚底のごついパンプスも加わっている。すべて最新流行のコピー商品だが、駅の地下街で売っているような安物である。

帰宅した海老根《えびね》たか子は、しばらくそれらに見入っていた。試しに、新作のパンプスに足を入れてみた。だが、爪先《つまさき》も入らないほど小さかった。

勿論《もちろん》、自分の靴ではない。同居人の林桃花の物だ。林桃花とは、一見すると中国人の名前のようだが、ハヤシモモカという。モモカはまだ二十二歳、美容師見習いである。

モモカは、靴を靴入れに仕舞わずに、玄関先に並べる癖がある。靴が露出しているのを嫌う海老根には、不快な習慣だった。最初の頃は、家主の海老根がきちんと靴入れに仕舞うので、モモカなりに遠慮して靴入れを使わないのかもしれないと思ったこともあった。だが、すぐに、まったくそうではないと気付いた。海老根が就寝しているのも構わず、どすどすと足音をさせて部屋の中を歩き回り、手洗いのドアをバタンと閉め、風呂《ふろ》の湯をじゃあじゃあ流すような女である。到底、他人を慮《おもんぱか》る神経があるとは思えなかった。

一緒に住んで八ヵ月。海老根は、これまでにもずいぶんと桃花に注意をしてきた。どれも取るに足らない、些細《ささい》なことばかりである。が、暮らしというのは、取るに足らない小さなことで成り立っているのだから仕方がなかった。

例えば、台所洗剤の容器の蓋《ふた》を閉め忘れているとか、ペットボトルを棄《す》てる時に中身を綺麗《きれい》に洗っていないとか、キッチンシンクに野菜屑《やさいくず》がへばり付いているとか、トイレットペーパーがなくなったのに補充してないとか、風呂の排水溝に長い髪が幾本も引っ掛かっているとか、ゴミ出し当番を忘れているとか、などなど。その度にモモカは謝るでもなく、暗い顔をして頭を下げるのみだった。おそらく、店で叱られても、無言で頭を下げるのだろうと思われて、海老根は店主に同情した。

しかし、ただ一度だけ、こう反論されたことがあった。

「石鹸箱《せっけんばこ》の中の水を切らないと、石鹸がぬるぬるになって減っちゃうでしょう。使う時、あなた気持ち悪くない？」

海老根がそう言うと、モモカは小さな顔を顰《しか》めた。

「今時、石鹸とかって使わないんですけど」

海老根は驚いて聞き返した。

「じゃ、何を使うの」

「エキタイ」

海老根はしばらくの間、それが何を意味するのかわからなかった。怪訝《けげん》な顔をしたところで、モモカが困った顔で「ほら、こうやって押すと、ぷしゅっと出てきて」と説明してくれたので、「液体」のことだと得心したのだった。

これは、コミュニケーション不全であって、決して海老根が無知だということではないのに、モモカは勝手に、海老根は時代遅れで、液体ソープも知らない、うるさいおばさんだ、と決めつけたようだった。

ある日、トイレの前を通った時、トイレのドア越しに、モモカの声が聞こえてきた。モモカは、行儀の悪いことに、トイレに入りながら携帯電話で話しているのだった。

もっとも、二人が住むコニーハイツには和室しかないので、トイレの中しか、声のプライバシーが保てないという理由もあった。

モモカは、「うちのエビちゃんがさあ、こんなこと言っちゃってさあ」と何度も叫んで、聞いたこともないような下品な掠《かす》れ声《ごえ》で笑い転げていた。さすがの海老根も、「うちのエビちゃん」が、自分のことだと気付くのに、そう時間はかからなかった。

「エビちゃん」と呼ばれる人気モデルが存在することは、知らなかったが。

それでも海老根は、モモカに出て行ってほしい、とは言えなかった。モモカ以外にも同居してくれる人は探せばいるかもしれないが、それも面倒臭い。

コニーハイツは、築二十年。2DKながらも、家賃は月五万三千円だった。そのうち、モモカは二万を負担してくれているのだ。方南通りから入ってすぐの閑静な住宅街で（もっとも一方通行だらけの狭い路地だったが）、たった三万で、風呂付きのアパートで暮らすことなど、到底できない。近所にはコンビニもたくさんあるし、初台《はつだい》の駅まで徒歩十分。方南通りには、新宿行きのバスも頻繁に通る。

海老根がまさかの失業をしたのは、二年前だった。当時四十五歳。海老根の勤め先だった青山の「デイズ」という高級スーパーが、突然店を閉めることになったのだ。決して業績が悪いのではなく、立ち退き問題がこじれたから、と聞いていたが、パートながらも定年まで勤められると踏んでいた海老根には大きな衝撃だった。しかも、海老根には、自分が高級食材店に勤めていて商品知識も豊富だ、という自負が少なからずあったのだ。その自信が打ち砕かれるような悲しい出来事だった。

正社員ならば、都内のあちこちにある系列の店に異動できた。しかし、海老根を始めとするパート従業員は、十年の長きにわたって勤めてきたにも拘《かかわ》らず、たった五万円の慰労金でお茶を濁された。正社員と同じように働いてきたのに。

それ以降、海老根は不安定なパート労働で食いつないできたのだ。同じくスーパーのレジ（デイズとは比べものにならない安手のスーパーだった）、家電量販店の事務、ファミレスの店長補佐、家事代行会社のハウスキーパー。

現在は、家事代行会社で掃除の仕事をして落ち着いてはいるものの、いずれも時給が十円高いだの低いだの、交通費が出るだの出ないだのに泣く、危うい労働と言ってもよかった。貯金も取り崩し、今さら、新しいアパートに移る資金など出せないどころか、下手をすれば、明日にでもホームレスになりかねない、危機的状況だった。

現に、風邪を引いて一週間ほど寝込んだら、あっという間に蓄えが尽きそうになった。家賃すらも払えなくなる、と思い余って電話したのは、つい最近まで付き合っていた山崎《やまざき》という男だった。

山崎は、「デイズ」の仕入れ課長で、五歳年下。ベテランの海老根があれこれ教えるうちに、いつの間にか付き合うようになっていた。だが、それも月に二度の逢瀬《おうせ》が一回になり、三カ月に一回になり、半年に一回、やがてほとんどなくなっていた。

「よく働いてくれたのに、あなたには本当に申し訳なかった。ごめんなさい」

顔を合わせれば平身低頭の山崎は、海老根の危機に対して、とても現実的な救助の仕方をした。ルームメイト募集のやり方を教えてくれたのだ。携帯電話のサイトにアクセスしてこちらの条件を出し、希望者が連絡してきたら、面接して決めればいい、と。そうすれば、家賃を半分負担して貰《もら》えるから、多少の収入減という事態があっても、家を失わずに済む、と。

もしかすると、山崎は海老根のアパートに通わなくてもいいような状況を作るために、ルームメイト募集を思い付いたのかもしれない。海老根はそう思わなくもなかったが、家賃を負担してくれる人間が現れるのならば、誰でもよかった。つまりは、そのくらい困窮していたのだった。

そこに応募してきたのは、たった一人。林桃花だった。四十過ぎのおばさんのところに何と物好きな、と思わなくもなかったが、ルームメイト募集というサイトには、女名前で女性の入居者を募集する悪質な男も数多《あまた》いると聞いて、海老根は仰天した。世の中がそんな危険に満ちた場所になっているなんて、ついぞ知らなかったのだ。

「だから、あたしも海老根さんでよかったです。人生の先輩だと思って頼りにしますので、よろしくお願いします」

モモカも最初の頃は、こんな殊勝なことを宣《のたま》っていた。

海老根も、思いがけず娘と呼んでもいいような同居者が出来て嬉《うれ》しかった。あまりにも未熟そうなので、世話をしてやろうと思い立ち、得意の食材の知識を活《い》かして、食事なども二人分いそいそと作った。

「一緒に食べようよ。あたしもその方が楽しいし」

誘いもしたが、モモカには負担だったらしい。いつも困惑したように眉根《まゆね》を寄せて無理やり食べている様子なので、いつの間にか、誘えなくなった。

海老根はそれが不満だった。一緒に住んでいるのだから助け合うべきだし、だいたい、その方が安くつくではないか。だが、何度誘っても、モモカは口を半開きにして、声も出さずに曖昧《あいまい》に頷《うなず》くのみだった。

「食費を貰えばいいんだから。それも少しでいいわよ」

すると、モモカがやっと蚊の鳴くような声で答えた。

「でも、あたし、そんなに食べれないし」

確かに、モモカは食べることがあまり好きではなかった。ポテトチップスや菓子で食事を済ませている時もある。食事を一緒にしようという誘いには、モモカの食生活を何とかしてやろうという親切心が多分にあったのだが、それが大きなお節介だ、と海老根は気付かなかった。

山崎に電話して相談すると、山崎は知ったようなことを言う。

「そりゃそうだよ。今時の若い奴らは、みんなうざがるよ。だから、放っておきなさいよ。今はさ、個食じゃないんだよ。孤独の孤と書いて孤食の時代なんだからさ」

なるほど孤食か、うまいことを言う。それが、先日あった研修会での受け売りらしいとは予想が付いたものの、孤食という言葉は、海老根の心に沁《し》みた。

自分の食卓こそが孤食ではないか。他人が同居しているというのに、その他人は自分に懐こうともしない。助けようともしないし、助けられようともしない。今まで豊かに見えた暮らしというものが、次第に色褪《いろあ》せて、つまらなくなった。海老根は、一人の寂しい食卓で酒を飲むようになっていた。それも次第に量が増えて、酒代に金がかかるようになった。最初は気取ってワインなどを嗜《たしな》んでいたが、次第に等級が下がり、今や大衆的な焼酎《しょうちゅう》にまで落ちていた。


午後七時。モモカが帰宅するまでには、まだかなりの時間がある。モモカは、何度聞いても覚えられない、代官山《だいかんやま》の何チャラという洒落《しゃれ》た名前の美容院に勤めていた。しかし、まだ見習い期間が終わらないらしく、朝は九時前に出て、夜は十二時近くに帰って来る。会わなくて済むから幸いだったが、あんなポテトチップスしか食べないような子がよく保《も》つ、と海老根は自分から消えていく若さを羨《うらや》みもするのだった。

海老根は、風呂《ふろ》を入れながら、今や唯一の楽しみとなった晩酌を始めることにした。つまみは、冷蔵庫の中にある作り置きの常備菜だ。幸い、ヒジキと大豆の煮物と、蓮《はす》のきんぴらが残っていた。海老根は炊飯器を仕掛けてから、「大五郎《だいごろう》」という名の焼酎のペットボトルを台所の流しの棚から出した。

さあ、注ごうと持ち上げてから、あれ、と手を止めた。減っている。気のせいとは言えないくらい、軽くなっている。そんなに飲んだ覚えはないのに、自分もとうとうアルコール依存症への道を走り始めたのか。

不安になった海老根は、何となしに壁のカレンダーを眺めた。「あっ、やられた」と大声を上げる。

昨日の火曜日、モモカの店は定休日だった。海老根がいつも通り、「マミーサービス」という家事代行業の会社に出勤する時点では、モモカは朝寝坊していたから、一度も会っていない。

しかも、夜は、辞めていく同僚の送別会があって、海老根は外で飲んで帰った。帰宅すると、モモカの姿はなかったが、どこかに遊びに行ったのだろうと気にも留めなかった。むしろ同居人の留守が嬉《うれ》しくて開放的な気分になり、思う存分長く風呂に浸《つ》かり、大音量でテレビを見て寝たのだった。

だから、焼酎が飲まれたとしたら、火曜の昼間なのだ。海老根は、気になってキッチンのゴミを検分した。すると、缶ビールが四本、スルメやチーズなどのつまみの袋が棄ててあった。

昨日は海老根の留守をいいことに、モモカの友人がこの家に上がって酒を飲んだようだ。酒盛りは別に構わないが、何もこんな貧乏な自分の酒を盗み飲むことはないのに、と海老根はかなり不快だった。

海老根の携帯電話がなった。モモカからだった。

「海老根さん、カレシと遊んでいるんで昨日から帰ってないけど、今日もカレシの部屋に泊まります。連チャンですみませんが心配しないでください」

「わざわざありがとう。仲がいいわね」

「すみません」と、モモカはなぜか謝った。

「じゃ、楽しんでね」

「はい、ありがとうございます」

今日のモモカは礼儀正しかった。海老根はほっとした思いで、携帯を切った。焼酎を勝手に飲まれた怒りは消えて、まるで娘のように律儀に電話してきたモモカが可愛く思えたのだ。

海老根は欠伸《あくび》をしながら、時計を見た。午後九時。翌日は、一軒家の掃除が二件も入っていた。たった一人で、三時間の間に掃除をして回る重労働だ。特に、午前中は、IT関係の会社社長の家で、小うるさい。独身の男なのに、毎週リネンを取り替えなければ承知しないのだ。リネンはいつもブランド品で、クリーニング済みの物が、ベッドの上にきちんと置いてあった。海老根は清潔好きな男もいるものだと思ったが、次第に、毎週違う女を連れ込むからではないだろうかと気付き、とんだ見栄張《みえっぱ》りだと可笑《おか》しかった。

午後の家は、広い一軒家で、こちらも気が張った。床に疵《きず》を付けて、会社に始末書を取られたことがあるのだ。けれども、主婦は怠慢で、家具の上の埃《ほこり》ひとつ払うことはない。何が悲しゅうて、他人の家の掃除をしなければならないのだ。金があるなら、掃除の仕事など金輪際したくない、と海老根は首を振る。

風呂から上がった海老根は、後は寝るだけの状態にして、のんびり酒を飲み始めた。高いからという理由で新聞を取るのを止めたのはいつ頃だっただろう。

面白くもないテレビドラマを見、テレビに飽きると、勤め先のロッカーで回し読みしているために、ページのめくれた女性週刊誌をパラパラと眺めた。勝手に持ち帰ったのだった。何だか退屈していた。思いがけなく降ってきた自由に、四十七歳の女が惑っている感じだった。

海老根は携帯電話を手に取った。さんざん迷った挙げ句、短縮ダイヤルを押す。山崎の番号だった。コールは長く鳴っていた。

「もしもし、あたしだけど」

「あれ、珍しいね」山崎は困惑した風に応じた。「同居人、どう」

さんざん悪口を聞かせていたにも拘《かかわ》らず、焼酎を盗み飲みされたことも許して、海老根はモモカを庇《かば》った。

「うん、若いのになかなかよくやってるわよ」

「それはよかった。ほっとしたよ」

「今日は帰って来ないんだって」

「へえ、そう」と気のない声。

山崎はどこか飲み屋にでもいるらしく、背後からざわめきが聞こえた。

「あなた、飲んでるの?」

「うん、ちょっとね」

「楽しそうね」

「楽しくないよ。職場の愚痴大会になってる」

女の嬌声《きょうせい》が聞こえた。山崎の「愚痴大会」という語に反応したらしい。海老根は不快になった。

「じゃ、切るね」

「あれ、用は何」

海老根は答えずに電話を切った。用などない。わけもなく寂しくなっていた。こうして自分は孤独に歳を取っていくのだと、しみじみ思った。好きでもない若い女と一緒に暮らす羽目になり、その女の靴に玄関を占領されて、トイレで悪口を言われ、こっそり大好きな焼酎を盗み飲みされる。

気が付くと、海老根の頰を涙が伝っている。あれ、あたし泣いてる。変だな。海老根は首を傾げたが、それが癖になっている強がりだということもわかっていた。いつもより酒を飲んで、かなり酔って床に就いたのは午前零時少し前だった。

それから何時間経ったのだろう。ふと人の気配を感じたような気がして、海老根は目を覚ました。ダイニングキッチンで、誰かが歩き回っているような音がする。モモカが帰って来たのだろうか。海老根は、再び目を閉じた。うとうとしながらも、モモカが帰らない、とわざわざ電話してきたことを思い出し、次第に覚醒《かくせい》してきた。

アパートのふたつある部屋のうち、海老根が寝ているのは、大きな六畳の方だ。モモカはその横の四畳半。普通は、海老根の寝ている和室が居間として使われる部屋なのだった。

すーっと襖《ふすま》が開くような音がしたのは、モモカの部屋からだった。やはりモモカが帰って来たのだ、と海老根は思ったが、その割には忍び足だった。モモカは、どんなに注意しても足音を忍ばせるという芸当ができない。誰だろう。

もしや、山崎ではないか、と思い至った時、海老根ははっとした。山崎は「急に会いたくなったんだ」と言って、夜中に押しかけて来ることがちょくちょくあった。さっき電話でモモカがいないと伝えたから、その気になって来たということだって考えられた。電話をした時に、自分にも、どこか千載一遇のチャンスという思いがあったのかもしれない。そうだ、そうなのだ。

海老根の胸が高鳴った。ただ残念なのは、あまりにも自分が無防備で無頓着《むとんちゃく》な姿をしていることと、かなり酩酊《めいてい》していることだった。洗いざらしのピンクのパジャマは、ボタンがひとつ取れていたし、膚《はだ》は荒れ放題。長くパーマもかけていないし、掃除の仕事で指先は荒れている。

こうなれば、寝たふりをして、山崎がどう出るか待つしかあるまい。海老根は覚悟を決めて、必死に寝たふりをした。横を向いて、布団を顎《あご》の上まで掛け、髪で顔を覆い隠す。

モモカの部屋の襖がすーっと閉められて、足音は密《ひそ》やかに忍びやかに、ダイニングキッチンを歩いてきた。こちらに向かって来る。電話の通り、モモカがいないことを確かめたのだろう。

その時、海老根は軽くパニックになった。急に、モモカが来たので、山崎は合《あ》い鍵《かぎ》を返してくれたことを思い出したのだ。なのに、自分は山崎が合い鍵で入って来たとばかり思っていた。では、入って来たのは誰だ。

もしかすると、モモカの鍵を持ったカレシか、店の同僚かもしれないと思い付いた。カレシがモモカに言われて、何か取りに来たのかもしれない、と。

モモカに、同じ店の先輩のカレシがいるのは知っていた。一度、アパートの前で、モモカを送って来たカレシとばったり出くわして挨拶《あいさつ》したことがある。ひょろひょろの背の高い、モヤシのような男だった。

カレシがいるのなら、何も私のようなおばさんとではなく、男と一緒に住めばいいのに、と言うと、モモカは、カレシの方がまだ一緒に住む気になってくれないのだ、と平然と答えるのだった。男にそんな勝手を許してはいけない、いい気になるに決まっている、と海老根はモモカに言ってやりたかった。

しかし、その頃にはすでに、モモカの人生などどうでもよかった。ちょうど、モモカがトイレで「エビちゃん」呼ばわりしたのを聞いた時期でもあったからだ。へらへらと笑いながら相手をしたのが、あのモヤシ野郎かと思うと腹立たしかった。

海老根の部屋の襖が音もなく開いた気配がした。毛穴という毛穴が、ふわっと開くのがわかった。何か禍々《まがまが》しいもの、不吉なものが、部屋に入り込んだ気がして怖い。泥棒か。それとも、人間ではない不吉な霊魂か。そのどちらも怖いと思った途端、がたがたと震えがきた。入って来た者が、海老根の反応にはっとしたように強張《こわば》るのがわかった。霊魂などではなく、生身の人間だった。海老根は震えを堪《こら》えて、ひたすら眠るふりをした。一世一代の演技だった。

入って来た者は、荷物を床に下ろすような音をさせて、屈《かが》み込んでいる。海老根はおそるおそる目を開けて、侵入者を見ようとした。蛍光灯のグローランプのぼんやりとした光の中に見えたのは、全身黒ずくめの大きな男だった。黒ずくめというだけで、これは誰かが侵入したのだと確信できた。

それにしても、泥棒か、レイプ犯か。四十七歳の自分が、侵入して来た男にレイプされ、殺されるのかと思うと、新聞記事が心配になる。きっと読んだ人間は、他人事《ひとごと》だと思って笑うだろう。山崎も笑うだろう。モモカも笑うだろう。モヤシ野郎も笑うだろう。山崎と一緒にいて嬌声を張り上げた女も笑うだろう。マミーサービスのマネージャーも笑うだろう。床の疵を怒った主婦も笑うだろう。

まだ酔っていて、考えが極端になる海老根は急に悲しくなった。こんな人生の終え方をするとは思ってもいなかった。苦しんで死にたくない。

男が懐中電灯を点《つ》けて屈み込んだ。リュックサックを開けて、何か作業をしている。斧《おの》でも取り出すのではないかと、海老根は気が気でなく、思わず目を凝らして見続けた。

男は、海老根のベッドの裾《すそ》に懐中電灯を置くと、小さな薬瓶のような物を取りだして、細かく振った。そして、小さな銀色のケースから注射器を取り出して、薬瓶に突き刺した。私に注射をしようというのか。再び震えがやってきたが、海老根の歳を取った冷徹な目は、侵入して来た男が、これまで一度も親密になったことのない種類の男だと見極めていた。即ち、医者という種類である。薬瓶を振る仕種《しぐさ》。注射器の扱い。

節の目立つ大きく清潔な手。すべてが白衣と聴診器の似合う男に見えた。なのに、白衣と真逆の黒い服を着ているのはなぜ。

男が振り向いて、こちらに顔を向けた。くんくんと臭い《か》を嗅いでいる。ちっと舌打ちが聞こえた。

「飲んでんのか」

確かに、低い声でそう呟《つぶや》いた。海老根は、髪の毛越しに薄目を開けて男を観察した。黒縁の眼鏡を掛けた顔は、どこかで見たことがあるような気がする。しかし、思い出せない。

男は左手に電気シェーバーのような物を持ち、右手に注射器を持っている。怖ろしかった。が、男は首を傾げて逡巡《しゅんじゅん》している。海老根は、反射的に大声を上げていた。

「あんた、誰ですか」

男は仰天したように立《た》ち竦《すく》んだ。男の髪がふわっと逆立つのを、海老根は見た。男は、恐怖に歪《ゆが》んだ目で海老根の顔をしげしげと眺めた。海老根が起きていたことよりも、寝ている女が海老根であることに衝撃を受けている様子だ。

「あんた、誰。泥棒?」

「あ、いや」

男はそんなようなことを数語呟いた。そして、慌ててシェーバー様の物を海老根の腕に突き付けた。それは海老根のパジャマの腕に当たった。途端に、強烈な痺《しび》れと痛みに襲われて、枕を投げ付けようとしていた海老根は言葉を失ってどうと倒れた。男は呆然《ぼうぜん》として、動けない海老根を見ている。海老根は激痛で失禁しそうになりながらも、何とか言葉を放った。

「助けて、痛い。助けてぇ」

急に男は冷静になった。海老根が痛みで呻《うめ》いていると、さっさと海老根のパジャマをめくって、腕に注射針を刺した。手際がいい。やはり医者だ、こいつは。何を注射するのだろう。恐怖に怯《おび》えながら、海老根はアルコールのせいもあってすぐに意識を失った。

気が付いたのは、午後も遅くなってからだった。携帯電話が鳴っていた。取ろうとしたが、まだ痺れが残っていてうまく携帯電話を摑《つか》めない。そのうちにコールはやんだ。やっと手にして時刻を見た海老根は、わっと叫んだ。午後三時過ぎだった。留守電やメールがたくさん来ている。きっと欠勤した海老根を心配した、マミーサービスのマネージャーからだろう。よほど長いこと、口を開けて気絶していたと見えて、口の中が渇き切って舌が動かなかった。海老根は何とか唾《つば》を溜《た》めて飲み込んだ。そして、昨夜何が起きたか、途切れがちな記憶を繋《つな》いで、一生懸命思い出そうとした。

一人で酒を飲んで、寝ていると誰か入って来た。それは山崎だったか。海老根は、ふと違和感を覚えて自分の体を見た。パジャマのズボンが脱がされていた。急に寒さを感じて震えが止まらなくなる。しかも、太股《ふともも》に何か書いてあった。マジックで書いたのだろう。右の太股には「お前じゃないが」、左に「仕方ない」。あいつは、モモカと間違えたのだ。私はモモカと間違われて襲われたのだ。海老根は憤激で狂い死にそうになった。昨夜、このまま死んだら、皆が笑うだろうと思ったのも忘れ、すべての人間を呪い殺したくなった。山崎も、モモカも、モヤシ野郎も、山崎と一緒にいて嬌声《きょうせい》を張り上げた女も、マミーサービスのマネージャーも、床の疵《きず》に怒った主婦も、みんなみんな死ね。

それから、海老根は大声で泣いた。あの男に会ったら、どうやって復讐《ふくしゅう》してやろうかと歯ぎしりをしながら。

すぐに警察に駆け込んでやる。だが、そう思った瞬間、海老根ははたと迷った。太股に、「お前じゃないが仕方ない」と書かれたのだ。警察で何と言えばいい。対象ではないが仕方がない、とレイプされたかもしれない自分は、あまりにも惨めじゃないか。一瞬、自殺しようかと思った海老根は、すぐに考え直した。あの男をどこで見たか、何とか思い出すのだ。そして復讐するしかない。医者だったら、その地位も金もすべて奪い取るのだ。海老根は、起き上がって涙を拭《ふ》いた。

# 5　淋しい奴は前に跳ぶ

川辺カオルは、降下するエレベーターの中で、考えごとをしていた。突然、小さな手が胸元に触れたので驚いた。母親に抱かれた赤ん坊が、IDカードに留めたキティちゃんのクリップに手を伸ばしたのだった。若い母親は媚《こ》びるように笑ったが、カオルは赤ん坊の手をそっと払《はら》い除《の》けた。子供と年寄りは嫌いだ。エレベーターが一階に着くと、カオルは真っ先に飛び出した。譲り合って、なかなか前に出ようとしない人たちの間を抜けて。待つのも嫌いだった。

長い髪を垂らしたカオルが、白衣の裾《すそ》を翻して薄暗い廊下を行くと、皆が振り返る。医事科や会計の男たちが、パソコンのキーボードを打つふりをして、こっそりカオルの背中を目で追う。正面玄関に立つ青い制服のセキュリティ。検査技師。薬剤師。患者のオヤジ。ボランティアの学生。売店の店員。製薬会社の営業マン。だが、カオルは何も頓着《とんちゃく》せずに、まるで行進するように病院内を堂々と歩く。

カオルにとって、病院は駅のようなものだった。よそ見をせずに、行くべきところにさっさと向かい、仕事が終われば帰途に就く。大勢の患者は、擦れ違う乗降客に過ぎない。そのくらい感情を押し殺して仕事に励まなければ、患者を捌《さば》けない。さらには、患者からのクレームや医事科の突き上げなどをクリアして成績を上げないと、勤務医は勤まらないのだ。

だから、カオルは要領という術《すべ》を身に付けた。それは決して逡巡《しゅんじゅん》しないことと、無表情が必須条件《ひっすじょうけん》だった。もしかすると、開業医である夫、康之のやり方とは真逆かもしれない。が、自分は康之の仕事を手伝う気はないのだから、どうでもいいのだった。

カオルのヒールの音が、カッカッと長い廊下に響いた。待合室のベンチで順番を待つ患者が皆、カオルを凝視する。点滴瓶をぶら下げたパジャマ姿の老人が、その勢いに怖《お》じて脇へ退いた。が、カオルは気付かない。水曜夜の出来事が、頭から離れないのだった。

あの晩、康之の様子は絶対に変だった。ジムに行くと言っていたから、十時頃には帰るだろうと思っていたのに、午前二時に帰宅。酒でも飲んでいたのかと思ったが、アルコールの臭いはまったくしなかった。しかも、顔色は青ざめ、上の空。だいたい、服装にあれだけうるさく、服を大事にしている男が、着衣のままシャワーに入るなんてありえないではないか。絶対に何かあったのだ。

カオルは、その夜、康之がどんな服装をしていたか、思い出そうとした。確か、黒っぽい服だった。他に何を着ていたっけ。カオルは、服に対する興味がないから、ディテールは覚えていない。

だが、康之ときたら、女の服のブランドと値段まで瞬時に見抜き、誰がいつ何を着ていたかまで、よく覚えているのだった。しかも、服装でどんな人物なのか、判断までしているらしい。カオルはそんな分析は無意味だと思っているから、康之の服への情熱に辟易《へきえき》しているのだった。

そうだ。あの夜の康之は、黒いパンツに黒い長袖《ながそで》のTシャツ、黒縁の伊達眼鏡《だてめがね》だった。そして、黒いキャップも被《かぶ》っていた。ジムに行くというのに車も使わず、まるで泥棒でもするような格好をして行ったのはなぜだろう。帰って来た康之は、妙な気配を身に纏《まと》っていたからだった。カオルは少しぞくりとした。泥棒という語が浮かんだ後、カオルは、もうひとつの気配にぴったりな言葉が思い浮かばず、苛々《いらいら》した。疚《やま》しさ。そして、もうひとつの何か。カオルは、もうひとつの気配にぴったりな

あの夜、康之は、カオルが起きているとは思いもしなかったのだろう。ひどくうろたえた。だから、自分はクリニックの秀子との浮気を疑ったのだが、浮気をするなら、洒落者《しゃれもの》の康之があんな服装で行くはずがなかった。

康之は、カオルが留守をする水曜の夜は、いつも何をしているのだろう。本当にジムに行っているのだろうか。夫の生活をほとんど知らないことに気が付いて、カオル

は愕然《がくぜん》とした。別に知りたくもない自分を発見したからだった。玉木の職場である救命救急センターは、死や、死後に起きる様々なトラブルとの闘いの場だ。が、夫は安穏《あんのん》とした開業医。自分は今、夫と玉木を比較している。さっき、赤ん坊の手を払い除けた時の無情さを思い出す。自分にはどこか冷酷なところがあるのだろう。

「川辺先生」

男の声がした。ちょうど玉木のことを考えていたカオルは、満面の笑みで振り向いた。水曜は突然キャンセルされて怒ったが、玉木の声をじかに聞けば、たちまち機嫌が直る。

カオルは、玉木の声が好きだった。声量があって、よく通る。その声が玉木の生命力の強さや大きさを表している気がして、安心するのだった。

「水曜はごめん。謝ろうと思って、寝ないで待ってたんだ」

玉木は夜勤明けらしく、目が充血していた。カオルは木曜日しっかり休んだので、二日ぶりに会ったことになる。そこまで言うのなら赦《ゆる》してやろう。カオルは微笑んだ。

「いいのに。早く寝なさいよ」

「これから寝るよ。今日はいいんだろう？」

玉木は一応、周囲を窺《うかが》いながら尋ねた。釣られて目を上げたカオルに、診察室の前のベンチで順番待ちしている患者たちが、こぞって会釈して寄越した。カオルは軽く頭を下げる。病院は駅だが、患者は自分の客だ。なるべく愛想をよくして、クレームなどの事態を避けなければならない。

「大丈夫よ。そっちこそどうなの」

玉木はこれから自宅に戻って、ひと眠りするつもりなのだろう。

「今のとこは大丈夫」と、玉木は裏口の方を振り返った。救命救急センターは救急車が付けやすいように裏口にある。「でも、何か起きたら、その時はごめん」

救命救急センター勤務は、非番でも、手が足りない時は呼び出しがかかる。まして、玉木は腕がいいし、センターの責任者でもある。今も救急車の音が聞こえて、気もそぞろだ。必要とされれば、睡眠不足でも、平気な顔で仕事をしなければならない。だけど、玉木は救命救急センターの仕事が嫌いではないのだ。それが証拠に、振り向いた横顔には、微《かす》かな愉悦がある。

「いいよ、わかってるから」

優しく言うと、急に柔らかくなったカオルの表情に、玉木が目を細めた。カオルは、耳たぶに触ってみせた。贈られたピアスを着けてきた、という合図だった。診療中は目立つので、ロッカーに入れてある。金のフープにじゃらじゃらとビーズが付いたピアスだ。貰《もら》った時、ちょっとチープだな、と思わなくもなかったが、玉木がプレゼントをくれたのは意外だったから、とても嬉《うれ》しかった。玉木は渋谷の「109」で買ったのだそうだ。

『店の子が選んでくれたんだけどさ。相手の女性はどんなタイプですかって聞くんだよ。派手な美人だって言ったら、これ絶対にお薦めです、女はみんな泣いて喜びますよって。まだ十九くらいの子が言うんだよ』

若い女しか行かない店で、好きな女のピアスを買う。そして、若い店員とのお喋《しゃべ》りを楽しむ。玉木はそういう男なのだった。多忙な癖に、あらゆる場面で楽しみを見出《みいだ》す。それも生命力の強さ、男の真の強さではないだろうか。カオルは、康之のように服装に凝ったり、他人の服装を論評する男が弱く思えてならない。

康之は、玉木に貰ったピアスを見るなり、『新宿の地下街で売ってるようなピアスなんかするなよ、カッコ悪い』と怒った。情事がばれたのかと慌てたが、単に自分の趣味ではなかったのだろう。

康之は、カオルの服装にあれこれと難癖を付ける。近頃は、買い物にも一緒に来て自分が選び、このドレスを着ろ、あの靴を履け、と口を出す。康之が、あれほどまでに支配的な男だとは思いもしなかった。やや度を越している、と怖れさえ抱き始めたところに、水曜の出来事だ。カオルは思わず眉《まゆ》を顰《ひそ》める。何か嫌な気がしてならなかった。だが、玉木は何も気付かない様子で、熱っぽくカオルを見詰めている。

「きみと会うの、楽しみだな」

臆面《おくめん》のなさも、男の真の強さだ。

「先生、患者さん待ってますよ」

廊下で堂々と話し込んでいる二人を見かねたのか、小清水《こしみず》がわざわざ診察室から現れて、呼びに来た。小清水は、内科2番の看護師だ。内科だけで、1から3番までの診察室がある。

「行けよ、後が怖いから」

玉木が可笑《おか》しそうに顎《あご》をしゃくった。玉木と小清水は付き合っていたことがあるのかもしれない。玉木は仕事もよくするが、女も好きだった。カオルが西新総合病院に着任したのは三年以上前だから、それまでの玉木の行状はわからない。だが、カオルは気にならなかった。玉木が女好きであることも、明るい男であることも、日常的に死を見ている仕事と関連があるような気がするのだ。実は、玉木は死に囚《とら》われているのではないか、と思うことだってある。

カオルが中待合いに入って行くと、ベンチに座って診察を待っている患者たちが一斉に頭を下げた。ほとんどが高齢者で、カオルに笑いかける者もいる。カオルは、老人に人気があった。中には、花や菓子などのプレゼントを持って来る爺《じい》さんや婆さんもいて、ちょっとしたアイドルだ。

カオルは患者たちに挨拶《あいさつ》しながら、診察ブースのカーテンを開けた。狭い診察室は、デスクと椅子だけ。ライトボックスが壁に設《しつら》えてある。ベッドはまた違うブースにある。小清水がデスクの上にカルテの束をどんと置いた。最初の患者はわかっていた。必ず朝一番で到着する喘息《ぜんそく》持ちの老人だ。さっきから痰《たん》の絡んだ咳《せき》が聞こえてくる。

「もう呼びますか？」

小清水はにこりともしないで聞いた。体は細いのに、声は野太い掠《かす》れ声《ごえ》だから、外に聞こえないように潜めている。

「ちょっと待って」

カオルは、白衣のポケットから、小さなペットボトルを取り出して水を飲んだ。小清水は黙って待っている。カオルは、この無愛想だけれども、手際のいい看護師が嫌いではない。小清水もカオルに同類の匂いを嗅《か》ぎ取っているのか、何かと助けてくれるのだった。

小清水は四十代半ばのベテラン看護師だ。ボディサーフィンが趣味とかで、化粧をまったくせずに、陽に灼《や》けた顔を常に晒《さら》している。誰も知らないが、その左肩にはタツノオトシゴのタトゥーがある。

カオルは、たった一度だけ、見たことがあった。盆休みに、小田急地下のトロワグロで、フランスパンを買っている小清水を目撃したのだ。小清水は、黄色いタンクトップにカットオフジーンズ、ビーサンを突っかけていた。いつも看護帽に隠されて見えない髪は茶色に染められ、手足は陽に灼けていた。その肩に、タトゥーがあったのだ。カッコいい、とカオルは思った。声をかけようかどうしようか迷っているうちに、小清水はパンを抱えて消えてしまった。だから、見かけたとも言ってない。

「じゃ、呼びますよ」

カオルが頷《うなず》いてペットボトルの蓋《ふた》を閉めると、小清水が患者の名を呼んだ。土曜の午前中の診察が始まった。案の定に真っ先に喘息患者の老人が入って来て、カオルに「先生、今日も綺麗《きれい》だね」と手を挙げた。

午前の診療が終わったのは、午後一時をかなり回った頃だった。最後の患者にレントゲンを撮りに行かせたので、結果が出るのを待っていたのだ。カオルは立ち上がって、伸びをした。朝八時半から休みなく、五十人以上の患者を診たことになる。ずっと喋っていたので、喉《のど》がいがらっぽい。シンクのところで、心臓の模型を眺めながら、うがいをした。模型には、血管が絡み付いている。赤が動脈、青が静脈。他の診察室はとうに診察が終わり、それぞれの部屋に付く看護師たちが雑談をしていた。

新宿の高層ビルの向こうに、曇天が広がっている。今日も蒸し暑かろう。だが、これからは自由時間、明日は日曜。夕方には玉木と会うと思うと、ぞくぞくと心が騒いだ。土曜の夜は、康之と過ごすことにしていたから、いつもと違う土曜が新鮮に感じられる。

土曜日、康之は午前中の診療を終えると、すぐにジムに行くのを日課にしていた。そして、夕方、カオルと待ち合わせて、原宿や青山でショッピング。その後は、食事をしたり映画を見たりして帰って来る。今日は、康之と六本木ヒルズに映画を見に行く約束だったことを思い出し、カオルは、夫は一人で何をするつもりだろうと思った。ジムから帰って一人で映画に行くのだろうか。だとしたら、六本木方面は避けた方が無難だろう。あくまでも自分勝手な思惑を巡らせた後、カオルはまた水曜の夜の、康之を思い出していた。すると、さっき思い付かなかった、もうひとつの気配に合う言葉を思い付いた。「不吉」だ。

『なんていうかさ。人の死なんて慣れてはいるんだよ。むしろ、死んだ方が幸せなんじゃないかと思うケースだって、たくさんあるんだ。だけど、患者が死ぬ時に、ほんの一瞬だけ、こっちの魂を持っていかれるような嫌な気分になるんだよ。不吉っていうか。あっ、嫌だな、と思うと次の患者が現れる。だから救われるんだ。夢中で仕事するからさ。何か、俺の仕事ってそういう感じなんだ』

玉木が、カオルを片腕で抱いたまま語ったことがあった。その時、カオルは玉木の魂が持っていかれないように、強く抱き付いたのだった。うまく言えないが、あの水曜の康之には、こちらの魂を持っていかれそうな、嫌なものが漂っていた。そう、「不吉」だ。疚《やま》しさと不吉。いったい何があったのだろう。カオルは黒い不安を払い落とすかのように、長い髪を振った。

「ね、先生」

小清水が近寄って来て囁《ささや》いた。シャンプーの匂いがする。カオルは、自分より十歳は年上の小清水の顔を見た。陽灼けが過ぎて、目許《めもと》が乾燥している。

「余計なことですけどね。言っていいですか」

「どうぞ」

カオルはペーパータオルで手を拭《ふ》きながら答える。

「玉木先生とのこと、病院中で噂になってますよ」

「あら、いつから」

カオルは驚いて問い返した。噂の内容ではなく、そんなことを注進してくれる小清水に驚いたのだった。

「ちょっと前からですかね」

小清水は思い出すように、カレンダーを見ながら言った。玉木と付き合い始めたのが三年前からだから、二人とも注目されていたのかもしれない。玉木が隠し事の下手な男なので、玉木の態度からばれたのかもしれない、とも思う。

「誰が言ってるの」

「看護師とか医者とか」

「へえ、何て言われてるの」

カオルの問いに小清水は苦笑した。

「付き合ってるとか、そういうことに決まってるんじゃないですか」

ということは、さっき注意してくれたのも、玉木とカオルが廊下でいちゃいちゃしていた、と噂が立つのを防いでくれたのだろうか。つまり、病院内では行動に気を付けろ、ということか。カオルは、無頓着《むとんちゃく》とは無防備の別名でもある、と思った。

「少し気を付けた方がいい？」

聞いてすぐに、自分の言葉が噂を認めたことに気付いた。が、小清水ならいいや、と思った。もしかすると、小清水も、一度は玉木と付き合ったことがあるかもしれないという直感に基づいた甘えだった。

「もう遅いんじゃないですか」

小清水はそう言って、共犯めいた顔で笑った。笑うと、目尻《めじり》の皺《しわ》が目立った。

カオルは病院の中にあるタリーズで、コーヒーとサンドイッチの昼食を済ませた。

土曜の午後は診察がないので、タリーズは入院患者と見舞客が数人いるだけで、空《す》いていた。カオルはコーヒーを飲みながら、メールチェックした。

『センターからの呼び出しはない？　だったら、予定通りで大丈夫ね。では、六時に渋谷「川田《かわた》」で』

カオルのメールに、玉木からの返信はなかった。どうやら、睡眠は無事に取れているようだ。カオルはほっとして、康之にもメールした。これは、ただの様子見だ。

『今日はごめん。午後からジムに行くんでしょう？　映画、私も見たいから一人で見ないでね。一緒に行こうよ』

五分後には、康之から返信があった。

『了解。さっき、ジムに着いた。俺、体重一キロ増えてた。超ショック』

『明らかに食い過ぎ。ところで、今日は夕飯どうするの』

『何かデリでも買いますよ。レンタルDVD見るから、心配なく』

ほっとしたカオルは立ち上がった。多分、康之は遠出はしないだろう。康之が一人で店に入って何か食べる、という図が想像できない。きっとメールにあるように、何か買って帰って、家でワインでも飲みながらだらだらとDVDでも見るのだろう。だったら、たまには、一人でのんびりと買い物でもしようと思う。いつも康之が買い物に付いて来るので、清々した気分だった。

公園通りの脇にある店をひやかして、夏のスカートとサンダルを買って時間を潰《つぶ》した後、午後六時に、玉木と待ち合わせた居酒屋に入った。すでに玉木が到着していて、奥まった席で瓶ビールを飲んでいた。玉木がカオルを認めて、嬉《うれ》しそうに手を振った。玉木は、服装にまったく構わない男だ。チェックの半袖《はんそで》シャツの襟元から覗《のぞ》く白いTシャツ。白っぽいコットンパンツを穿《は》き、靴はノーブランドの安物のスニーカーだ。パンツとスニーカーの間から、白いソックスが見える。気取らない男は、それだけ猛烈な自信を秘めている、と玉木に惚《ほ》れているカオルは断じる。

今頃、康之はどんな格好をしているだろう。トム・フォードだのトム・ブラウンだの、カオルの知らない名前の服で決め込み、ヴィンテージの馬鹿高いスニーカーを履いて得意げに商店街を歩いているだろう。レンタルビデオ屋は、池袋のTSUTAYAまで行くのだろうか。康之のことだから、多分、服装に凝って出掛けるのだろう。康之に冷笑的になっている自分を発見して、カオルは困惑する。

「買い物したの？」

カオルの提げている紙袋を見て、玉木が尋ねた。うん、と頷きながら、カオルは康之の反応を想像して憂鬱《ゆううつ》になった。康之は、紙袋を見て中身を見たがるだろう。そして、あれこれと言うのだ。どうしてこんなの買ったの、似合わないよ、ださいよ、これ、センス悪くない？　康之は、カオルが単独で買った物を褒めてくれたことは一度もなかった。でも、玉木は何でも褒める。素晴らしいね、似合うよ、セクシーだな。

「よかったね、会えて」

カオルは素直に言って、玉木のグラスに自分のグラスをぶつけた。勢いがよかったので、ビールが少しこぼれたほどだった。玉木は楽しげに言う。

「うん、よかった。楽しく遊ぼう」

楽しい男が一番いい、とカオルは思った。しかし、玉木はテーブルの上に携帯電話を出して、時折ちらちらと眺めている。手が足りないと連絡があったら、すぐ駆け付けるつもりなのだ。緊急の要請に、二人の逢瀬《おうせ》が中断されたことは何度もあった。玉木が病院の側で会いたがるのも、そのためだ。だから、飲みに行っても、玉木は酩酊《めいてい》するということはない。

「ゆうべの当直はどうだったの」

カオルは、玉木が注文した鶏《とり》の唐揚げを齧《かじ》りながら聞いた。玉木は食べ物にもセンスがない。女の嫌いな揚げ物をたくさん注文する。でも、カオルは玉木の気取りのなさが好きだった。

「相変わらずだよ。飛び降りだの交通事故だのリストカットだの、いろいろ舞い込んだ」

「じゃ、一睡もできなかったのね」

「少し寝たかな。でも、寝たと思うと来る、という連続だよ。金曜の夜はいろいろ起きるんだ」

玉木はビールをもう一本注文した。救命救急センターでの玉木の活躍を見ると、男も女も玉木に憧《あこが》れると聞いたことがある。

「何で、金曜の夜にいろいろ起きるの」

「淋《さび》しい人間は死にたくなるんだろうな」

玉木は冗談めかして言った。

「じゃ、水曜の夜はどんなことが起きたの」

玉木が手伝いを要請されて、デートが潰《つぶ》れた日だ。玉木は不思議そうな顔をしたが、思い出してくれた。

「水曜は、フォールとか交通事故とか、結構いろいろ起きた。駄目だったのも幾つかあったよ。何でそんなこと聞くの。俺が来れなかったからかい？」

「いや、何でもない」と、カオルは暗い声で答えた。夫の行動が気になる、なんて玉木に言えっこない。

「飛び降りとフォールは違うの？」と話を変える。

「死にたくて飛び降りたヤツもいれば、事故で落ちちゃったヤツもいるってだけだよ。両方とも怪我は同じ。だけど」と、玉木は言葉を切る。

「だけど、何よ。救命に軽重があるってこと？」

カオルの問いに、玉木は関係のないことを言った。

「それにしても、俺、こういう人生を送るとは思わなかったな」

「本当ね。あなたとあたし、同じ医者と思えないね」

「そうだな。うちに来るヤツは、ほとんどが半分死んで来るからね」

玉木が笑った。いきなり救命から始まる仕事はきついに決まっていた。内科医がいくら忙しいと言っても、肉体労働ではないから遥かに楽だ。カオルには心臓マッサージなど、力が足りなくてできない。

「そうそう。今日、小清水さんから聞いたんだけど、あたしたちのことが噂になってるんだって」

玉木は顔を顰《しか》めながら、マルボロライトに火を点《つ》けた。おかげで、カオルも吸うようになってしまったが、医者で煙草を吸うのは珍しい存在だった。カオルは玉木から一本貰《もら》って、思い切り煙を吸い込んだ。頭がふらっとする。血中にニコチンが入って、血管が収縮しているのだ。

「まずいな。何でばれたんだろう」

「今朝、廊下で立ち話したじゃない。ああいうことだと思うよ。どっかしら、仲のいいオーラが出るんだと思う」

そうかな、と玉木は言ったが、その実、笑っている。カオルから「仲のいいオーラ」という言葉が発せられたことが嬉しいのだろう。玉木には子供のようなところがあった。

「ね、あなた、小清水さんと付き合ったことないよね」

唐突な質問に、玉木は驚いた顔をした。

「ないよ。小清水さんは、俺よりずっと年上だよ」

「そんなに年上でもないよ。あの人、カッコいいから、そうだったらいいのにと思ったのよ」

「変わったこと考えるね」

玉木がカオルを見詰めた。その目は、そろそろ移動して二人きりになりたい、と言っている。カオルも同じ思いを籠《こ》めて見詰め返した。

玉木とラブホテルに行って、石神井公園のマンションに帰ったのは午前四時を過ぎていた。ホテル街から男と出て来て、堂々と一人で車を拾ったので、運転手は何となく不機嫌だった。カオルは行き先を告げてから、薄明るくなりつつある朝の道を眺めている。康之はもう寝ているだろうか。眠いけれども、情事の証拠を残してはベッドに入れなかった。

家の中は真っ暗だった。カオルは、鍵《かぎ》をそっと回して自宅に滑り込んだ。寝室から、康之の鼾《いびき》が聞こえた。念のためにドアを開けて中を覗くと熟睡している。酒の匂いはまったくしなかった。

浮気をして帰ると、疚《やま》しさがある。でも、幸せだから不吉ではない。この間の康之のように、不吉を加えるにはどうしたらいいのだろう。そんなことを考えながら、カオルは服を脱いでシャワーを浴びた。キスマークや痣《あざ》がないか、じっくり確かめる。肩に玉木に嚙《か》まれた痕《あと》が微《かす》かに付いていた。ちょうど小清水のタトゥーと同じ場所だった。カオルが思い切り嚙んだので、仕返しに嚙まれたのだ。

カオルは、下着を洗濯機に放り込もうとして、はっとした。中に、康之の黒い長袖《ながそで》Tシャツや黒いパンツなどが入っていた。まただ。水曜の夜と同じ。カオルは洗濯機から、康之の服を取り出して眺めた。この間と同じ格好のようだ。Tシャツとパンツ。メールでは出掛けないと言っていた癖に嘘を吐いた理由は何だろうか。それに、康之は自分がいない夜に限って、黒ずくめで外出するのはどうしてか。

カオルは足音を忍ばせて康之の書斎に入った。綺麗《きれい》に整頓《せいとん》されたデスクの上には、きちんとノートパソコンが置いてある。椅子の上に、ジムに行く時に持って行くプラダスポーツのリュックサックが、左右のジッパーを頂点で合わせて置いてあった。

カオルは注意深くジッパーを開けて中を覗いた。底にデジカメが入っていたので、電源ボタンを押して写真を眺めた。何のために撮ったのか、アパートやマンションの表札の写真が多く、夜の部屋を外から撮ったものもあった。何となく不吉な気配が漂っているような気がして、カオルは素早く映像を送った。その時、寝室で物音がしたので、カオルは震える手でデジカメの電源を消して、リュックに仕舞った。別の機会を作って、全部見なくてはならない。なぜか、夫が自分の何もかもを知っているような気がして、カオルは思わず背後を振り返った。が、部屋の四隅が闇に溶けているだけで、そこには誰もいない。

# 6　気炎女

　午後六時半まで、あと少し。待合室に残っているのは、会計を待つ中年の女性患者が一人だけとなった。薄いブルーの制服を着た井上はるかは、苛立《いらだ》ちを押し隠して青山秀子の方を窺《うかが》った。秀子が、ブルーではなく、ピンクの制服ばかりを好んで着るせいではない。計算に時間がかかるからだった。秀子は何度も電卓を叩《たた》いて、請求書の計算を確かめている。さらにじっくり見直した後、やっと患者の名を呼んだ。

「カワセさん、カワセヒロコさん」

　女性患者が、ソファに週刊誌を投げ捨てるように立ち上がり、眼鏡を押し上げながら、受付のカウンターにやって来た。大きなマスクのせいで、眼鏡の内側が曇っていた。女の動作が鈍く、かつ粗いのは、熱があるせいだろう。初診票を書いて貰《もら》った時、「熱がある」欄に〇印を付けたので、はるかが体温計を手渡したのだ。体温計は三十八度六分を示していたから、かなり辛《つら》いはずである。だが、発熱のせいだけでなく、憤懣《ふんまん》が表れているような気がするのは、考え過ぎだろうか。

女が膨らんだ財布から金を支払い、熱に潤んだ目で処方箋《しょほうせん》を眺めた。秀子が調剤薬局の場所を、説明し始めた。あと数分で閉院時間だ。誰も来るな、電話よ鳴るな。はるかは心の中で念じる。診察室では、院長の川辺が白衣を脱ぎ始めているだろう。

突然、電話が鳴った。はるかは目を瞑《つぶ》った。院長に、閉院寸前の電話を取るのを禁じられているのだ。だが、女性患者が非難の眼差《まなざ》しで電話を見たので、秀子が慌てて手を伸ばしかけた。秀子が出れば、マニュアル通りの対応をするだろうから事態はますます悪くなる。やむなく、はるかが電話を取った。

「はい、川辺クリニックでございます」

こんな時の電話は、急患か、これから行くけど診てほしい、という問い合わせに決まっていた。案の定、息せき切った男の声が受話器から響く。

「すみません。今駅に着いたんですが、これから急いで行きますので、待ってて頂けませんか？　薬だけなんです」

聞き覚えのある声だと思いながら、はるかは敢《あ》えて名前は聞かなかった。聞いてしまえば、一般的事例では処理できなくなる、と川辺に叱責《しっせき》されるからだった。

「申し訳ありません。受付は六時半までですので」

「今、六時二十八分ですけど」

「申し訳ありません。電話ではなく、受付を済ませて頂かないと」

「そうか。でも、処方箋を書いて貰うだけでいいんです。駄目ですか」

「すみません」

「明日《あした》から出張なんです。時間がなかったんで、なかなか来れなくて。今日はやっとのことで来たんですが、間に合わなかった。何とかなりませんかね」

男は早足で歩きながら喋《しゃべ》っているらしい。背後から、ざっざっと規則正しい足音が聞こえる。

「では、ちょっとお待ちください。院長に聞いて参ります」

はるかはすでに患者に同情していた。都心の会社から駆け付けたのに、数分間に合わないだけで処方箋が出ないなんて、あまりにも杓子定規《しゃくしじょうぎ》ではないか。はるかは、保留ボタンを押して受話器を置き、無駄を承知で裏の診察室に回った。

川辺は、私服姿でパソコンを覗《のぞ》き込んでいた。グリーンのポロシャツに色落ちしていない細身のジーンズ、白いバスケットシューズという爽《さわ》やかな服装である。ユニクロか無印良品しか買ったことのない、はるかでさえも、高価で凝った服装だと感じられる。

「先生、今、駅に着いた方が、お薬だけでもって仰《おっしゃ》ってるんですけど」

「井上さん、決めたことは守りましょうよ。一度例外作ると、規則ががたがたになるからさ」

川辺は目も上げないで言う。はるかは、「人を助ける医療現場で、決まりごとなんて言っちゃっていいんですか」と返してやりたかった。しかし、その勇気はなかった。小さな声で返答する。

「はあ。でも、こちらに向かってるみたいなんです」

「じゃ、もう出たって言って」

川辺は、腕時計を覗き込んだ。手首のカーブに沿うような細長い形をした腕時計は、何とかミュラーという馬鹿高い時計だそうだ。他人の高価な持ち物にだけ目敏《めざと》い秀子が、羨《うらや》ましそうに言ったのを忌々しく思い出す。

患者たちは、院長先生は若くてカッコいい、と称賛とも厭味《いやみ》ともつかないことを言う。だが、この軽薄さが、どれほど医者としての威厳を損ない、患者の信頼を失っているか、川辺は考えたことがあるのだろうか。誰か言ってやれ、とはるかは思う。

はるかは、川辺の横顔を一瞬、睨《にら》み付けた。川辺ははるかの視線など気付きもせず、パソコン画面をクリックし続けていた。ぐるなび。はるかは呆《あき》れて、そっと嘆息した。

血圧計を片付けていた看護師の栗原が振り向き、川辺にはわからないように、Vサインを出した。はるかも、こっそり裏Vサインを出す。今夜は栗原と飲みに行く約束をしていた。飲み屋で語られるのは、「医療現場」としての川辺クリニックの諸問題である。またしても、材料ができたことに少し満足して、はるかは受付に戻った。

女性患者はまだ残っていて、秀子から別の薬局の場所の説明を受けていた。自宅に近い薬局はないか、と尋ねているらしい。はるかは、電話の保留ボタンを解除した。

「たいへんお待たせ致しました。捜したのですが、院長は会合があって出てしまったそうです。申し訳ありません」

「そうか、残念だな。もう近くまで来ちゃったのに」

「すみません」

「はいはい、どうも、はいはい」

男は無駄だと知った途端、急《せ》くように電話を切った。はるかは、その言葉で、男が高血圧の薬を毎月取りに来る、田中《たなか》という名のサラリーマンだと気が付いた。田中はせっかちで、支払いが終わると、「はいはい、どうも、はいはい」と急いで帰る。同じ処方箋を書くくらい数分でできるのに、とはるかは申し訳なく思った。

はるかは待合室のソファに置きっ放しになっている週刊誌やスポーツ新聞などを片付け始めた。会計を待っていた女性患者が処方箋を見て、「こんな薬知らないわ。説明も聞いてないし」とごねだした。挙げ句、熱があるのになぜ調剤薬局まで自分で行かなければならないのか、というクレームに移行しつつあった。秀子が縋《すが》るようにはるかを見たが、はるかは素知らぬ顔で、テレビの前に重ねられた新聞を整理した。自分は秀子に応援を頼んだことなどないからだ。それから、クリニックのドアにぶら下がっている「診療中」の札を裏返すため、表に出た。

「何だ、まだ院長の車あるじゃない」

男の声がした。表で、田中が、向かい側のクリニック専用駐車場に停まった、川辺の黒いボルボを指差していた。

「あ、すみません。今日は車を置いて出ました」

「ほんと？」

男は疑わしげに言って中を覗いたが、受付嬢のはるかに文句を言っても仕方がないと思ったのか、肩を竦《すく》めて踵《きびす》を返した。もう、ここには二度と来ないだろう。ふと視線を感じて振り向くと、先ほどの女性患者がこの遣《や》り取《と》りを見詰めていた。この患者も二度と来ないだろう。熱で苦しんでいる初診患者に、川辺は言葉を惜しんだに違いなかった。何の説明もしない、定番の言い方があった。

「僕の方では抗生物質と咳止《せきど》めを出しておきます。胃の薬はいいですか」

患者が何か質問しようとしても、「お大事に」の言葉で遮られる。「先生、ちょっと」と声をかけたお年寄りが、「はい、お疲れさん」と言われて、悄気《しょげ》た顔をしたところを何度も見た。

はるかは、冷酷で軽薄な川辺が嫌いだ。だが、川辺の評判が悪くなろうがどうなろうが知ったこっちゃない、とは思わなかった。川辺クリニックは、はるかの自宅から近くて、働きやすい職場だし、仲のよい看護師の栗原もいる。院長が最低野郎でも、活気があって楽しい職場にしたいのは当たり前だ、と思う。

それに、はるかには、「医療現場」に対する強い思い入れがあった。病んでいる人に優しくありたい、尽くしたい、と真剣に思っている。小学生の頃、「将来なりたい職業」の欄に、「かんごふさん」と書いたことがあったくらいだ。兄が自家中毒で、たった四歳で死んでしまったのだ。優しい看護師さんたちにどれだけ慰められたか、とても立派な仕事だよ、と涙ながらに、母が幼いはるかに言い聞かせ続けたせいである。

地元の中学・高校時代はヤンキー道に入ってしまったため看護師にはなれなかったが、結婚して落ち着いた今、クリニックの受付という仕事は、自分に合っていると思う。病む人の役に立ちたいという、はるかの心からの願いは、医師の川辺なんかより数倍強かった。

二時間後、はるかと栗原は、行き付けの中野の居酒屋で飲んでいた。カウンターに並んで座る二人の間には、半分以上空いた芋焼酎《いもじょうちゅう》のボトルが置いてある。さらに、焼き空豆、葱《ねぎ》入り卵焼き、鯵《あじ》フライ、冷やしトマトなどの定番の皿が所狭しと並んでいた。二人とも、生ビールを飲み終わり、焼酎《しょうちゅう》のロックをすでに数杯ずつ干していた。

はるかは真っ赤な顔をしているが、栗原の顔色はほとんど変化がない。

「栗原さん。あたしはね、終了間際に患者さんが残っているのが嫌なんですよ。理由はね、閉院寸前に来る患者さんを断るところを、他の患者さんに見られたくないの。そういうのって、絶対に評判落とすじゃないですか。そもそも断ることが、医の倫理に反してるんだからさ。断るのなら、他の患者さんがいない時に断らなきゃいけないっていう強迫観念が、あたしを苦しめるんです。患者さんの前で、急患を断ったら、絶対に、医療機関として信用を落としますよ。信用を落とすってことは、あたしたち現場の人間が信用されなくなるってことでしょう。それが辛《つら》いんです。でも、青山さんは鈍いんですよね。医療機関における自分の役割がわかっていない。そこがツボなのにね」

「出た、ツボちゃん」

栗原がはるかの肩を叩《たた》いたので、はるかは苦笑した。「ツボちゃん」とは、酔うと「そこがツボ」を連発する井上はるかの、飲み屋での綽名《あだな》だった。

「あたしがそんなこと言うの、栗原さんにだけですよ」

「あら、ご主人には言わないの。そこがツボって」

「それって、ちょっとエッチじゃないですか」

「そう言えばそうだね」

飲むと多弁になる栗原は、笑いこけた。

「じゃ、栗原さんはどう思いますか、この問題」

はるかは真剣な目をして尋ねた。栗原は、肩を竦める。

「そりゃあ、ツボちゃんが正しいわよ。こっちも人間だから、仕事のけじめはつけたいけど、具合の悪い人が助けてくださいって来るのが病院なんだから、時間時間で区切るのは最低よね。急患ならしょうがないもの。あたしたちは、そういう仕事なのよ。受付の人が間に入って、気を揉《も》むのは申し訳ないわ」

「ですよね、さすが栗原さんだな」はるかは力を籠《こ》めて頷《うなず》いた。「だけど、うちの院長、最近やる気なくないですか？」

「うん、ひどい」と、栗原は即座に同意した。

「何か、人格的に崩壊してません？　ちゃらちゃら若作りしちゃって」

栗原は、はるかの言い方が可笑《おか》しかったのか、爆笑した。

「いや、あたし、そう思いますよ。今日の田中さんのお薬事件なんか、言い方がむごくないですか。あれは医者の台詞《せりふ》じゃないです」

自分の中で、今日の出来事はすでに事件としてファイリングされていた。

「そうそう、まるでバブル時代のたかびーな医者よね」

「バブル時代って知らないけど、そういうのって、みんな凋落《ちょうらく》したんでしょう。いい気味ですよね。どうすんだろ、川辺は」と、はるかは川辺を呼び捨てにした。

「川辺先生には、何か悩みがあるんじゃない」

「何ですか、それ。教えてください」

「もう少し飲んでから」

栗原は焼酎ロックをぐびりと飲んだ。勿体《もったい》ぶって、タイミングを計っているかのようでもあった。

栗原は四十三歳。中学二年と小学五年の二人の男の子がいる。夫は、製薬会社勤務。かなり高い地位にいると聞いたことがあるから、栗原が敢《あ》えて働く必要はないのかもしれない。看護師の制服を脱いだ栗原は、黒のワンピースに、趣味のいいネックレスを着けた、素敵なマダムである。クリニックでは強面《こわもて》のベテラン看護師として通っているが、飲むと口が軽くなる傾向があった。それに、意外と恋愛体質で、常に好きな男がいる。

井上はるかは、今年三十三歳になる。小学一年の女の子の母親だ。はるかの夫は、地元の信用金庫勤務。婿養子に入ってくれたのは、はるかの実家が、練馬《ねりま》の元大農家だからである。果樹農園だった広大な敷地内には、祖父母、両親、叔母《おば》、はるかの一家、がそれぞれ家を建てて住んでいる。はるかの子供の面倒は、母か祖母か叔母が見てくれるから、週に二、三度飲み歩いても、誰も文句は言わない。しかも、はるかは酔うと、「医療現場」への文句が噴き出して止まらなくなるタイプだから、栗原のように浮いた噂もまったくなかった。

「青山さんの話に戻しますけどね。青山さんて可愛い顔してるし、清純な感じだから患者受けもいいんだけど、すっごく鈍いんですよね。今日も車椅子のお婆さんが入口で引っ掛かっているのに気付かないの。自動ドア作動しない、なんて文句言うんですよ。フォローするこっちの身にもなってほしいよ。医療現場にいることに無自覚の女って呆《あき》れますね」

はるかは、「すっごく」に力を入れる。

「ツボちゃんは青山さんのこと、よほど気に入らないんだね」

「気に入らないす」

「でも、言われたことは一生懸命するじゃない。確かに、あまり気は回らないかもしれないけどね」

まだ酔っていない栗原は、最初から飛ばし気味のはるかの言い分を調整する。

「でも、いろいろわかって気を回す方が割食うってあるじゃないですか。それがあたしの役回りかと思うと辛いすよ」

「ツボちゃんは確かにそうだね。青山さんは割食いそうもないもんね」

栗原が豆腐を器用に掬《すく》った。はるかの皿には、崩れた豆腐が散らばっている。

「割食わないどころか、あいつ、いいとこ取りですよ」

「いいとこ取り？」栗原は笑った。「院長に可愛がられてるってこと？」

「いや、川辺先生だけでなく、患者さんの人気絶大ですもん。本当は、トイレットペーパーを、カラカラカラってすっごい音立てて引き出して、超がさつなのに、そうは見せないんだから。狡《ずる》い女です」

　はるかは、秀子をひと目見たくて、男子高校生が大勢押しかけて来たことを思い出している。もてる女は、自分が猫の首に鈴を付けようとはゆめにも思わないのだ。鈴を付けさせられるのは、自分のような、問題意識の強い女だ。いつの間にか列の先頭に押し出されて、棒を持たされて相手を突く役回り。秀子は、はるかのようなドジ女が鈴を付けるのを横目で見ながら隙を窺《うかが》い、安全とわかれば、真っ先に入って獲物を得る。今日だって、とろい振りをして、はるかに電話を取らせたような気がする。だけど、秀子の本質は、トイレットペーパー、カラカラカラにあるのだ。それが秀子のツボだ。

　はるかは煙草に火を点《つ》け、紫煙を吐いて息巻いた。

「ああ、やりきれねえよ」

　栗原が低い声で囁《ささや》く。

「ねえねえ、それよっか、ツボちゃんも最近気が付いているでしょう？」

「何ですか」と、はるかは、驚いて栗原の顔を見た。

「お客が減っていることよ」

栗原は引っ詰め頭から飛び出た後れ毛を、細い指で触った。

「患者さんですか？　でも、それって、駅前に新しいクリニックが出来たからじゃないですか。一時的だと思いますけど」

栗原は首を横に振った。

「甘いよ、ツボちゃん。駅前クリニックが出来る前から、減り始めている。あなたも受付なら気が付かなきゃ。初診はいても、リピーター少なくなってるよ」

「あー、そうかも」はるかは大声を出した。「二度目までは来ても、その後ぷっつりの人、多いですね。だから、私、患者さんの顔を覚えられないもの。前は閉院時間をいつも過ぎていたけど、今は定時に終わるし」

「でしょう？　患者さんて、病院の雰囲気に敏感なのよね」

栗原は、空豆の皮を剝《む》きながら呟《つぶや》いた。

「わかります。小児科も、ここ駄目なんじゃないって、ママたちの噂になったらあっという間に潰《つぶ》されますよ。多分、川辺先生は、評判落としているんじゃないかな。この間、幼稚園のママが言ってたもの。川辺先生って、上から目線だって言われてるって。上から目線ってネットに書き込まれたらアウトです。みんな、それ見て医者選びしてるんだから」

栗原が眉根《まゆね》を寄せた。

「あたしは川辺先生の腕はそう悪くないと思うんだけど、いかんせん患者さんに無礼よね。こないだの眼鏡の人と喧嘩《けんか》したのだって、はらはらした」

「ああ、あの処方箋《しょほうせん》破っちゃった事件ですね」

はるかは、苦い顔をした。川辺クリニックに勤めて二年半になるが、あそこまで怒った患者を見たのは初めてだった。秀子なんか、ショックでしばらく青い顔をしていた。

「野崎先生が残ってくれてたら、よかったんだけどねえ。二人の先生が共同でやる総合クリニックだったら、またちょっと違ったんでしょうね」

栗原が焼酎《しょうちゅう》を呑《の》み干したので、氷がカラリと音を立てた。はるかは、そのグラスに景気よく焼酎を注ぐ。そろそろ、栗原の曝露《ばくろ》タイムになりそうだった。

「でも、野崎先生って、超お坊ちゃんなんでしょう?」

はるかは煙草の煙を吐き出す。はるかが川辺クリニックに来た時は、野崎は去った後だった。だから、会ったことは一度もないのだが、岩手の大病院の息子と聞くと、何となく反感がある。しかも、野崎は秀子と付き合っていた、という噂があるので尚《なお》更《さら》だった。

「育ちはいいけど、シビアよ。野崎先生は、実家が病院だから、それなりに経営哲学みたいなのを持っていると思うし、鷹揚《おうよう》な人で魅力はあるわ。あの人が一緒にやってたら、川辺先生も変にならなかったと思うんだけどね。早くコンサルタント会社を付けて再編すればいいのに、コンサルは胡散臭《うさんくさ》いって嫌がってるし」

「再編って、そんなにヤバいですかね」

はるかは、何も答えようとしないので、逆に不穏さを増す栗原の顔を見る。栗原は腕組みをして考え込んでいる。

「ねえ、川辺先生、何かあったんですか?」

栗原は曖昧《あいまい》に首を傾げて何も言わない。

「栗原さん、嫌だな。ほら、飲みましょうよ。今日は一緒に気炎上げるんじゃなかったの」

はるかが言うと、栗原は苦笑した。

「陰口になるから言いたくないんだけどさ」

「何ですか」と、はるかは身を乗り出した。

「川辺先生、奥さんとうまくいってないんじゃないかしら」

はるかは意外さに驚いた。どうやら、そのことが川辺クリニックの弱さのツボじゃないかと思えてきた。

「どうして栗原さんが知ってるの」

「野崎先生から聞いた」

「そっちかあ」

野崎と仲がいい栗原は、何かと相談ごとをしているらしい。

「あのね」と、栗原が声を潜めた。何ですか、とはるかは浮き浮きして耳を傾ける。

「医療現場」に関する密談ほど楽しいものはなかった。

「川辺先生の奥さんね、浮気してるみたいなのよ」

「あー」とはるかは叫んだ。「あの人、綺麗《きれい》ですもんねえ。川辺先生には勿体《もったい》ないですよ。しかも、勤務医で頑張ってるし」

しかし、はるかの善意とは裏腹に、栗原の口調は少々厳しかった。

「まあ、それがどれほどのものかはわからないけどね」

「医者としての能力ですか？」

「それは内緒よ。MRとかそういうところからも情報が入るわけだし」と、栗原は、製薬業界という別の情報ルートがあることを匂わせてから、いきなり核心に入った。

「それがね。何年か前に野崎先生が上京して来て、久しぶりに新宿三丁目の飲み屋街を歩いていたんですって。そしたら、向こうから中年男と女の人が手を繋《つな》いで仲良く歩いて来た。それも縺《もつ》れるようにして来るから、仲がいいんだなと思ったら、女の人に見覚えがあるんだって。よく見たら、何とカオルさんだったそうよ。ほら、野崎先生は、川辺先生と同級で、カオル先生とも同窓でしょう。だから、あっと叫んでしまったんだって。そしたら、向こうも野崎先生だってことに気付いて、慌てて路地に逃げ込んじゃったんだって。何もなかったら、逃げる必要ないわけでしょう。だから、ああ、カオルさん浮気してるんだなって、ばれちゃった。それでね、野崎先生、川辺先生に喋《しゃべ》っちゃったらしいのよ。ほら、野崎先生って育ちがいいから、正直じゃない？ 川辺先生みたいに、サラリーマンの息子で苦労して医大に入った人と違って、どこか開けっぴろげなのよね。そしたら、川辺先生どうしたと思う？」

「さあ、わかりません」

はるかは首を捻《ひね》った。話はとても面白かったが、内心は、川辺が少し気の毒だった。野崎は育ちがいいから開けっぴろげとか、そういう問題ではないような気がしたが、栗原がようやく曝露を始めたので黙っていた。

「さっと顔色が変わったけど何でもない振りをして、僕たち自由に暮らしているから、って言ったんですってさ」

「すごい」

はるかの実感だった。川辺が心底そう思って、自由な夫婦生活を実践しているのなら、たいしたものだと思った。だが、以来、川辺は悪く変貌《へんぼう》したとしか思えない。閉院時間に電話を取るな、とか。川辺が怠惰になったのは、一昨年《おととし》あたりからではあるまいか。

「相手の人は誰なんですか」

「内緒」と、栗原が思わせぶりに笑いながら、はるかを見た。

「言いませんから、教えて」

はるかは拝む仕種《しぐさ》をしながら、男女の噂ってどうしてこんなに盛り上がるのだろう、と思った。

「西新病院の医者。玉木っていう救急医療の人。あっちでも噂の種らしい」

へー、と口癖を発して、はるかは驚いた。「医療現場」の噂話の早さに舌を巻く。

「話は違いますけど、野崎先生って、そんな話を栗原さんとするんですか？」

はるかはツボに入ったと思った。栗原が、話そうかどうしようか、と唇を舐《な》めたからだった。

「あたしたち仲がいいのよ」

「そうですよね。大綱《おおつな》記念病院にいらっしゃる時からのお知り合いなんでしょう？」

栗原は微《かす》かに頷《うなず》いた。あまり喋りたくないところを見ると、付き合っていたのだろうか。はるかは栗原の気持ちを聞きたくてならなかったが、もう少し飲む必要がありそうだったから、黙っている。

「それでね、あたしちょっと気になることがあって、また野崎先生に連絡したのよ。ツボちゃん、あなたにだけ言うわ」

はるかは酒を飲むことも忘れて、栗原の顔を見た。何、今度は何が出るの。

「謎なのよ。謎の行動があるの」と、栗原は勿体ぶる。「どう考えても、あんな薬要らないのよね」

「何ですか」聞きたくて堪《たま》らない。

「セレネースっていう薬があるんだけど、知ってる？」

いいえ、と首を振るはるかに栗原は酔眼を向けた。

「知らないでしょうね。あたしたちの間では、ハロペリドール、略してハロペリとか言われているわ。精神病患者の昂奮《こうふん》を抑えるために使ったりする鎮静薬なんだけど、とても古い薬だし、副作用もあるから、最近の若い医者は使ってないでしょうね。ところが、クリニックで最近、また注文したのよね。川辺先生自身が。それで、不思議に思って野崎先生にこっそりメールで聞いてみたの。そしたら、開業した頃に、備え付けの注射薬として買ったことはあるみたいだけど、忘れていたって。だけどね、私は開業の時からいるから、もう六年以上でしょう？　セレネースなんて使ったこと一度もないわよ。なのに、もうないから注文するってどういうことかしらね」

はるかは、薬の知識がないから混乱した顔をした。すると、栗原は慌てて打ち消した。

「ごめん、ツボちゃんにこんなこと言ってもわからないよね。忘れてくれる？　たいした話じゃないから」

「院長が自分で使っているってことですか？」

「嫌だ、誤解しないで。全然、麻薬とかじゃないのよ。劇薬なの」

劇薬か。だが、川辺が何かしでかしているのだろうか。はるかも酔った頭でぼんやりと考えた。だが、今日の話は面白過ぎるがゆえに、はるかに混乱を引き起こしていた。

「院長が自殺を考えてるってことですか」

「ううん」と栗原は素早く頭《かぶり》を振った。「今時、自殺するなら、もっといい薬があるわよ」

「じゃ、何に使うんですか」

はるかは急に不安になった。どういうわけか、川辺の、自分たち事務職を見比べる冷えた視線や、カルテを覗《のぞ》き込む時の面倒臭そうに歪《ゆが》められた口許《くちもと》などを思い出した。

栗原は首を捻って、腕組みをした。

「あたしもわからないわ。ちょっと野崎先生かダンナに聞いてみる」

# 7　弥生先生のお見立て

八畳ほどの広さの院長室には、応接コーナーがある。野崎友秀《ともひで》は、その人工皮革のソファに浅く腰掛けて、低いガラステーブルに広げられた書類に目を落としていた。向かい側には、白いワイシャツ姿の牧原《まきはら》が大きく足を広げて座り、左足に右肘《みぎひじ》を乗せて、「考える人」のようなポーズを取っている。

牧原は、野崎総合病院の事務長である。野崎とさほど歳は変わらないのに、肉厚の巨体なので、小山のような圧迫感があった。これではどちらが院長かわからない、と太《ふと》り肉《じし》だが小柄な野崎は、牧原を横目で見遣《みや》った。しかも、牧原は塩辛い声で怒鳴るように喋《しゃべ》るので、始終、叱られている気分になる。

「ともかくね、院長。これからは思い切ったことをして無駄を省いていかないと、サバイバルできない世の中なんですよ。こんな二割も取りっぱぐれがあるなんて、前代未聞じゃありませんか。産科やめたくらいじゃ、とても生き残れませんぜ」

「なるほど、そうですね」

野崎は、牧原の太い指が指し示す数字を目で追いながら、気弱に頷《うなず》いた。数字の横に黒い三角形が続いているのは、減収を示す記号だった。こんな田舎なのに、大金かけて豪勢な病院なんか建てるからさ、と憤懣《ふんまん》やるかたない。が、口に出して言ったことはなかった。言ったところでどうしようもないのはわかっていた。

兄の幸秀《ゆきひで》が、雨の東北自動車道で運転を誤り、事故死してから六年が経った。父から病院を継いだ兄は、老朽化した野崎病院を壊し、新しく医療法人「ささがき会」を設立した。そして、鉄筋七階建て、最新式の設備を備えた野崎総合病院を建てたばかりだった。享年四十五。多額の借金を返すための格闘が始まる矢先の、死でもあった。同じく、東京でクリニックを開業したばかりの弟の野崎は、このため新院長として呼び戻された。しかし、この六年間は借金返済と経営難とに喘《あえ》いでいる。

計画当初の試算では、莫大《ばくだい》な改築費用はほぼ十年で返せるはずだったらしい。だが、医師不足や患者数の激減、取りっぱぐれ、医療訴訟などのトラブル続きで、借金を返すどころか、経営そのものが危うくなっていた。

総合病院院長と言えば、昔は大金持ちの代名詞だったのに、今や大借金主でしかない事実。何としたことだろう。野崎は、東京でのんびり開業医をしている、パートナーだった川辺を心底羨《うらや》ましく思っていた。

サラリーマンの息子の川辺が、野崎を羨んでいたのは知っている。常に川辺は、

「お前の家は病院だから、金があるだろう」と僻《ひが》み続けていた。しかし、今の野崎は、地方の大病院というお荷物を背負わされた、超多忙の医者に過ぎないのだった。

ここを逃げ出せて東京で気軽に暮らせるなら、宿直続きの勤務医になってもいい、とさえ野崎は思うのだった。あれほど、奴隷のような研修医時代が辛《つら》くて、一刻も早く二人でクリニックを開こう、と川辺と計画したのに。今や二人の運命は、ふたてに大きく分かれてしまった。

しかも、総合病院の院長と言っても名ばかりで、常に事務長の牧原に、「働け」と恫喝《どうかつ》され続けていると言ってもよい。牧原は、盛岡の飲み屋街ではヤクザと怖れられているらしい。本人も、その噂をまるで香水のごとく振りまいて、利用している。そんな輩《やから》が、兄の右腕だったのだ。兄も、牧原に言葉巧みに操られていたのではあるまいか。野崎は、牧原の赤黒い顔の皮膚を、そっと盗み見るのだった。

牧原は、父が院長だった時代から病院に入り、兄が院長になった時、事務長に引き上げられた。兄とは盟友だったと自称しているが、死人に口なしだから、真実はわからない。

だが、兄が事故死した時は男泣きに泣いて一日二升の日本酒を呑《の》み干し、泣いてばかりいた、という目撃証言もある。そのせいか、牧原は、弟の野崎には最初から警戒と反感を隠さないのだった。

「では、院長。無駄とリスクをなくすという意味では、小児科も早く片付けてしまった方がいいと思うんですよ」

「小児科？　それはどうかな」

野崎は驚いて声を上げた。

「どうかな、じゃないですよ。今が引き時ですぜ、院長。隣の市に子供クリニックできたでしょう。そっちがあるから、と言い訳できます」

「なるほどねえ。しかし、田んぼの中の小さなクリニックだって、聞いたけどな」

「規模なんて関係ないすよ。それよっか、院長は小児科の先生方がどんなに大変かご存じですかね」

「ある程度は知ってますよ」

「ある程度ですかい」

話にならないとばかりに、牧原が貧乏揺すりを始めた。カタカタと、ガラステーブルが動く。自分はさぞかし煮え切らない男に映っていることだろう、と野崎は憂鬱《ゆううつ》になった。牧原の小馬鹿にしたような口振りも、兄と自分を比較してのことだろうと思うと、いつまで、こんな男に苦しめられなければならないのだと腹が立つ。

突然、安室奈美恵の着うたが院長室に鳴り響いた。妻の留美《るみ》からのメールだ。着うたの設定をしたのも留美だ。

「院長、お出になってください。私は構いませんよ」

牧原が眉根《まゆね》を寄せたまま、ドスの利いた声で言う。

「いや、いいんです。これはメールですから」

野崎は手を振って断り、牧原に話を続けるよう促した。だが、牧原は気が散るのか、頑固に言い張った。

「いや、メールだったら、先にご覧になってくださいよ。気になるからさ。どうせ、奥様からでしょう」

最後のひと言は余計だと思ったが、野崎は押しの強い牧原には敵《かな》わない。曖昧《あいまい》に頷いてから、携帯電話のフラップを開けてメールを読んだ。

『お母さんからまた電話です。日曜の午後は時間あるか、ですって。また例の会をやるつもりみたい。弥生《やよい》センセの都合もあるから早く電話してくれ、とせっつかれました。私はイヤだから、あなたから連絡してくださいよ』とある。

よほど腹立たしいのか、いつもならうるさいほどのデコメなのに、顔文字も記号も何も付いておらず、突《つ》っ慳貪《けんどん》かつ厭味《いやみ》な調子だった。思わず顔が歪《ゆが》んだのを、牧原は目敏《めざと》く見ていたらしい。

「何かありましたか、院長」

「いやいや、何でもない」と、首を横に振る。

内心、またかよ、と憂鬱になっていた。胃から酸っぱいものが込み上げてくる。野崎の心を塞《ふさ》ぐものは、病院経営の次に、母親と妻との確執だった。

「で、今申しましたように、小児科閉鎖ね。それと、二週間ごとに病床を回していくのがやはり効率いいようですね。最初に診察、二日目手術、予後十二日ね。あと、これはねえ、意外だったんですけど、コンサルに助言されたことがありましてね。ま、やるだけの価値はあると見ました」

思わせぶりに、牧原が言葉を切った。当ててみろ、と言いたそうだから、仕方なしに身を乗り出して聞いてやる。

「何ですか」

「北海道の病院で成功したらしいんですけどね。朝八時から診察始めるんだって」

牧原は可笑《おか》しそうに笑った。

「始業時間を早めるんですか」

「そうそう」牧原は二重顎《にじゅうあご》の肉に顎先《あごさき》を埋《うず》めるように頷いてみせる。「これね、調べてみると、意外と深刻な病状で検査が必要な患者さんはね、みんな午前中に来るらしいんです。午後はたいした病状ではないと。だから、朝早くした方がてきぱき終わって、患者さんには好評らしいんですよ。それで八時開業をやってみようかと」

「医師や看護師の負担は大丈夫ですか？」

「まあ、やって貰《もら》うしかないですよ。だって、病院潰《つぶ》れたら、みんな元も子もないでしょうが」

さっきは、小児科医の負担について野崎を怒鳴った癖に、今度はこんな乱暴なことを言う。野崎は呆《あき》れた。

「牧原さん、うちの病院はそんなに深刻なんですか」

いっそ潰れてしまえ、と思わなくもない。野崎はほとほと疲れていた。

「院長、深刻なんですか、じゃないですよ。モロ深刻です」

牧原はそう言い切って、相撲取りのような大きな膝頭《ひざがしら》を叩《たた》いた。相手が強く出ると、つい引っ込む。野崎はうんうんと適当に頷いた。その時、また野崎の携帯が鳴った。

今度は、ただの電話だ。野崎はほっとして電話に出た。さっきのメールは気詰まりだったが、今は膝《ひざ》を叩いて恫喝《どうかつ》しかねない牧原から、ひたすら逃げたかった。

「友ちゃん？」

母親だ。さっきの件だな、とうんざりする。牧原の前では話したくない内容だった。だが、母親は相手の都合など忖度《そんたく》せずに、自分の話だけしてすぐに電話を切ってしまう悪癖の持ち主だった。

「さっき留美さんに電話したんだけどね」

「あ、聞きました」

「前から思っていたのよ。あの人、ちょっとパッパラパーじゃない」

「そんなことないですよ」

断って切るつもりが、思わずむっとして語気を荒らげてしまった。

「何がそんなことない、よ。パッパラパーだわよ。あたしが弥生先生のご都合を申し上げているのに、あら、そうなんですかあって、いきなり笑いだすんだよ。失礼だったら、ありゃしない。何考えて院長の嫁をやっているんだか、わかったもんじゃないよ。本当に育ちが悪いったらありゃしないんだから」

母親も言い捨てる。こちらは七十四歳の婆さんだが、父や兄の生気を吸い取ったかのように、百歳くらいまで生きそうだった。

「そんなこと、いきなり言わないでください。仕事中なんだから」

友秀はちらりと牧原の顔を窺《うかが》った。牧原は可笑しそうに薄ら笑いを浮かべていた。この野郎、と腹立たしい。牧原などクビにしてやりたいが、病院の経営は牧原任せなので、そうもいかない。経営に、自分が主体的に関わっていきたいが、現実は、院長でありながら内科医の野崎も、「超」が付くほどの忙しさで、この牧原とのたった一時間の打ち合わせさえ、昼休みを削って時間を捻出《ねんしゅつ》したのだった。

「母さん、切るよ。オンコールなんだから、そんな話をする暇もないんだ」

「あら、ごめんなさいね。あなたも医者だったわね」

母親の言い方にもむっとする。母親は、兄の幸秀が国立大医学部出身だったことが自慢だった。それに比べ、友秀は私大医学部だから金がかかった、とことあるごとに愚痴る。愚痴のふりをした、長男自慢なのは明らかなのだが、二十年間も同じことを言われ続けているうちに、野崎は母親に暗い憎しみを抱き始めていた。

「でね、日曜の三時に弥生先生がいらっしゃるの。あんたも来なさい」

返答をする前に電話が切れた。憮然《ぶぜん》としたまま、野崎は電話を切る。自然、唇を噛《か》んでいたらしい。

「何かありましたか」

またも牧原が聞くので、いや、と首を振り、難しい顔で卓上のカレンダーを見る振りをした。

「お昼来ました」

事務室のバイトの女の子が、ノックもせずに入って来た。親子丼をふたつと茶を、ガラステーブルの端に荒々しく載せた。

「時間ないから、食いながら話しましょう」

牧原が歯で割《わ》り箸《ばし》を割りながら言った。このがさつさにも、耐えられなかった。ところどころ塗りが剝《は》げた容器の蓋《ふた》を取ると、蓋の裏にふやけた海苔《のり》がべったりとくっ付いている。いかにも田舎蕎麦屋《いなかそばや》の親子丼らしい出汁《だし》の匂いが、空疎なほど立派な院長室に充満した。

六年前、兄の後釜《あとがま》となってS市に帰郷した時、東京育ちの留美が、こんな田舎には住みたくない、東京に戻りたい、と訴えたのもよくわかるのだった。実際、留美は東京によく帰るようになった。長期休みに入ると、小学生の長女を連れて東京の実家に戻ったきり、なかなか帰って来ない。

S市に来る前の留美の趣味は、長男のママたちとの、都内有名レストランの食べ歩きだった。ワインにもうるさく、とかく料理には一家言あって派手な嫁を、気位だけは高い野崎の母親がよく思うはずはない。嫁と姑《しゅうとめ》間は最悪と言っていいほど冷え込んでいる。

しかも、問題はそれだけではなかった。母親にも、人には言えない悪い趣味があるのだ。弥生先生というのは、母親が信奉している占い師だった。占いだけでなく、死人を呼び出す巫女《みこ》でもある。

「院長、弥生先生にお会いになってますか？」

頰を膨らませて飯を詰め込んでいる牧原が、突如、弥生の名を出したので、野崎はびっくりした。

「弥生先生を、ご存じなんですか？」

「勿論《もちろん》知ってますよ。有名だもん。政治家の小沢《おざわ》先生も、アポ取るのに苦労するくらいだって評判ですよ」

「へえ、そうなの」

「私も、うちの病院のことを聞いたことありますよ」

牧原が真顔で言うので、野崎は呆れた。

「経営のことを、弥生先生なんかに聞くんですか」

事務長としていかがなものか、と遠回しに非難したのだが、牧原の顔色が変わった。

「聞いちゃ悪いんですかね」

むっとしたように牧原が言い返したので、野崎は必死に勇気を掻《か》き集めて反論した。

「コンサルならともかく、弥生先生は占いの婆さんでしょう」

「婆さんなんて失礼じゃないですか。弥生先生は、先代や会長を呼んでくれるんで、私は懐かしいんですよ」

牧原が目頭を押さえるような仕種《しぐさ》をした。こいつもか、と野崎は誰にも知られないように嘆息した。牧原の言う、「先代」とは野崎の父のことであり、「会長」とは、医療法人「ささがき会」の会長、つまり兄のことだった。院長と呼ばないのは、さすがに現院長である野崎を慮《おもんぱか》ってのことなのだろう。

「ほう、あなたの前に出て来て、父や兄は何て言うの」

野崎はさすがに興味を感じて尋ねた。牧原は、歯に海苔が付いているのにも気付かず、喋《しゃべ》った。

「はあ、いろいろ仰《おっしゃ》いますよ。先代は、『本当によくやってくれる』ってこの間、泣いておられましたし、会長は事故のことを詳しく仰います」

母の家で呼んだ時も、弥生先生の口を借りた「霊魂」がそんなことを言ってたな、と野崎は思い出した。

『母さん、ごめんね。泣かないでね。あの時、寒くて霙《みぞれ》がちだっただろう。だから、路面が凍っているかもしれない、こんなにスピード出したら危ないな、と思って減速して走行車線に戻ったんだよ。そしたら、空気圧の異常を知らせるランプが点灯したんだ。あれ、こないだタイヤ点検したよな、と思った矢先にハンドルがガタガタになって、制御不能になった。そのままガードレールに激突して、追い越し車線に飛んで行った。あれは絶対に、タイヤがおかしかったんだ』

目を閉じたまま、男言葉で喋り散らすのは、九十歳になんなんとする婆様なのだ。婆さんが、「空気圧」だの「ランプ」だの、「制御不能」だの、なんて言葉を知っているのだろうか、とさすがの野崎も心を動かされかけたものだ。確かに兄の事故は、左のガードレールに激突して、追い越し車線に跳ねとばされて後ろから来たトレーラーに激突されたのだった。事故状況は合っていた。

当然のことながら、母親は事故を起こした外車のサービス工場に電話したらしいが、さすがに事故原因が整備不良と言われては向こうも黙ってはおらず、警察を巻き込んでの騒ぎになりかかった。だが、証言したのが占い師だったので、不問になった経緯がある。

そのことがあって以来、弥生先生に対する母親の信頼はいや増しているのだった。今や、孫の進学先からピアノの先生選びまで、すべてにわたって相談しているばかりか、野崎の父親や兄を始終呼び出しては、あれこれ話し込んでいる薄気味悪さなのだ。超の付く合理主義者の留美は、ミシュランガイドブックは信用しても、弥生先生を信じるはずがない。だから、母親を小馬鹿にし、絶対に降霊会には行かないのだった。その降霊会が明後日《あさって》の午後にあるという。もう、溜息《ためいき》を吐くしかない。

牧原が院長室を出て行った後、野崎は窓を細めに開けて、こっそり煙草を吸った。喫煙する医師は信用されない。わかっているからこそ、禁断の紫煙をやめることはできなかった。忙しくキャスター・マイルドの煙を強く吸い込みながら、時計を眺めた。午後一時五分前。午後の外来までまだ時間があるから、誰かに電話して憂《う》さ晴《ば》らしをしようと思う。

野崎は迷わず、川辺カオルの携帯に電話をした。野崎と同じく、午後の外来まで少し時間があるだろう。

「こんちは。元気？」

カオルは反応がいい。野崎はほっとして明るい声を上げた。

「元気じゃねーよー。マジ頭来ることばっか」

「何よ、あたしに愚痴こぼさんでくれる。こっちだってね、忙しくて死にそうなんだから」

軽口を叩《たた》くカオルの声は、いつもより低かった。野崎と川辺とカオルは、同じ大学の医学部出身だ。野崎と川辺は同い年で、カオルだけが四歳下。野崎はカオルと付き合ったことはないが、川辺よりも遥かに気が合うと密《ひそ》かに思っていた。

「川辺のヤツ、どう」

「さあね」と、カオルは浮かない声を出した。「あたしとは違う道だから、わかんない」

「夫婦の癖に何言ってるの」

「いつまで夫婦やってるかわかんないよ」

「何で」

「あの人、何考えてるかわからない」

カオルは「わからない」を連発して、気が急《せ》くのか慌ただしい声で言った。

「ね、何かあったらメールにして。これからミーティングだから」

電話が切れた。カオルと男が二人で歩いているのを見たことがあった。玉木という名の救命医だ。が、それを川辺本人に喋ったのはまずかった、と思う。なぜなら、その事実を知ったら、カオルは自分を許さないだろうから。川辺とは仲違《なかたが》いしてもいいが、カオルに去られるのは嫌だった。自分の中にあるカオルへの感情は複雑だ。


その夜、野崎が自宅に帰れたのは、午後十時近かった。容態が急変した患者がいて、家族への連絡に手間取ったのだ。さらに、家族が駆け付けて来た後、担当の若い医者の説明が納得いかないと妻が激昂《げっこう》したり、波乱続きだった。

「ただいま」

疲れた声で玄関ドアを開けると、留美が化粧気のない顔で立っていた。表情は憤然としている。

「どうしたんだよ」

野崎は内心慌てた。一瞬、栗原との過去がばれたのかと思ったのだ。カオルに電話して、栗原との情事を思い出したからだった。野崎は、四歳上の栗原と十年以上も付き合っていたのだ。S市に帰ってからは自然消滅したが、疑っていたらしい留美はしばらく拘《こだわ》っていた。

「友ちゃん、あたし、明日から優奈《ゆうな》を連れて実家に行くからね」

「何で。優奈だって、ダンスとかあるじゃないか」

「こんなとこいたくないの。悪いけどさ、あたしたち東京で暮らすから、しばらく別居しましょうよ」

「何だよ、藪《やぶ》から棒《ぼう》に。靴くらい脱がせてくれよ」

野崎がそう言った途端、留美が嘲笑《ちょうしょう》するように言った。

「靴なんて履いてないでしょう」

野崎は反射的に自分の足元を見た。サンダル履きだった。自宅は病院の真裏にあるから、徒歩一分の距離だ。職住接近にもほどがある、と野崎は誰にともなく怒鳴りたくなった。野崎はサンダルを放るがごとく脱ぎ捨て、上《あ》がり框《がまち》にのぼった。背の高い妻が、野崎を見下ろして言う。

「あなたのお母さんにはもう二度と会いたくないし、話したくもありません。姿を見ると不快なので、あたしは出て行きます。あなたがあの女の息子というのは仕方がないから容認するとしても、これ以上、あの女の支配下にいるのだったら、離婚しますから覚悟してください。以上」

留美は言うことを言って寝室に入って行った。ドアがバタンと閉まった途端、わっと泣き声が聞こえた。降霊会を巡って、母親と諍《いさか》いになったのは間違いなかった。パッパラパーという母の言葉の調子を思い出し、野崎は額に浮き出た汗を拭《ぬぐ》う。

「おい、どうしたんだ」

寝室のドアを開ける。留美はしゃくり上げながら、鏡台の前で短い髪を梳《と》かし付けていた。鏡越しに見ると、寸詰まりの、あまり美しくない顔が歪《ゆが》み、だらだらといくらでも涙が頬を伝う。留美は、泣きながら「悔しい、悔しい」と呟《つぶや》いている。

「東京に行ってどうするの」

「バイトでもします」

「じゃ、川辺のとこで働かせて貰《もら》ったら」

何気なく言ったのに、留美はきっと鏡越しに睨《にら》んだ。栗原のことを思い出したかと身を縮めた野崎に、留美は意外な言葉を投げた。

「嫌だ、あたし、川辺さん嫌い」

「どうして。親切なヤツじゃないか」

「あの人って邪悪よ。何かそんな気がする。カオルさんもよくあんな人と結婚したと思う」

留美は唇を歪めて言った。栗原の名が出るかと思ったのに意外で、留美のその時の嫌悪の表情は、野崎の記憶に長く残ったのだった。

日曜の午後三時、野崎は母親の住まう家に向かった。同じ町内にあるが、こちらはマンションの野崎の家と違い、数百坪の敷地に建つ大邸宅である。が、幾重にも抵当に入っていることは、母だけが知らない。

「あら、いらっしゃい」

兄の未亡人である聡子《さとこ》が出迎えた。聡子もすでに五十歳を超え、ちっとも身の回りに構わなくなった。母は、聡子と聡子の母親と三人で暮らしている。老女世帯だった。

「弥生先生は？」

「もういらしてますよ」

聡子が分厚いスリッパを出しながら、無表情で答える。兄の遺児たちは二人とも東京で、研修医をやっていた。いずれはこちらに戻って来るだろうと思ったが、二人とも地方病院はまっぴらだと言ったとかで、聡子ががっかりしていた。

「友秀です」

外から声をかけて、襖《ふすま》を開ける。応接間のソファの上に正座していた老婆が、こちらを見た。真っ白な膚《はだ》に、ピンクの頬紅と真っ赤な口紅。顔は皺《しわ》だらけだが、とても九十歳近くには見えない。弥生先生は、野崎の顔を見てから、その背後に目を遣《や》り、血相を変えてソファの上で跳び上がった。

「入って来るな」

「先生」と、野崎が茫然《ぼうぜん》としていると、弥生先生は顔を耳まで赤くして力一杯怒鳴った。

「こら、こっちに入って来るな。お前は誰だ」

驚いたが、弥生先生は自分を見ているのではないと気付いた野崎は、背後を振り返った。が、勿論《もちろん》、何もない。いったい何を見ているのだろう、と野崎は怖ろしくなった。

「あんたは何者だ。この人の友達かい。何でそんな恐い顔をしているんだ。こっちに来るな」

手回しよく、隣に座っていた母がメモ用紙を差し出すと、弥生先生はこちらを睨み付けたまま、何かささっと描いた。母がそれを野崎に見せてくれる。奇妙な顔のようなものが描いてある。

「あんたが変なもの連れて来たんだよ、きっと」

母が言うので、野崎は襖を開けたきり立ち往生した。

「こら、お前の名は何て言うんだ。カワ？　カワ、何ていうんだ。カワ……ビ、カワビか。気持ち悪い、あっち行け」

川辺のことか。先生は、なぜ留美と同じことを言うんだ。なぜか感心してしまって、野崎は弥生先生に、あれこれ悩みを打ち明ける気分になっていた。

# 8　傲慢と偏見

――馬鹿にされているような気がする。

誰にも言ったことはないが、川辺の頭の中には、始終この台詞《せりふ》が浮かんでは消え、浮かんでは消え、していた。そんなはずはないと打ち消しても、何となく居心地が悪い時、ものごとがうまく運ばない時、苦手な人間と一緒にいる時に、ふっとそう思うのだった。

職業を問われて、内科医と答えれば、ほとんどの者は好意的だ。場合によっては尊敬もされる。意外性で勝負もできる。六本木のキャバ嬢に、こう叫ばれたこともある。

『えーっ、マジお医者さんですか？　カッコいい。あたし、ファッション関係の人かと思ってました』

だが、キャバ嬢は知らないのだ、医者には堅固な序列があることを。医者の世界はシビアだ。東大を頂点とするアカデミックなピラミッドが形成されている。医者の中で最も位が高いのは、研究者だ。無論、東大の研究者が最高位となる。

次なるランクは、市中病院などで部長クラスに出世する医者だ。彼らは、臨床を担う誇りを持ち、人事という権力を持つことができる。そして、最後が川辺のような開業医だった。研究者や勤務医たちは、「開業したらおしまいだ」とまで言い切るのだから、実に悔しい。

この序列は、市井の患者たちも薄々気付いている。風邪を引いたり、腹をこわせば、開業医に駆け付ける癖に、開業医には難しい診断は下せまい、難病の治療はできまい、と舐《な》めている。だから開業医も、なかなか治らない症状の患者は、さんざん脅した挙げ句に、市中病院へと送ってしまうのだ。忙しいと嘆く勤務医たちよ、いい気味だ。開業医は皆そう思っている。

研究者は、医者ヒエラルヒーの頂点に立つ満足を得る。市中病院の医者は、我こそが臨床医の中枢という誇りを持つ。では、我々開業医は何を持てるのか。答えは簡単、金と自由である。

川辺はクリニックの窓から、向かい側の月極《つきぎめ》駐車場に停めたボルボのエステートワゴンを眺《なが》め遣《や》った。すでに陽は落ちて、広い駐車場には水銀灯が灯《とも》っている。昨日、洗車したばかりのボルボのフロントガラスに、水銀灯の光が反射しているのが美しかった。それから、川辺は白衣の袖《そで》から覗《のぞ》くフランク・ミュラーに目を落とした。今一番気に入りの、完璧《かんぺき》で最高に美しい腕時計だ。

日がな一日、退屈な仕事、つまり、風邪引きだの食中《しょくあた》りだのインフルエンザだのの患者を診て処方し、診察料を稼ぐ。だからこそ、妻のカオルものんびりと西新病院で勤務医を続けられ、休日は銀座《ぎんざ》で高価な買い物をし、川辺がぐるなびや食べログで検索した、流行《はや》りのレストランで食事ができる。そして、週に一回、玉木と浮気ができるのだ。違うか。

――馬鹿にされているような気がする。

不意にまた、その言葉が浮上し、川辺の胸はちくちく疼《うず》いた。もうひとつ屈辱的なことを思い出したのだ。医者の序列から言えば、公立の大病院に勤務するカオルは、自分よりも上位ランクの医師なのだった。逆だったら、どんなによかっただろう。カオルが開業して、金銭的に自分を支えるべきではなかったか。妻なのだから。

しかし、野崎とカオルと自分は、新設大学の医学部出身者だった。新設大学は、医局の勢力をふるえる市中病院をほとんど持っていない。だから、新設大学を出ると、研究者にもなれないし、大きな病院には潜り込めないのが普通だ。カオルは「流れの女医」として、カッコよく生きている。それも、自分が陰で支えているからではないか。

サラリーマンの息子である川辺は、医大に受かって有頂天になった。だから、医者の世界の陥穽《かんせい》にはまったく気付かなかったのだ。ちなみに、川辺の高い入学金や授業料を工面してくれたのは、神奈川県に住む祖父だった。祖父は、一族から医者が出たと喜んで、バブル時代に農地を売って作った金を、学費に充ててくれたのだ。

川辺が金銭面で苦労して大学を出たというのに、同級生らは、裕福な開業医や、野崎のように地方病院の息子が多かった。彼らは、最初から研究者や勤務医になる気などさらさらなかった。首までどっぷりと金に漬かって育ったのだから。

川辺には金が必要だった。他人を羨《うらや》ましがらせるために、カオルを支配するために。そして、もうひとつ、あの邪悪な行為も必要だった。女の部屋に押し入って、レイプする自由。金と自由。それがなくては、自分という人間は成立しない。いや、自分という医者、かもしれない。

なのに、近頃、患者が激減する傾向にあるのはなぜか。川辺は不安を覚えて、待合室の物音に耳を澄ませた。最高に忙しかった数年前は、爺《じい》さんの咳《せき》や子供の泣き声、駆け回るナースや事務員の足音などで、常に騒然としていた。だが、今日はもうすでにしんと静まり返っている。待合室には誰もいない。

「先生、今日は暇ですねえ」

看護師の栗原が、まるで川辺の心を見透かしたかのように話しかけてきた。

どきりとした川辺が振り向くと、栗原は退屈そうに、看護帽を留めているヘアピンを挿し直している。栗原は、川辺の視線に気付いてか、目をゆっくりと上げて咳払《せきばら》いをした。自信がありそうで、川辺は内心臆《おく》する。ベテラン看護師の栗原に、馬鹿にされているような気がした。

「今日は何人くらい診たかな」

川辺の呟《つぶや》きに、栗原が即座に答える。

「午前中に八人。午後は五人もいませんでしたね、四人ですか。皆さん、初診の方ばかりでした」

十二人。栗原が患者の数を数えていたのが衝撃だった。川辺は診察室の壁に掛かっている、製薬会社の名入りの時計を見上げた。午後五時三十分。じきに診察受付時間が終わる。もう一度耳を澄ますと、待合室から、受付の井上はるか青山秀子が、散らかった雑誌や新聞を片付けているような音が聞こえてきた。

「先生、ちょっといいですか。私、心配なんですよね」

栗原が声を低めて川辺の顔を見た。蛍光灯の下では、栗原の顔色が黄色く、そしてローズ色の口紅がやけに濃い。そのコントラストの強さが、栗原の顔をきつく見せている。

「何が」

川辺は聞き返しながら顔を背けた。中年女の顔なんか、しげしげと見たくない。

「先生、最低でも、一日二十人の患者さんが来てくれなかったら、クリニックの経営は成り立たないって言われてますよ」

「栗原さんに言われなくたって、そのくらいわかってるよ」

川辺は少し苛立《いらだ》った。五千万ほどかかった開業資金は、あと五年でローン返済が終了する。だから、もう少し頑張れば、もっといい暮らしができるはずだった。研究者や勤務医などには絶対に手が届かない、裕福で安定した暮らしが。

それには、最低でも一日二十人の患者が必要、という試算ではあった。しかし、今日が暇だからと言って、この先もずっと暇だというわけではない。まして、看護師に指摘されることではなかった。常に楽観的な川辺は、首筋を掻《か》いた。楽観的なのは深く考えることを回避しているだけなのだが、気付かない振りをしているうちにそれが常態になった。

「じゃ、患者さんが来ないのは、いったい何が原因なんでしょうか」

栗原がまるでクイズを出すような口調で尋ねる。

「駅前にクリニックが出来たからだよ」

川辺の答えに、栗原は厳然と首を振った。

「先生、それだけじゃこんなに減りませんよ」

「そうかな。お宅のご主人は何て言ってるの」

栗原の亭主が、製薬会社の部長クラスの人間だと知ったのは最近だった。

「主人が何について言うんですか」

栗原の言い方が切り口上に聞こえて、川辺は不機嫌になった。栗原はいったい何を怒っているのか、見当も付かなかった。

「だから、医療業界の景気が悪いことでしょう」

「業界と広く言えば、いろいろな原因がありますから、一概に言えませんよ。私は個別の話をしているんです。当クリニックの話をしているんです」

「まあ、そうだけどさ」

川辺は、わけもわからず怒っている栗原と話すのが面倒になって、パソコンを覗《のぞ》き込む素振りをした。栗原が思い切ったように唾《つば》を飲み込んでから話し始めた。

「先生、耳が痛いかもしれませんが、私、敢《あ》えて申し上げます。先生、もうちょっと患者さんを大事にしてあげてくださいよ」

川辺はぎょっとして、マウスを握る手を離した。

「僕が大事にしてないって言うの？」

「ええ、ええ」と、栗原は何度も頷《うなず》いた。よほど、決意したのだろう。眉間《みけん》に縦皺《たてじわ》が出来ている。「すみません、先生。はっきり言っちゃって。長い付き合いの先生だからこそ、苦言を呈させて頂くんですよ。患者さんとのコミュニケーションをもっと取らないと、皆さん、嫌になって来なくなります。患者さんて顧客ですよ」

「確かに、最近ちょっと粗いかもしれないな。そうしないと捌《さば》けないと思うもんだからさ」

「捌くほどの数の方はいらしてませんよ」

栗原の目が据わっている。

「わかった、わかった。気を付けるよ」

早く話を終えたい川辺は、栗原の気持ちを引き立てるように笑ってみせた。

「先生、笑いごとじゃないですよ。クリニックに閑古鳥が鳴くのはあっという間だと言われてます。それでね、先生。今はどなたも患者さんいらっしゃらないので、はっきり申し上げますけど、受付は井上さんとパートの人だけでいいんじゃないでしょうかね。従業員は二人も要りませんよ。人件費が勿体《もったい》ないです」

川辺は驚いて、栗原のさらに深まった縦皺を見遣《みや》った。半年前、繁忙期から雇っていた雑用係のパート女性に辞めて貰《もら》ったばかりだった。さすがに声を潜める。

「俺がクビにするのかい？　できないよ」

「そうは仰《おっしゃ》いますけど、ここはしっかりお考えになった方がいいですよ。こんなに患者さんが激減してたら、病院経営は立ちゆきません」

確かにそうだ。しかし、川辺は、二人のうちどちらを辞めさせるかと言ったら、煙草吸いで、正義感の強い、井上はるかの方だと思った。井上はるかが仕事熱心なのは認めるが、川辺の勤務態度が気に入らないらしいし、すぐに「医療の最前線」だの何だのと正論をかざすのがしゃらくさかった。本当は、自分は医療ピラミッドの最下部なのだから。それに、井上は服の趣味が悪い。ユニクロのヒートテックだのイトーヨーカドーの九百八十円デニムだの、と自慢げに言うところが羞《は》じらいがなくて大嫌いだ。

比べて、青山秀子は華のある美人だし、どこか薄暗い感じも好きだった。以前は、自分の美しさに十全の自信がないような態度が気に入らなかったが、近頃は、目に光があって、意地悪そうでいい。

「だけど、青山さんは患者さんに人気があるんでしょう。高校生が騒いでいるって聞いたけど」

川辺は青山を庇《かば》った。すると、栗原が一蹴《いっしゅう》する。

「患者さんにはそんなの関係ないですよ。病気で来てるんだから、しっかり者で気の利く、優しい受付の方がいいに決まってます。悪いけど、青山さんは気が利きません。井上さんが苦労しています」

井上は苦労して当然だ、と川辺は内心思ったが、言わなかった。クリニック経営にまで口を出す栗原に、気分を害していた。元共同経営者の野崎と出来ていたからって、現経営者の自分に指図するとは言語道断、最初にクリニックを辞めるのは、栗原、お前ではないか。川辺はそう思った。まさか栗原は、自分ほどの優秀なナースが、こんな人の来ないクリニックにいるのはおかしい、と言いたいのではあるまいか。とんでもない話だ。

川辺は次第に腹立たしくなり、素知らぬ顔でメールチェックを始めた。すると、栗原が突然、言った。

「先生、この間、MRの方から聞きましたけど、セレネース注文されてますよね。どうして注文されてるんでしょうか。私、ここに最初から勤めてますけど、これまで診察室で使ったのは一度も見たことないんですけど。どなたか暴れる方でもいらっしゃるんでしょうかしら」

川辺はひどく慌てた。まさか、栗原からセレネースについて問い詰められるとは、思ってもいなかった。確かに栗原は、心臓外科で有名な病院からやって来た知識の豊富な看護師だ。下手したら、自分よりも医学の知識も多いし、修羅場も多くかいくぐって来たのだろう。

「セレネースなんて、俺、注文してたっけ」

パソコン画面から目を離さずにとぼける。

「なさってますよ。私は、そもそもここにあること自体、知りませんでしたから、追加で注文なんて驚きです」

「あ、そうだったね。一応揃えておこうかと思ったんだ」

不審な表情をして栗原が背後の薬品棚を眺めている。「中には見当たりませんけど」

「自宅にあるんだ。眠れない時に、俺が使ってるんだよ」

「筋注して、ですか」栗原は呆《あき》れ声《ごえ》を出した。「だったら、もっといい薬があるんじゃないですか」

川辺は栗原の気勢に圧倒されて恐怖を覚えた。まさか、自分の悪事を知っているのではあるまいか。川辺は怯《ひる》んで椅子から腰を浮かせた。

「たいした話じゃないよ。それより、一件用事を思い出した。電話してくる」

川辺はポケットから携帯電話を取り出して電源を入れた。会話の途中で席を立たれた栗原が、露骨に嫌な顔をしてドアを開けた。

「こちらでなさったらいかがですか。私は席を外しますから」

「いや、いいから、いいから」

川辺は診察室を出て、誰もいない待合室を通り抜けた。受付のブースの中に、ピンクの制服を着た青山秀子と、ブルーの制服を着た井上はるかが並んで座っていて、驚いた顔をした。

「院長先生、何かお買い物でしたら、私が買って来ますが」

井上はるかが慌てて立ち上がりかけたのを手で制した。思えば、川辺一人しか医師がいないのに、「院長先生」と呼ばれるのも大仰だった。川辺は自動ドアを擦り抜けて表に出た。外はすでに真っ暗だ。湿った夜風が白衣の裾《すそ》を揺るがせる。川辺は携帯電話をかけるふりをして、どうしたものかと思案していた。

栗原に、セレネースの注文について、不審の念を抱かれるとは思ってもいなかった。そもそもセレネースは、神経科で統合失調症などの患者を鎮静させるためによく使われるメジャー・トランキライザーだ。

川辺がセレネースという薬を知ったのは、ローテート研修の時だった。セレネース自体は、昔からある薬で誰でも使っているから、大きな問題はない。だが、内科医である自分が、クリニックで一度も使用したことがないのに何度も注文を出したのは、不自然だったかもしれない。

万が一、レイプ被害者が訴え出て、セレネースを打たれたことが公になったら、栗原に疑われる可能性は大いにあった。だが、これまでのところ、川辺の犯罪は、まだ表だった事件にはなっていない。

女たちは、自分がレイプされたかどうかわからぬままに目覚め、嫌な夢を見たと思うだろう。それが、セレネースを使った狙いだった。しかし、一年八カ月前、最初に起こした事件だけは、慌てていたせいで、女に顔を見られていた。また、三度目は思いもかけない中年女だったから何もせずに逃げた。が、太股《ふともも》に悪戯書《いたずらが》きをして腹いせした。

このふたつの事件だけが、警察に駆け込まれる可能性があった。本当に大胆なことをしたものだ。今さらながらに、川辺は怖《おそ》ろしくなった。もしかすると、自分はとっくに警察に包囲されているのかもしれない。寒さだけでなく、川辺は不安に震え上がった。急に、駐車場の暗がりに警官が忍び込んでいて、自分を窺《うかが》っているような気がしてくる。崩壊の兆し。川辺は慌ててクリニックに駆け戻った。

受付のブースに、井上はるかの姿はなかった。まさか、栗原と密談しているのではあるまいか。

「井上さんは？」

川辺の問いに、青山が廊下の後方にあるトイレを指差した。井上は、用を足しているか、掃除しているのかもしれない。

川辺はほっとして、カウンター上に行儀よく重ねられた青山の白く細い手を見た。華奢《きやしや》な銀の指輪を左手の中指に嵌《は》めていた。安物だ。彼氏はいないのか、と軽侮にも似た気持ちが湧く。川辺は、自分の中にある他人への軽侮と、自分の劣等感が同根だとは気付いていない。ぼんやり眺めていると、やや緊張気味の声で青山が言った。

「院長先生、私、お話ししたいことがあるのですが」

「話？」

唐突だったので、オウム返しに聞いた。すると、青山が周囲をはばかるように非難の眼差《まなざ》しを浴びせた。診察室にいる栗原と、トイレに行った井上の耳が心配なのだろう。川辺は、馬鹿みたいな反応をした自分が恥ずかしくなった。今日はすべての女たちにしてやられている気がする。

「はい、ちょっとお時間作ってくだされば有難いです」

「いつがいいの」

急にときめいて、川辺は上目遣いに青山を見た。長い睫《まつげ》をマスカラで固めている。マスカラは繊維入りランコムか。

「できれば早い方が。明日とか」

青山が卓上カレンダーを見ながら迷う声で言った。しかし、川辺は早く青山の話を聞きたかった。

「今日はどう。食事でもしながらゆっくり」

水曜の夜になると黙って家にいられない自分がいる。

「私はいいですけど」

驚いたように青山が答える。

「俺の携帯知ってるでしょう？　ここ出たら電話して」

川辺は青山の前にちらちらと携帯を見せてから、ポケットに入れた。そのまま診察室には戻らず、裏のロッカーに向かった。子供じみた逃亡だとわかっていたが、うるさい栗原の顔を見たくなかったから診察室には戻りたくなかった。

青山秀子から着信があったのは、川辺が自宅前のカーポートに車を停めて、玄関のドアを開けた瞬間だった。川辺は登録していない番号を認めて、携帯の番号も知らなかった青山と、これから話したり食事したり酒を飲むのかと思うと嬉《うれ》しくなった。勿《もち》論《ろん》、カオルは留守だ。水曜の夜だから、玉木と逢《あ》い引《び》きしているはずだ。

「先生、青山です。突然ですみません。これからで本当にいいんですか」

「いや、いいよ。明日は先約があるんで、ちょっとまずいんだ」

川辺は嘘を吐いた。

「そうですか、ありがとうございます。では、どこに伺えばいいでしょう」

「とりあえず、渋谷方面に行って、もう一度電話くれないか。その辺のレストランを取っておくから」

こんな時の川辺は手際がいい。恵比寿《えびす》のイタリアンレストランの個室を予約して、急いで準備した。シャワーを浴びて、ブルーのストライプのシャツとトム・フォードの紺色のジャケットに着替える。金と自由。美しい受付嬢と食事してワインを飲み、悩みごとの相談に乗る自分。金のない研究者も、忙しい勤務医も、俺のような夜は得られないだろう。

約一時間後、川辺がレストランに行くと、青山秀子はすでに到着していて、居心地悪そうに水を飲んでいた。川辺は青山の好みも聞かずに、勝手に安いコースを頼み、適当にワインを選んだ。早く青山の話が聞きたくて堪《たま》らなかった。が、口火を切ったのは、青山の方だった。

「さっき、院長先生が少し早めにお帰りになったじゃないですか」

川辺はワイングラスを回しながら頷《うなず》いた。

「栗原さんがとてもお怒りになっていました。三十分も前に帰ってしまって、患者さんが来たら、先生はどうするおつもりなんだろうって」

「そんなこと言ってたの」

はい、と青山が真剣な顔で頷いた。

「俺、あの人、怖いんだよ」

川辺はふざけて言ったが、青山は笑わなかった。

「私も怖いです」

そう言って、身を震わせるのだ。まさか恵比寿のレストランで食事するなんて思ってもいなかったのだろう。青山は、紺色の地味なワンピースに、安物らしいピンクのカーディガンを羽織っていた。

　この女はつくづくピンクが好きなんだな、と川辺は関係ないことを思った。小さなピンクの石の嵌《は》まった金色のピアスをして、揃いのネックレスをしている。いずれも少女じみた安っぽいデザインだった。もっと豪華なアクセサリーを付けたら、この派手な顔が映えるだろう。川辺はそんなことを考えている。

「聞いてらっしゃいますか、院長先生」

　青山が意外にきつい物言いをしたので、川辺ははっと我に返った。

「何だっけ」

「栗原さんと井上さんは仲が良くて、しょっちゅう二人でお酒を飲みに行ったり、昼食を一緒に食べたりしています。で、私は二人から遠ざけられているから不安なんです」

　先ほどの栗原の注進が蘇《よみがえ》り、川辺は身を乗りだした。

「何が不安なの」

「つまり、二人して、私を邪魔にして院長先生に何か悪いことを吹き込んでいるんじゃないかってことです。あのう、私、疑心暗鬼になっていますので、何か醜いことを申し上げているかもしれません。だったらすみません」

　青山の白い喉《のど》が不安そうに上下している。

「いや、そのことは聞いてないこともない。だから、きみにも話を聞いてみたかったんだ」

「やっぱり」

川辺は、青山の綺麗《きれい》な顔に嫌悪が宿る瞬間を目撃して、なぜか満足した。黒い感情を他人が持つのを見るのは、悪い気分ではなかった。

「あの人たち、どんなことを言ってるんですか」

「それは言えないよ」

川辺はジャケットの袖口《そでぐち》から覗《のぞ》くシャツの分量に気を配りながら言った。自分の白く大きな手。この間まで気に入って嵌めていたローリー・ロドキンの指輪は、ガキっぽい気がして、近頃は外していた。美しいけれども、貧しい身形《みなり》の女と自分はどんなカップルに見えるのだろう。受付嬢の相談に乗る、若くカッコいい医者か。

「教えてください、お願いします。あの人たち、何て言ってるんですか」

青山が重ねて聞いた。その目に涙が浮かんでいるのを認めた川辺は、素直に答えていた。

「栗原さんが言ったのはこうだよ。青山さんは気が利かないから、辞めて貰《もら》って、パートを入れた方が経営的にいいって」

「ひどい言われようですね」

青山が口の端を歪《ゆが》めて言うのを、川辺は冷徹に眺めていた。逆に、口うるさくて支配的な栗原と、ださい井上を辞めさせて、ナースは紹介業から雇い入れ、青山に差配させるのはどうだろうと思った。

「青山さんは、仕事をどう考えているの」

川辺は、干鱈《ひだら》の載ったポレンタをうまく切り分けながら聞いた。

「私、あの人たちに意地悪されていると思います」

「それじゃ答えになっていないよ。周囲にいる人間がどんな妨害をしようが、きみはどう思っているかということだよ」

「はい」と、青山が素直に頷いた。「私はクリニックの受付という仕事が大好きなんです。お年寄りとか苦しんでいる人とかがたくさんいらっしゃるじゃないですか。そういう人たちのお役に立ちたいし、とてもいい仕事だと思いますが」

「近頃景気が悪いじゃない。受付はクリニックの顔だから、とても大事だと思うんだよ」

「私もそう思います。だから、井上さんみたいに煙草吸う人はどうかと思いますが。あの人、体から煙草の臭いがします」

「同じだ。僕も駄目なんだ、煙草吸う人は」

「よかった、先生と同じで」

青山の潤んだ目を見詰めながら、川辺は小さな勝利感に酔っていた。開業医の自由。

それは自分の好きな環境を手に入れることでもあった。

# 9　月よりの死者

とんとん拍子というのは、ああいうことを言うのだろうか。院長の川辺との食事は、自分の思惑通りに、いや、思惑以上に話が進んでしまって、いったいどこまでいくのか、空怖ろしいほどだった。

看護師の栗原と受付の井上。二人が自分を仲間外れにして何やら密談ばかりしている、と川辺に不満と不安と不快を訴えただけなのに、食事が終わってみれば、二人はじきに馘首《かくしゅ》されることになっていた。ちっちゃい火種が、川辺の中のガソリンに引火して、どかんと爆発でもしたかのような増幅の仕方だった。

中野区にあるワンルームマンションに帰って来た青山秀子は、ユニットバスに湯を溜《た》め始めた。すでに午後十一時を回っていたから、下の階の住人の耳が気になったが、どうしても風呂《ふろ》に入って温まりたかった。それほど、心が冷え切っている。

秀子は、どぼどぼという水音を聞きながら、台所の換気扇の下で、煙草に火を点《つ》けた。井上はるかの喫煙に文句を言った癖に、実は秀子も煙草を吸う。それも高校時代からで喫煙歴は長い。でも、部屋以外で吸いたくなるほどとらわれてはいない。秀子が喫煙者ということは、家族も親しい友人も誰も知らないのだった。

姓は「青山」でお洒落《しゃれ》なのに、「秀子」という昭和風の名前。松嶋菜々子ばりの美しい顔と、控えめな所作。だが、心は誰よりも強く賢い。この絶妙なバランス感覚が、青山秀子そのものだった。

秀子は、ゆっくり煙を吸い込んで肺にしばらく入れた後、細く長く、吐き出した。紫煙がゆらゆらと換気扇に吸い込まれて行く。まるで自分の溜息《ためいき》みたいだ、と煙を見上げながら、秀子は川辺との会話を思い出していた。


『青山さんはうちに何年いるの』

まず川辺が聞いた。すでに食事は終わりに近付いていて、秀子は苦手な羊のローストを半分食べ残していた。川辺はちらりと非難めいた眼差《まなざ》しで、秀子の皿を見遣《みや》ったが何も言わなかった。そもそも、羊肉の好悪も聞かずに勝手に注文したのは、川辺なのだ。自分の好みなどどうでもいい癖に高圧的だ、と秀子は思った。

『六年になります。私が入った直後に、野崎先生のお兄さんが亡くなって、岩手にお帰りになったので、よく覚えています』

『ああ、そうだっけね。きみ、野崎と仲良かったものね』

川辺は、にやりと笑った。秀子は川辺の笑いを見て、背筋が寒くなった。野崎の兄の交通事故死は大きな悲劇だったのに、笑うことはなかろう。それとも、川辺は、野崎と秀子の間に何かあった、と疑っているのだろうか。それは卑しい邪推というものだ。

秀子は、そんな恥ずべき邪推を平気で面に出す川辺が怖くなった。が、勿論《もちろん》、楚々《そそ》とした気配をうまく身に纏《まと》わせて、本当の自分の心など包み隠している。

『六年ね。そんなになる？』

川辺は、秀子の実年齢を考えているのだろう。

『はい。私、もう二十八なんです』

秀子が先回りすると、川辺は溜息を吐いてみせた。

『若いじゃない。俺なんか、もう三十九だよ』

自分は若く見えるはずだ、という自信が仄見《ほのみ》えていた。

『院長先生は全然若いです。ほんと、三十代前半で通りますよ』

川辺は照れ臭そうな顔でワインを飲み干した。それから、長い指を強調するようにテーブルの上で組んで、こんなことを言った。

『青山さんは、長くいてくれてるから、そっと打ち明けるけどね。これから話すこと、ここだけの話にしてくれないかな。さっきの件、実は俺も困っているんだよ。ほら、あなたも困らされている二人だよ』

栗原と井上が「青山さんは気が利かないから」という理由で、自分を辞めさせるように川辺に進言していると聞いた時は、さすがに衝撃だった。

『そうですか。私、あの話、結構ショックでした。お二人にそんな風に思われているんだと思って』

そう言った途端、悔しくなった。さすがの秀子も、憤激した顔を隠せなかった。ところが、川辺の目にも怒りがある。秀子は、川辺も栗原に何か言われたのだろうか、と気になったが、聞くわけにもいかなかった。

『いや、俺もショックだった。だって、院長は俺なのに、どうして栗原さんなんかに、人事に関すること言われなくちゃならないの。それに、栗原さんは年々出しゃばりになってるよ。あの人のクリニックじゃないんだ。俺がローン返しているんだからさ、俺のクリニックだよ。だからね、俺、正直に言うと、二人に辞めて貰《もら》おうかと考えているんだ。今なら、派遣でいくらでも優秀な人が取れるからさ』

『そんな急にクビにするなんてこと、できるんですか』

『できるさ。だって、俺が院長なんだよ』

川辺は肩をそびやかした。秀子は、でも、と言いかけてやめにした。栗原は、野崎の置き土産なのだ。野崎に対する遠慮はないのだろうか。愛人だったという噂は、井上から教えて貰ったことだが、もしかすると、川辺は何も知らないのだろうか。

すると、川辺の方からそのことに触れたので驚いた。

『栗原さんのことだろう？　大丈夫、野崎には俺から話しておくよ。だから、すぐに青山さんの働きやすい状況になると思うから、辞めないでください』

『わかりました。ありがとうございました』

何て勘がいいんだろう。それに、考えをすぐに口にする。秀子は、川辺を鬱陶《うっとう》しく思ったが、本心を押し隠して、丁寧に礼を述べたのだった。

秀子は、栗原と井上の処遇には溜飲《りゅういん》を下げたものの、川辺の黒い陰謀に加担したようで少し気が重かった。二人が露骨に自分を除け者《もの》にするから、その前にこちらも武装しようと思っただけなのに、馘首とはあまりに厳しいではないか。しかし、自分の前から二人がいなくなれば、働きやすくなるのは事実だった。

そろそろ湯を止めなくちゃ。そう思いながら、秀子はまたも煙草の箱に手を伸ばした。煙草臭いのが理由でクビになった井上が、秀子も煙草を吸うと知ったら、さぞかし怒ることだろう。

井上は、町医者は医療の最前線だ、などと偉そうなことを日頃言う癖に、体の不自由な患者が来ると、秀子に介助させる。しかも、一切手伝おうともせずに、せっせとカルテの整理などを始める。それも秀子の方が間違いが少ないのに、井上は秀子の仕事がのろいとバカにする。確かに、秀子は仕事が丁寧過ぎるかもしれない。だけど、井上の手早さというのは、粗さの言い換えに過ぎず、常に何らかのミスが起きるのだった。

　自分と井上のどちらが優秀か、川辺に見極めて貰いたい。そう思った後、秀子は自分に対する川辺の粘った視線を思い出した。あの人は私に興味がある。普通の男の関心を惹《ひ》くのなら心地よいはずだが、川辺の好奇心は、迷惑だった。井上には、秘密など何もなさそうだ。地元の元ヤンキーで、元気のいい井上。実家は農家だから、敷地内に一族郎党が住んでいて、始終喧嘩《けんか》ばかりしている。夫と子供がいて、安い服を買うのが生き甲斐《いがい》の井上。酒が強く、煙草も一日にふた箱近くは吸うヘビースモーカー。髪にも服にも、煙草の臭いが付着しているのに気付かない。

　しかも、井上はトラブル好きだ。とかく問題点ばかり探し回っては、それに憤る体質なのだ。そんな井上には、他人事《ひとごと》には冷淡な秀子の、おっとりとしているように見える外見がもどかしいのだろう。

『ねえ、青山さん。いつもピンクの制服ばっか選ぶのね。その方が男の患者さんに受けるからなの？』

などと無礼なことを言うのだ。井上と栗原の意地悪や暴言の数々を思い出しているうちに、秀子は腹立たしくなってきた。明日、二人に会ったら、どんな態度を取ってやろうか。

「そろそろ、次の就職先を探した方がいいですよ」とか。

怒った顔をしないで、面と向かって堂々と厭味《いやみ》を言ってやりたいものだ。秀子は、むしゃくしゃしながら、そこらじゅうに服を脱ぎ捨てた。


翌朝は、憤怒《ふんぬ》と不安のあまり、早めに目が覚めた。ちょうど燃えるゴミの日だったので、部屋を出てから、マンション裏手のゴミ捨て場に回った。プラスチックのペールの蓋《ふた》を摘《つま》んで、中に生ゴミを放り込んだところで、低めの女の声がした。

「あ、おはようございます」

濃いグレーのスカートスーツを着た若い女は、秀子の部屋の真下の住人だ。秀子と生活時間帯が同じらしく、よくポストの前などで出会ったが、挨拶《あいさつ》程度であまり話をしたことはなかった。

女は、常にカロリー計算を必要としているような、ぽっちゃりとした水太りの体型をして、不貞腐《ふてくさ》れた表情で外股《そとまた》で歩いている。ポストの表札には、「MOTOKI」とある。MOTOKIは、いつも就活中の女子大生みたいな格好をしている。きっと、都内の堅い会社に勤務しているのだろう、と秀子は思った。

MOTOKIが、同じように生ゴミの袋を手にしているので、秀子はペールの蓋を開けてやった。MOTOKIは素早く投げ込んで礼を言った。

「すみません、ありがとうございます」

「あのう、うちの下のお部屋の方ですよね。あたし、ゆうべ遅くにお風呂入れちゃったんです。すみません、うるさかったんじゃないですか」

自分が迷惑をかけていないかどうかを尋ねるのは、都会のワンルームマンションに住まう者の礼儀には違いなかった。

MOTOKIは秀子と同じくらいの年頃に見えるが、髪を飾り気のないゴムで纏《まと》めて、眠そうなひと重瞼《えまぶた》なので、地味な印象だった。

「とんでもないです、全然平気です」MOTOKIがばたばたと厚ぼったい手を振った。「それより、うちこそうるさいんじゃないかな。あたし、テレビの音とか大きいらしいんですよ」

「いや、下からは騒音来ませんから大丈夫です」

「ほんとですか」

「ええ、大丈夫ですよ」

「じゃ、何かあったら遠慮なく言ってくださいね」

「こちらこそ」

二人は笑い合った後、何となく並んで歩きだした。

「お勤めは都心の方ですか」

秀子が尋ねると、MOTOKIが答える。

「いえ、この近くなんですよ」

何をしているのか聞いてみたかったが、初対面でいきなり聞くのもどうかと思い、秀子は口を噤《つぐ》んだ。二人は方南町《ほうなんちょう》駅方面に歩いて行く。

「ねえ、こないだ、セブン－イレブンのおばさんに聞いたんだけど、西側にうちとそっくりなマンションが建ってるじゃないですか」

ＭＯＴＯＫＩが声を潜めた。

「ああ、はいはい。大家さんが同じなんでしょう？」

「そうらしいですね。それがね、あの二階の角部屋にいた女の人って、自殺したらしいんですよ。でね、雨の夜とか、満月の夜とか、その窓に白い影が映るんだって。あたし、それを聞いてぞっとしちゃった」

「ええっ、でも、あそこ人が住んでるじゃないですか」

「でも、何か気持ち悪いとかで、居着かないらしいです。それも、住んでいる人にも窓に映る女が見えるんだって」

「わっ、怖いですね」

秀子の腕に鳥肌が立った。MOTOKIは、悔しそうに言った。

「そうなんです。あたし、そんな噂があるの知ってたら、ここ絶対に借りなかったな」

確かに、隣り合っているマンションだから、件《くだん》の二階の角部屋は、秀子たちのマンションから手の届きそうなところにある。特にMOTOKIの部屋はすぐ隣と言ってもいい。秀子は占いや迷信の類《たぐい》などは一切信じないが、自身の部屋からも見下ろせるだけに、幽霊の噂は気味が悪かった。

「その人、いつ頃、自殺したんですか」

「時期は知らないけど、最近だって」

「どうして自殺したんだろう」

「何かね、レイプされて、ウツになったとかいう話だった」

「いやですね、そういう話」

「いやですよね。そんなに死ぬほど悩んだ人が近くにいるってことが怖いですよね。気持ち悪いですよ。何か悪いオーラ出てますもん」

確かに、自殺を考えるような絶望に打ちひしがれた人間が、ドア一枚隔てた程度の場所に住んでいるのが怖ろしいのだった。MOTOKIとは気が合いそうだ、と秀子は思った。だが、いきなり親しくしようと言うのも図々しいかと思って黙っていた。

すると、MOTOKIの方から口にした。

「あたし、元木《もとき》っていうんですけど、よかったら今度うちに遊びに来てくださいよ。同じマンションで仲良くなるのがうざかったらいいけど」

「そんなことないですよ。じゃ、うちにも来てください。あたしは青山です」

「よかった、何かあったら助け合いましょう」

何かあったら、というのは、その隣のマンションの幽霊のことだろうか。しかし、思いもかけず、近くに知り合いが出来たことが愉快に思われて、秀子は方南町駅前で元木と笑い合って別れた。秀子は環七《かんなな》通りをバスで、練馬方面に向かった。


秀子がクリニックに入った途端、自動ドアの陰で立ち話をしていた栗原と井上がさっと離れたのが見えた。

「青山さん、おはよう」

栗原が片方の頬を緩めるだけの挨拶をして、奥に入って行った。井上は、にこっと唇を上げる笑い方をしただけで、声も出さなかった。ああ、二人で何を話していたんだろう。どうせ自分の悪口に違いない。秀子は不安になった。川辺は二人をクビにすると言ってくれたが、そんなのは大嘘で、逆に自分だけがクビになったらどうしよう、と心配になる。クビになったら独り暮らしはできなくなるから、せっかく元木という友達が出来たのに、早晩あのマンションを出なければならないだろう。

秀子はピンクのユニフォームを着る時、少し躊躇《ちゅうちょ》した。だが、この日に限ってブルーを選べば、また何を言われるかわかったものではない。

雑巾《ぞうきん》を絞ってガラスドアを拭《ふ》く。すると、電話が鳴った。素知らぬ顔をして拭き続けていると、井上が怒った顔をして取った。

「はい、川辺内科クリニックでございます。九時半からになりますので、恐れ入りますが、営業時間内にお願いします」

営業時間か、違うだろう。それにいつもは医療の最前線だからと時間外の電話にも親切なのに、今日は冷たい。井上の声を聞いているうちに、秀子は憂鬱《ゆううつ》になってきた。まさか、昨夜の密会を知られてしまったのかもしれない。いや、そんなはずはなかった。

井上がカルテから顔を上げずに、低い声で秀子に尋ねた。

「青山さん、昨日の帰り、院長とどっか行ったの」

「いや、行きません」

「へえ、そうなんだ。へえ、そんなこと言うんだ」

井上はのんびりと言いながら、秀子の顔を見た。秀子はむっとした。

「どうしてそんな嫌な言い方するんですか」

「だって、ゆうべ院長が自分から栗原さんに電話して言ったんだって」

「何をですか」

「青山さんからいろいろ聞いた。明日話したいことがあるからって。あんた、院長に何を言いつけたの」

「何も言いません」

秀子は青くなった。自分が二人をクビにしろ、と言ったわけではないのだ。秀子は、これから起きることは、すべて自分のせいになるのではないかと心配になった。川辺も酷《ひど》いではないか。

栗原が足音荒くやって来て、秀子の前に投げ捨てるようにカルテの山を置いて行った。さすがの秀子も落ち込んで、マンションに帰りたくなった。しかし、隣のマンションの幽霊話を聞いた途端、あの部屋で、今後ものんびりくつろげるだろうかと不安になる。

突然、ポケットの中に忍ばせた携帯が震え始めた。メールの着信だ。秀子はトイレに入って、こっそり開いた。野崎からだった。

「青ちゃん、お元気ですか？　こちらは相変わらず金が回りません（笑）。こんなことになるのなら、何としても東京に残ってればよかったです。ところで、大事な話があります。時間のある時、電話ください。昼休みでもいいし、12時までなら夜でもいいよ」

野崎は、東京に出て来て時間があると、秀子に連絡をしてくることがある。野崎とは馬が合うだけで、特に深い関係はない。ただ、兄の死で岩手の病院を継ぐことになった野崎が、「青ちゃん、一緒に飲んでくれ」と頼むから、酒を飲んで愚痴を聞いてやったことがあった。野崎は酔って涙ぐみながら、同じ台詞《せりふ》を何度も繰り返した。『東京から離れたくないんだよ。好きな女がいるからさ。でも、内緒だよ、青ちゃん。誰にも言うなよ』

確かに、野崎が本当に好きなのは、栗原看護師ではなく、川辺の奥さんだという噂を、検査技師の山田から聞いたことがあった。勿論《もちろん》、真偽のほどはわからないし、また確かめる気もなかったから、野崎の愚痴は適当に受け流していただけだった。だが、受付の自分に「大事な話」とは何だろう。昨夜のことに関連していないか。

秀子は気になって仕事が手に付かなかった。もっとも、仕事の方もそう多くはなかった。風邪引きの患者が三人、高血圧の爺《じい》さんが一人、いつもの胃薬を取りに来る婆さんが一人。たった五人の患者と、MRが二人。隣のスナックから回覧板。その間、井上は押し黙ったままだから、雰囲気はとても悪かった。

昼休み、野崎の話が何なのか知りたくて、秀子は外に出て電話をかけた。栗原と井上は、昼休みになった途端、連れだって食事に出てしまった。

「ああ、ごめんごめん。電話させちゃって。元気だった?」

コールが途切れて、野崎の声がした。嬉《うれ》しそうに弾んでいる。

「元気ですよ。そちらは」

「だから、田舎は不景気だし、医者が足りないし、金がないし、女房は機嫌悪いし、で大変なんだって。もう、俺、マジで東京さ帰りてえよ」

野崎は、わざと東北訛《なま》りで剽《ひょう》げて言った。野崎と川辺は同じ医大の同級生、川辺の妻のカオルは、二人の後輩なのだそうだ。

カオルはクリニックに何度も来ているから、会ったことがある。また、何年か前の日曜日、二人が新宿のデパートで買い物しているところに偶然出くわしたことがあった。カオルは、少し生意気そうな、素敵な女だった。が、あまり幸せそうには見えなかった。

秀子は、カオルがなぜ川辺を選んだのだろう、と不思議でならない。男っぷりは川辺の方がいいかもしれないが、人間としては野崎の方が、数倍魅力的だ。野崎は、成績のいい兄が家業の病院を継ぐと決まっていたせいか、暢気《のんき》で人の好《よ》いところがある。対して川辺は、優等生だったと聞いたことがあるが、外見を異常にかまうところが、逆に足りないものがあると想起させられてしまう。どこがいいんだろう、あんな男。川辺に、昨夜の密談をばらされた秀子は、腹立たしくてならなかった。

「野崎さん、どうして奥さん、機嫌が悪いんですか」

「ま、それはロングストーリーになるからさ、今度」

野崎の背後からは、テレビの音がした。

「今、どこで何してるんですか」

「院長室でテレビ見ながらカツ丼食ってる」

野崎は声を潜めた。

「大病院の院長って感じじゃないですね」

「器は大きいけど、中は貧乏なんだよ」

野崎が冷静に返した。

「あたしも食事しなくちゃいけないから、あまり時間ないんですけど、どうしたんですか」

「ごめんごめん。急ぐから。あのさ、電話で何だけど、クリニック、何か問題があるの。もう俺、関係ないけどさ。さっき川辺から相談受けたんだよ」

野崎がいきなり聞いてきたのには驚いた。

「院長は何て言ったんですか」

「栗原さんと井上さんをクビにして、二人の穴を派遣で埋めたいって。そりゃ、景気悪いのはどこも同じだろうけど、青山さんだけを残すって言うから何でだろうと思ってさ」

「ああ、そうなんですよ。そうなんですけど」

秀子は何と答えたらいいかと迷った。我ながら、困った事態になったと思っている。

「何でそんなことになったの」

「どうしてでしょう」と、とぼける。

「でね、問題は、栗原さんからも、こないだ俺のとこに電話があってね。川辺がちゃんと仕事しないって文句言ってきたのよ。だから、そっちはいったいどうなってんだと思って心配になってさ」

「栗原さん、そんなこと仰《おっしゃ》ったんですか」栗原と井上はるかが共謀して、岩手にいる野崎にまで手を伸ばしたのか、と秀子は絶望的な気持ちになった。「じゃ、栗原さん、私のこと、悪く言ってたんじゃないですか」

「いや、青ちゃんのことは別に言ってないよ」

「本当ですか？」信じられなかった。

「栗原さんの言い分はね、今クリニックの患者さんががんがん減っているのは、川辺の態度が悪いからだって。何でも、開業医の点数を付けるサイトがあって、そこで川辺の態度が悪いって、たくさん書かれてるんだってさ。俺、そんなサイト、怖いから絶対に見ないけどね。だから、栗原さんが、川辺クリニックはもうじき潰《つぶ》れるんじゃないかって言うんだよ。あと、川辺はやることが変だって。セレネースを大量注文しているから、闇で儲《もう》けてるんじゃないかなんて言うんだ。青ちゃんは、それ聞いたことない？」

「闇って何ですか」

「ネットでのクスリ販売みたいなさ」

「まさか」

川辺は良くも悪くも、マメな人物には見えなかった。ルーティンな仕事をこなして、自分の容姿や服装にしか興味を持てない男だ。

「そうだよね。だったら、ハルシオンとかの、もっと割のいいクスリにするだろうと思ったんだ」

「野崎さん、さっきのセレネースとかいうのは何ですか」

「有名な鎮静剤だよ。ま、俺なんか滅多に使わないけどね。それがクリニックで取ってたってことが意外だよ」

秀子は、そんな薬剤のことなどどうでもよかったから、野崎の話を遮った。

「で、栗原さんは何て仰ってるんですか」

「どうするかまでは言ってなかったけど、川辺がクビだとか言ったら、喜んで出て行くんじゃないか」

「そりゃ、そうですよね」

秀子は仄暗《ほのぐら》い気持ちになった。ということは、残る自分だけが割を食うということではないか。

「川辺クリニックは、崩壊の一途ですね」

「そこまでこじれてるんだったら、一度ご破算って手もあるよ」

「院長は絶対に諦《あきら》めないと思います。だって、あと五年もローンがあるって言ってました」

「あいつ変だよな」

野崎の台詞を聞いた瞬間、夜のベランダに突っ立っている川辺の横顔が見えたような気がして、秀子は小さな悲鳴を上げた。

「何だよ、どうかしたの。今、変な声上げただろう」

秀子は答えずに、背後を振り返った。院長室の窓から自分の後ろ姿を見ていた川辺が笑いながら手を振った。秀子は煙草を吸いたくて堪《たま》らなくなった。

# 10　ピーフラ会のゆうべ

「ピーターフラット1&2にお住まいの皆様へ
（宗教の勧誘などではありませんから、ご安心ください）

私は、フラット2の二〇五号室に住んでいる元木夢《ゆめ》です。渋谷区の会社に勤めています。

突然で驚かれるかと思いますが、一度、フラットの住人だけで集まって、『飲み会』をしませんか？

同じマンションに住む者同士、もっと仲良くなりませんか？

うざったいと思われると、とても残念ですが、私は住人が互いの無関心を捨て去ることによって、都会の危険から身を守れるのではないかと考えています。都会の危険とは、犯罪に遭遇することだけではありません。孤独という危険もあります。

このマンションの住人は、ほとんどが単身者と聞きました。もし、皆で仲良くできれば、今よりもっと楽しく暮らせることでしょう。

同じ考えをお持ちの方がいらっしゃいましたら、来週の土曜日の午後六時、私の部屋に遊びに来てください。ビール、焼酎《しょうちゅう》、おつまみなどを用意して待っています。

場所は、フラット2の端っこ二〇五号室、元木の部屋です。

会費は二千円。（もし足りなくなったら、すみませんが徴収させていただきます）

よろしくお願いします。

元木夢」


青山秀子は、ポストに入っていた手紙を読んで微笑んだ。余白に、「誰も来なくてもしかたない。でも、青山さんだけは絶対に来てよね。飲もーよ、飲もーよ、飲も飲も飲も飲もっっ!!」と丸文字が跳ねていたからだった。元木の行動力に感心した秀子は、紙片を丁寧に畳んでバッグのポケットに入れた。

秀子たちの住むフラット2は三階建てで、ワンフロアに五つの部屋がある。だから、十五戸。狭い私道を隔てて建っている隣のフラット1は、2よりも五年ほど早く出来たので、一戸の部屋はやや広めながらも設備は古く、二階建て八戸。

元木は、二十二の部屋全部のポストに、この手紙を投げ入れて来たのだろう。しかも、ほとんどのポストには表札もなく、あっても苗字《みょうじ》だけだから、男女の別もわからない。よい企画だ、と真面目に受け止められればいいが、下手すれば、変人と疑われる可能性だってある。また、ここの住人だとて、変質者がいないとは限らない。見知らぬ者を自室に入れるのは危険でもあった。

「やるなあ」

秀子は呟《つぶや》いて、元木のポストを何気なしに覗《のぞ》いた。朝日新聞の夕刊が入っているのが見えた。全国紙の夕刊なんか律儀に取っているんだと驚き、あの元気な元木はいったい何の仕事をしているのだろうと訝《いぶか》った。

秀子は新聞など取っていないし、興味もなかった。川辺クリニックに置いてある全国紙やスポーツ新聞の、興味ある記事にざっと目を通すだけで、ニュースはテレビで見るか、ネットで見出しを読む程度だ。

先週の木曜の朝、秀子はマンション裏のゴミ捨て場で、同じくゴミ袋を持って降りて来た元木にばったり会った。初めて会って話したのも、月曜か木曜の燃えるゴミの日だったが、その日は、前夜から激しい雨の降り続ける憂鬱《ゆううつ》な朝だった。

元木は寝過ぎたような腫《は》れた顔で、小学生風の紺色のレインコートの前をしっかり留め、片手に小さく纏《まと》めたゴミ袋を提げていた。

「おはようございます」

秀子が挨拶《あいさつ》すると、元木はぺこりと頭を下げた後、物憂げに言った。

「雨の日は眠いっすね」

秀子がペールの蓋《ふた》を開けてやると、元木は恐縮しながら、慌ててゴミを放り込んだ。透明のレジ袋の中から、ケンタッキーフライドチキンの赤い箱が透けて見えた。だから、慌てて投げ入れたのかと思うと、秀子は小さな見栄《みえ》を張る元木がいっそう好きになった。

「ああ、嫌な朝だな」

秀子は、元木と肩を並べ、マンションの玄関に向かって歩きながら呟いた。雨のせいで、環七が混んでバスが遅れるからではなかった。栗原、井上組との陰湿な確執が続いていて、クリニックに行きたくなかった。

突然クビになるのはおかしい、絶対に辞めない、と井上が怒ったせいで、馘首《かくしゅ》は立ち消えとまではいかないものの、延期になった。川辺は、栗原と井上が自分から辞めるよう仕向けることにした、と秀子に説明したが、その優柔不断のせいで、職場の雰囲気が最悪になったことには頓着《とんちゃく》しないらしい。

井上は、こうなったら医療の最前線に居座る、と意地になっているし、栗原は早く辞めて他のクリニックに移りたいけれども、井上の意地に仕方なく付き合っているといった様子で、苛立《いらだ》ちを隠さなかった。

その二人が、こんなことになったのは秀子が卑怯《ひきよう》にも川辺に密告したからだ、と怒るのは、当然の成り行きだった。井上は徹底的にさぼって、ほとんどの仕事を秀子にやらせ、秀子の話しかけには無視する、という陰険な作戦に出た。

秀子が仕事のやりにくさを川辺に訴えても、「それって、きみの意向だったじゃない」と突き放され、いつの間にか、秀子に全責任が転嫁されている始末だ。

いち早く自分が辞めてしまおうかと思うが、今さら、それも癪《しゃく》でできなかった。昨日など、井上が休憩と称して一時間半も帰って来なかったので、いっそ井上から煙草を奪い、川辺の前で煙を吐いてやろうと思ったほどだ。そうすれば自分が先に馘首されるだろう、と企《たくら》んだのだが、何とか思《おも》い止《とど》まれたのは、まだほんの少し残っていた自尊心のかけらが邪魔したからだった。

秀子のこれまでの人生では、人を憎んだり、大いに嫌ったりすることはなかったから、それだけで疲弊した。しかも、こんなに腹立たしい思いを始終させられると、顔付きにまで変化が及ぶ。眉間《みけん》に縦皺《たてじわ》を発見した時は、あまりの悔しさに泣きそうになった。

「ああ、行きたくない」

秀子が本心から呟くと、元木は色白の丸顔を秀子に向けた。

「嫌ですよね、こんな雨の日」

「それだけじゃないのよね」

秀子は突然、元木にすべてをぶちまけたいという衝動に駆られたが、出勤前で時間がなかった。休んでしまいたくて、腕時計を見る。が、狡休《ずるやす》みの後の仕打ちがどれほどエスカレートするかと思うと、踏ん切りが付かなかった。バスの時間まで、あと十分。迷っているうちに、習慣なのか、脚が前に出た。仕方がない、行くか。

元木は、秀子が逡巡《しゅんじゅん》する様子を窺《うかが》っていたが、秀子が傘を広げたのを見て、自分の折り畳み傘の皺《しわ》を伸ばした。

「青山さん、あたし、都会に住んでいる人の無関心がレイプ事件とかを引き起こすんじゃないかと思うんですよね」

「それもあるんでしょうね」

秀子は上の空で返事した。

「絶対にそうですよ。隣人のことなんかどうでもいいと思っているところに、邪悪なヤツが付け込むんです」

元木は勢いよく傘を開いた。傘が弾《はじ》いた雨の滴が秀子の目尻《めじり》に当たった。秀子は黙って手で拭《ぬぐ》いながら、「邪悪」という語に反応していた。

「何かねえ、可哀相で仕方ないんです、あたし」元木は鼻を詰まらせた。「同じ女だからでしょうかねえ。みんな健気《けなげ》で必死に生きてるのに、どうしてそんなことをするヤツがいるんだろうって。そんなヤツ、邪悪なケダモノですよ」

さらに、「ケダモノ」という言葉が、なぜか敵だらけの荒野に、たった一人で佇《たたず》む自分を想像させた。

「ほんと、邪悪なケダモノだらけだよね」

ぽつりと呟いた途端、泣きそうになった。さっきの雨の滴が呼び水になったようだ。傘の陰で必死に涙を堪《こら》えていると、元木が覗き込んだ。

「青山さん、どうかしたんですか」

「いや、いろいろあって」

「職場の人間関係ですか？」

元木は小気味いいほど率直に聞いてくる。秀子は頷《うなず》いた。

「そう、もう辞めたくてしょうがないの。あたし、イジめられてるの」

「そっか。青山さん、美人だからなあ」

元木は憤怒《ふんぬ》に堪えないように、雨空を見上げて歯を食いしばったのだった。

それが先週木曜朝の出来事だ。元木はその後、いろいろ考えて、こんな手紙を配ることにしたのだろう。誰も来なくても、秀子を慰めようと思う心持ちが溢《あふ》れていた。秀子は、元木の優しさの波動を感じて、久しぶりに心が明るくなった。

「誘ってくれてありがとう。絶対に行きます。手伝うことがあったら、遠慮なく言ってね。青山秀子」

秀子は、持っていた手帳の端を破って返事を書くと、元木のポストにそっと入れた。

土曜の午後は、元木の部屋から料理の気配はまったく漂ってこなかった。だったら、あまり手を掛けた物を作っても厭味《いやみ》かと気遣い、秀子は近所のスーパーに出掛けて、トルティーヤとディップ、さらに折《お》り詰《づ》め鮨《ずし》を二人前買った。元木の手紙は住人たちに無視されて、結果二人で飲むことになるだろう、と踏んでいた。

約束の時間に元木の部屋を訪れた秀子は、驚いて声を上げそうになった。すでに四人の先客がいて、手持《ても》ち無沙汰《ぶさた》な表情で床に座っていたからだ。

「お邪魔します、青山です」

流しの前で野菜を洗っていた元木は、秀子の声に嬉《うれ》しそうに振り向いた。

「いらっしゃい。こっちに座って。クッションが足りないけど、いいでしょ？」

元木の声が弾んでいる。

先客は、二十代と思《おぼ》しき若い女性、三十代後半の女性、かなり若い男性、そして四十前後と思われる中年男性が一人交じっていた。年齢も、属している場所もまったく違うように見える四人は、メンバーが増えて嬉しいのか、満面の笑みで秀子に会釈した。

秀子も、顔を確認しながら挨拶《あいさつ》した。見覚えがあるのは、三十代女性と中年男性だけだった。時折、玄関で擦れ違ったことがある。

「この人は、この上の部屋に住んでいる青山さんです」

元木が上気した顔で紹介してくれた。普段コンタクトレンズを使用していると見えて、休日の元木は、黒縁の眼鏡を掛けていた。スーツではなく、デニムに大きめのTシャツという姿も、若々しい。

「何か手伝いましょうか」

青山は持って来た食物を差し出して、元木の昂揚《こうよう》した横顔に囁《ささや》いた。小さな台所には、元木の手製らしい豆サラダや、ハムで巻いた胡瓜《きゅうり》やチーズ、乾き物や菓子が載ったつまみの紙皿などが置いてあった。

「じゃ、冷蔵庫からビール出してくれますか？」

すると、小柄な女が機敏な動作で手を挙げた。立ちながら、腰まである長い髪をくるくると器用に纏《まと》めている。

「あたし、やります。勝手に開けていいですか？」

途端に、全員が立ち上がった。料理を運ぶ者や、缶ビールのプルタブを引く者など、一気に宴会の様相が整った。

皆が車座になり、ビールの入った紙コップを手にしたところで、元木が立ち上がった。

「皆さん、今日は集まってくれてありがとうございます。私は手紙を出した張本人、元木夢といいます。日頃は警備会社に勤めています。事務方ですので、警備の実務に就くことはありません。でも、この間、フラット1の方のレイプ話を聞いて、とっても悲しい気持ちになりました。せっかく同じマンションに住んでいるんですから、みんなで仲良くして、なるべくそういう怖ろしいことから身を守って、楽しく暮らそうではありませんか。お節介ですみません、これが地なので許してください。では、一人一人自己紹介をお願いします」

元木の挨拶に拍手が起きた。三十代半ばは過ぎていると思われる女性が立ち上がった。花柄のワンピースに小さなダイヤの嵌《はま》ったペンダントをして、休日の飲み会というより、まるで合コンのような気張った格好をしている。

「鮫島《さめじま》です。よろしくお願いします。フラット2の三〇二号に住んでいます。仕事は水産会社の経理です、身分は派遣ですが。東京には学生時代からいるので、友達もたくさんいます。でも、みんな会社に入ると忙しいので、だんだんメールだけの付き合いになってしまいました。病気になったり、災害に遭ったりしたら、やはり近場の人が頼れるのですから、これからは近所の人たちとも仲良くしていきたいと思います。元木さんとは前から顔見知りだったので、これを機会によろしく。あと、彼氏も見付けたいので、近所も開拓するつもりです」

どっと笑いが起こった。皆の視線が、自然と中年男性の方に向かった。中年男性は申し訳なさそうに頭を掻《か》いた。

「ええ、すみません。僕はフラット2の二〇一に住んでいる佐藤《さとう》といいます。メーカーに勤めています。単身赴任中で、岐阜羽島《ぎふはしま》に女房と子供がおります。僕は元木さんは何度かお見かけしているのですが、お名前はこの手紙で知りました。とてもいい試みだと思います。僕は大阪にいた時、単身赴任者の寮に入っていたんですが、そこはいろんな会社の単身赴任者が集まっていたので、アフターファイブの交流が盛んで楽しかったですね。飲み会だけじゃなくて、ゴルフに行ったり旅行に行ったり、充実してました。だから、僕自身がここでこういう会をやりたいと望んでいたんだけど、このマンションは女性が多いので、下心を疑われると困るし、で悩んでいました。なので、元木さんの提案は大歓迎です。痴漢がいたらすぐに知らせてください。何でも協力します」

人間が憎しみだけでこれほどの嫌がらせができるのか、という目に遭っている秀子は、ほっとした思いで拍手をした。「邪悪なケダモノ」の中にいる自分は、綺麗《きれい》ごとでもいいから、優しい言葉を聞きたかった。

照れた風にぺこぺこお辞儀しながら、見覚えのない若い男が立ち上がった。痩身《そうしん》で、長袖《ながそで》Tシャツを着た背の肉が薄かった。額にかかる長い髪を掻き分けて喋《しゃべ》った。

「僕はフラット1の一〇二号にいる平田《ひらた》です。フリーのイラストレーターをしています。フリーなんていうけど、あまり儲《もう》からないので、いずれ引っ越すかもしれません。フラット1にいると、フラット2の方がユニットバスも広いし、何かと豪華と知って、少しいじけてます。ちなみに、この間、大家さんにどうしてピーターフラットという名前なのかを聞いて驚きました。知ってる人、いますか？」

皆が顔を見合わせて、首を横に振った。フラットの大家は、後ろの大きな屋敷に住んでいる老婦人だった。

「知ってるのは、僕だけかな」平田はにやにやした。「ピーターラビットが好きだからだそうです。ちなみに、大家さんはフラット2は、ラビットフラットにしようかと思ったのだそうですが、語呂《ごろ》が悪いのでやめたそうです。ええと、余計なこと言ってすみません。僕は男ですが、レイプなんて絶対に許しません。僕も無関心ではいないつもりなので、よろしくお願いします」

横に座った元木が背中を押したので、秀子は立ち上がった。

「青山といいます。元木さんの真上の部屋、三〇五号室に住んでいます。今は、練馬《ねりま》の小さなクリニックで、受付事務の仕事をしています。その前は、広告代理店で派遣の受付をやっていました。私は今の仕事が気に入っているんですが、いろいろあって、最近嫌になっているところです。そしたら、元木さんがこの飲み会に誘ってくれたので、嬉しかったです。同じマンションの人たちとの付き合いってしたことがないけれども、ほとんどの人が単身者だし、ルールさえ守れば楽しいんじゃないかなと思います。私は至らないことも気が付かないこともたくさんあるけど、皆さんのお役に立てたらいいなと思います。よろしくお願いします」

秀子は拍手を浴びて恥ずかしくなり、ぺたんと床に座った。すると、横にいる佐藤から、赤ワインがなみなみと注がれた紙コップを差し出された。

「青山さん、ワインはどうですか」

「ありがとうございます」

秀子は両手で受け取り、佐藤と乾杯の真似事をした。その時、数週間前に川辺と食事して、赤ワインで乾杯した時のことを思い出した。秀子の服の趣味やその値段を吟味しているような川辺の眼差《まなざ》し。秀子は唐突に寒気がして、やはり早急にクリニックを辞めようと思うのだった。あんなところでいびられながら仕事をしてもろくなことはなさそうだった。ここの部屋代はしばらく蓄えで払って、その間に新しい仕事を見付けようと思う。

すると、最後に、先ほど冷蔵庫の扉を開けた小柄な女性が立った。長い髪は頭頂部で大きな団子状に纏め上げられ、うなじが大量の後れ毛で煙っていた。

「あたしはフラット1の二〇一号室に住んでいます。奥村《おくむら》といいます」

全員に衝撃が走ったのがわかった。二〇一号室は、以前、レイプ被害にあった女性が住んでいて、そこで自殺したと言われる部屋だった。幽霊が出るという噂があって、元木でさえもびびったのに、奥村は平気なのだろうか。ごくんと唾《つば》を飲んだ秀子の喉《のど》を鳴らす音が聞こえたのか、鮫島がちらりと秀子を見遣《みや》った。

「仕事は、アルバイトです。はっきり言って、今年学校も出たのに、親の仕送りがなくちゃ、東京では暮らしていけません。でも、どうしてもこの部屋に住みたいから頑張ろうと思ってます。よろしくお願いします」

奥村の口調には決然としたものがある。それまで笑い合っていた者たちも、しんとして聞いている。

「どうして、二〇一号室に住みたいの？」

元木が聞くと、奥村は即座に答える。

「安いからです」

「さあ、飲もうか」

気をとり直したように元木が声を張り上げ、紙コップに焼酎《しょうちゅう》を注いで回った。

「ねえ、元木さん、この会の名前どうします」

佐藤が持参のワインのラベルを睨《にら》みながら聞いた。

「さあ、考えてなかったけど」

「やっぱ名前付けましょうよ。でないと士気が下がるでしょう」と佐藤。「会名を付けて、会長を作れば、自《おの》ずと予算を確保して飲み会は続きますよ」

「だから、飲み会目的じゃないんだってば」

元木が憮然《ぶぜん》とした。

「すみません。じゃ、何を目的とするんですか」と佐藤。

「だから、助け合いじゃないんですか？　何かあった時に悲鳴を上げれば、見て見ぬふりをするんじゃなくて、ともかく皆が駆け付ける、という意識を植え付けることじゃないんですか」

奥村が厳しい口調で言った。

「そういうことだね」

アルコールで頬をピンクに染めた元木が、してやられたという風に頷《うなず》いた。見かけは奥村が一番若いのに、ここにいる全員が、奥村が発する言葉に怯《ひる》むのは、その目付きが異様に鋭く、かつ暗いからだった。

「奥村さん、こんなこと言って、ほんとに悪いけどさ」

元木が焼酎をがぶ飲みしながら、気の毒そうに言う。秀子は元木を止めようとしたが、元木の方で振り切るような仕種《しぐさ》をしたので放っておいた。

「はい？　何ですか」

秀子が、元木と二人で食べようと思って買って来た鮨《すし》を、何個か摘《つま》んでいた奥村が振り返った。

「ほんとに悪いけど、あなたの住んでいる部屋って、とかくの噂があるの知ってる？」

「幽霊話ですか」

奥村が何とも思わない風に切り返したので、元木は言葉を切った。代わりに秀子が話した。

「ま、ほんとか嘘かわからないから、そんなこと言いたくないけど、あなたの部屋に昔住んでいた人のことを聞いて、元木さんはこの飲み会を企画したんだと思うよ。何でも忍び込んで来た男にレイプされて、それを苦にして自殺したという女の人のこと。それって他人事《ひとごと》じゃないから、みんなでマンションの住人を守ろうって。それでこの会ができたの」

「ああ、そうなんですか」奥村は鮨を口の中に詰め込んだ後、泡の消えかかったビールで流し込んだ。「つまり、幽霊話ってのは、そのことなんだ」

「まあ、風評だけどね」

元木が歯切れ悪く言った。

「奥村さん、どう。幽霊なんか出ないでしょ？」

はっきり聞いたのは、鮫島だ。

「わかりません。あたしは見たことないですね」

奥村は挑むように首を振った。

「見たらどうする？」と鮫島。

「その時はその時ですね。むしろ、出てほしいと思います」

「怖くないの？」

元木が、信じられないという風に奥村の化粧気のない顔を眺めた。

「べつに。幽霊が喋るのなら、何が起きたのか、幽霊になって何を訴えたいのか、全部聞きたいですよ。違います？」

「訴えたいから出て来るの、あれって」

鮫島が興味を感じたように身を乗り出した。

「そりゃそうじゃない」

元木が自信なさそうに俯《うつむ》いた。

「幽霊が出ようと出まいと、おかげで、あたしの部屋って安いんですよ。たぶん、皆さんのお部屋の半分くらいじゃないかな。だから、選んだんです。確かに、自殺騒ぎがあったから安い、と不動産屋さんに聞きましたけど、その人は死んだとは聞いてないですよ。マジ死んじゃったんですか？」

奥村はあっけらかんとして逆に聞いてきた。

「知らないのよ、ただの噂だから」

元木が慌てて否定し、眼鏡の曇った部分をTシャツの裾《すそ》でごしごし拭《ふ》いている。眼鏡を外した顔は、焦点が合わないのか、ぼんやりして柔らかだった。コンタクトをしたスーツ姿よりずっと美しく見える。秀子が感心して眺めていると、同様に見ている佐藤と目が合って、思わず笑った。

「大家さんに直接聞いてみたらどうだろう」

先ほどの、ピーターフラットの所以《ゆえん》はピーターラビットにある、と大家から聞いてきた平田が肩を竦《すく》めた。

「だったら、平田さんが聞いて来てよ。僕は顔を知らないし、突然行ったら、向こうも戸惑うでしょう。でも、平田さんが行って、これこれこういう会合を持っているけど、真実を教えてくれないか、と言えば、大家も喋《しゃべ》ると思うよ。てか、大家は真実を話す義務がある」

「わかりました。僕、今行って聞いて来ます」

平田が気軽に立ち上がったので、元木が慌てて言い添える。

「皆で飲み会やってるから、大家さんもどうぞって誘った方がいいんじゃないかな」

「それはいいアイデアだ。大家さんも嬉《うれ》しいんじゃないかな。僕は会ったことないけど、八十歳くらいのおばあさんだよね」

佐藤が口を出した。わかりました、と平田がドアを開けて走り出た。

「じゃ、大家さんが来るかもしれないから、会の名前を考えましょうか」

元木が言いだして、皆しばらく黙っていたが、鮫島がハムにフォークを突き刺しながら、つまらなそうに言った。

「ピーター会でいいじゃないですか」

「それって、ちょっとカマっぽくないですか。もうひとひねりしましょうよ」と、元木が張り切った。「『いざと会』ってどう。いざという時のために、の『いざと』」

「ちょっと凝り過ぎじゃないですか。あたし、考えたんだけど、ピーターフラット1と2だから、『ピーフラ会』というのはどうかしら」

鮫島の案に、「いいんじゃないですか」と平板な声で奥村が賛成し、何となく「ピーフラ会」と決まった。しかし、会名を決めてしまうと、飲み会は急に勢いがなくなって、誰も何も喋らなくなった。座は白け、手持《ても》ち無沙汰《ぶさた》の者はひたすら飲むばかり。

秀子は元木のために、焦って言った。

「こういう飲み会、ひと月に一回くらいやりません？」

「いいですね」

乗ってくれるのは佐藤だけで、鮫島は奥村が気に入らないのか、黙ってぐいぐいと焼酎《しょうちゅう》のロックを呷《あお》っている。元木は、奥村に何か話しかけたいが言葉が見付からないらしい。何度も唇を舐《な》めるのを、秀子は痛ましい思いで眺めていた。

# 11　ピーターフラットで起きたこと

イラストレーターの平田が大家を呼びに出て行った後は、どういうわけか誰もが黙りこくり、酒を呷《あお》るだけの会になってしまった。大家が運んで来るかもしれない「真実」が、急に怖ろしくなったのだろうか。

奥村初美《はつみ》は、部屋に残った面々を一人ずつ観察し始めた。

東京に単身赴任中だという佐藤は、ちらりと腕時計を眺めてから、ほんの微《かす》かに笑いを浮かべたように見えた。いかにも堅実、不始末など絶対に起こさない真面目な会社員のようだが、身近な場所でのレイプ騒ぎに、好奇心も湧き立っているに違いなかった。男の反応はみんな同じだ、と初美は険しい眉《まゆ》をさらに顰《ひそ》めた。

鮫島と名乗った三十代後半の女性は、若い頃はさぞかしちやほやされたであろう、華やかな顔立ちをしていた。服装も、近所の飲み会に出席するにしては派手だ。しかし、今は孤独の翳《かげ》りが少し感じられる。その翳りが攻撃性となって表れ出そうで危うくもあった。こういう苦労知らずは苦手だ、と初美は思った。

そして、ピーフラ会の呼びかけ人、元木夢と美人の青山秀子。元木は単なる好人物に見えた。青山に関してはよくわからない。

突然、鮫島が刺すような視線で初美を見遣《みや》った。初美が思っていることが何となく伝わったのだろうか。鮫島の露骨な敵意が不愉快で、初美の眼差《まなざ》しはますますきつくなった。

すると、元木が遠慮がちに話しかけてきた。

「あの、奥村さん。バイトって言ってたけど、どんなことしてるの？」

元木は懸命に口角を上げて、必死に笑いを作っている。初美が、元木の近眼らしき大きな目を覗《のぞ》き込むと、明らかに怯《おび》えの色がある。初美は、自分の何かが他人をたじろがせることに気付いていたが、それが何か、突き詰めて考えたくはなかった。

「バイト先ですか？」

低い声で聞き返すと、元木がしまったという顔で唇を噛《か》んだ。

「言いたくなかったら別にいいんだけどね」

鮫島が、こんな人放っておきなさいよ、と言わんばかりに元木に合図しているのを目の端でとらえ、初美はやや切り口上に答えた。

「コンビニの店員やってるんですけど、それが何か」

「そうなんだ。へー、どこのコンビニ？」

元木は後に引けないと思ったのか、さらに突っ込んできた。

「何か調査されてるみたいですね」

元木が、はっとして俯《うつむ》いた。

「ごめんなさい。そんなつもりじゃないの。ただの好奇心っていうか何ていうか」

「つまり、話の種ですよね。どこのコンビニだったら、自分もよく行く、とか。そういう世間話程度の。だから、答えたくなかったら別にいいんじゃないですか。僕らも特に詳しく聞きたいわけじゃありませんから」

佐藤がにこやかに笑いながら助け船を出したが、この遣《や》り取《と》りを面倒に思っていることは確かだった。

「そうそう、そうよ。意味なんかないの」

元木と仲のよさそうな青山も懸命に同意した。青山は、確かこの部屋の真上に住まっていて、どこかのクリニック勤めと言ってなかったか。

初美の持っている、焼酎《しょうちゅう》ロックを入れた紙コップが湿って、握《にぎ》り潰《つぶ》せそうになっている。初美は、紙コップをわざと撓《たわ》ませた。紙コップは頼りなく折れ曲がり、中の液体がこぼれそうになった。皆が自分の一挙一動を凝視しているのを意識しながら、初美は新しい紙コップを袋から取って重ねた。誰かがほっと嘆息したのが聞こえた。

「別にいいですよ、隠してるわけじゃないし。あたしは、西新病院の隣にあるローソンで働いてます」

「へえ、あそこのローソン大きいよね。場所もいいから忙しいでしょうし」

元木の言を遮って、青山が口を挟んだのには驚いた。

「ねえ、西新病院の先生たちって、そこのローソンによく来ます？」

初美は「先生」という語にどきりとした。何が言いたいんだろう、と青山を見る。白のカットソーに黒のカーディガン。短めのデニム地のパンツ。地味な装いだった。それに、唇に赤ワインの渋が付着している。だが、青山の整った顔は、そんなことではびくともしなかった。佐藤も、鮫島よりは青山の方を気に入っている様子だ。

「さあ、どうかな。誰がお医者さんかわからないもの。それに、あの病院の中にもセブンが入ってるし」

「あ、そうか。あのくらいの規模だと中にコンビニあるよね。確か、タリーズも入ってたっけ？」

つまらない話だ、と初美は欠伸《あくび》が出そうだった。

「あたしが勤めているクリニックの院長先生の奥さんね、西新病院の内科の先生なのよ」と、青山が続ける。

「へー、そうなんだ。奇遇だね」元木は嬉《うれ》しそうだった。初美は、どこが奇遇なのかと呆《あき》れたが、元木はしきりに頷《うなず》いている。「だけどさ、内科だったら、どうして夫婦一緒にクリニックやらないんだろう」

「女医さんだもん。クリニックの人間関係から離れて、自由にやりたいんじゃないの」

青山の言い方には少し躊躇《ためら》いが感じられた。クリニックの人間関係に悩んでいるのは、青山自身ではないのか。初美は、青山の急に曇った横顔を眺める。

「何で女医さんは自由にやりたいの？」と、元木。

「うん、あるお医者さんから聞いた話だけど、『流れの女医』って言葉があるんだって」

「何、それ」

初美から話題が移って、元木はほっとしたのだろう。緩んだ表情で尋ねた。

「ほら、女医さんて、男みたいにいろんなしがらみを感じなくていいじゃない。学閥とか、コネとか。しかも高給取りだから、自由にあちこちの病院を浮遊する人がいるんだってさ」

「へえ、それを『流れの女医』って呼ぶんですか。フリーランスか。面白いですね。いや、初めて聞いた」

佐藤が感心したように言った。

「失礼します、平田です」

部屋のドアが控えめに開けられて、平田が戻って来た。目立たないように真っ先に初美の顔を見て、軽く頷《うなず》いた。案の定、平田は一人だった。責任逃ればかりしている大家が来るわけがない、と初美は思った。

「あのう、大家さんは用事があるのでいらっしゃれないそうです。でも、防犯はいい試みだから、皆さんによろしくって、差し入れを頂いて来ました」

平田が輸入物らしい赤ワインの瓶を見せた。

「何だ、来ないんだ。せっかく盛り上がっているんだから、ちょっと挨拶《あいさつ》くらいしたっていいと思わない」

元木は落胆したように、誰にともなく言った。平田が、踵《かかと》を踏んで潰したスニーカーをきちんと三和土《たたき》に揃えてから、まるで猫のような忍び足で歩いて来た。

「大家さん、来ればよかったのにね」

青山が元木を慰めるようにもう一度言った。

「でも、大家さん的には、あまり店子《たなこ》と仲良くしない方がいいと思っているのかもしれませんね」

平田が答える。

「でも、あなたとはピーターラビットの話とかしてるんでしょう?」

「はあ、僕はこのフラット1の方でも一番長い口で、四年くらい住んでますからね。

必然的に大家さんとも仲がよくなっちゃうんですよ」

平田は、すっかり氷の溶けた紙コップを手に取った。元木が新しい焼酎ロックを作って、手渡した。平田は恐縮して受け取っている。

「すみません、あたし、その大家さんのくれた赤ワイン、飲んでみたいんですけど。皆さん、いいですか？」

初美は、鮫島が不快そうな顔をするのも構わず、新しい紙コップを袋から出して、ぐいと突き出した。自分が一番先に飲む権利があるような気がしたのだ。元木と青山が一瞬顔を見合わせた後、プラスチックの栓抜きを使って、二人がかりでワインのコルクを抜いた。

鮫島がラインストーンの光るネイルを自慢げに見せびらかしながら、ポテトチップスを摘《つま》んだ。

「だったら、平田さんもご存じなんじゃないですか。そのレイプ騒動」

すると、平田がこともなげに言った。

「実は、知ってます」

誰もが驚いて平田の顔を見た。平田は平然として、秀でた額にかかった猫っ毛を撫《な》でている。

「じゃ、教えてよ。いいでしょう」と、鮫島が食い下がった。

「言っていいのかなあ」

平田が問うように初美の方を向いた。その様子を見ていた鮫島が笑った。

「奥村さん、あなたも何か知ってるんじゃないの。だから、あなた、そこに住んでても平気なのね。幽霊がお友達なんじゃないの。毎日会ってたりしてね」

――幽霊がお友達。毎日会ってたりしてね。

頭の中で鮫島の言葉を繰り返した初美は、不意に、幽霊としか思えない人間を見たことがある、と語った大学時代の友人の話を思い出した。

夏の夕暮れ時、九十九里浜《くじゅうくりはま》での出来事だったという。初美の友人は、波打ち際を歩く同級生の真横を、歩調を合わせて歩く男の姿を見た。浜には太平洋の荒い波が押し寄せて来る。そのため、海側の砂はかなり減っていた。海側を歩いている男は、背の高い同級生よりもほんの少しだけ身長が低く見えたのだという。二人は、今知り合ったと思えないほど、仲良さげに歩いていた。あたかも語り合っているかのように。

暗くなったので、そろそろ帰ろうよと、件《くだん》の友人が声をかけると、男はたちまち煙のように消えて、同級生が一人手を振って同意したのだそうだ。

『あれはまさしく幽霊だよ』と彼女は言った。『あの男と同じ顔の人に会ったら、あたし、怖くてきっとその場で死ぬと思う』

　自分の場合は、あの男の顔だ、と初美は思った。もし、雑踏の中で、あの顔を見かけたら、驚愕《きようがく》して心臓が止まるかもしれない。でも、友人のように恐怖で死ぬのではなく、自分は暗い憎しみに包まれて窒息して死ぬのだ。

　黒縁の洒落《しやれ》た眼鏡を掛けた男の顔は、初美の網膜に焼き付けられていた。顔の肉がやや厚くなりつつある、若くはない男の相。奥二重の眼差しは暗く、忙《せわ》しない動きに禍々《まがまが》しさがあった。しかし、貧困や窮乏とは縁がなさそうだった。栄養豊かで、すべてに余裕があって、生活を愉《たの》しむ立場にある男。手は白くすべすべして手入れがよく、器用に素早く動いた。でも、心は誰よりも邪悪。初美は、俄《にわか》に言葉を失って放心した。

「どうしたの、奥村さん。あなた大丈夫？」

　元木に声をかけられ、初美は我に返った。ふと振り向くと、平田が不安そうに初美を見ていた。

「で、どうなの。マジに幽霊出るの？」

　鮫島が、大家のワインをどぼどぼ注ぎながら顔も上げずに聞いた。初美は大きく息を吸い込んでから、喋《しやべ》りだした。

「じゃ、言いますね。隣のフラットの二〇一号室に住んでいた人が何をされたのか」

「ねえねえ、その人、自殺しちゃったの？」

　鮫島が焦《じ》れた風に大声を上げた。初美はゆっくり首を振った。

「いいえ、生きてます。でも、苦しみながら生きています。時には、死んだ方がマシかもしれないと思うくらい苦しんでいます。だから、幽霊話は嘘です。きっと、そこにいた女がレイプされたらしい、という噂が流れて、いつの間にか、噂が一人歩きし始めたんでしょう。都市伝説のひとつかと思います。その女の人は、ここに一年以上も前に住んでいました。実家は宮崎県で、東京の大学に来るまでは、お母さんとお祖母《ばあ》さんと市役所に勤めているお姉さんと犬と猫とで、幸せに暮らしていたそうです。ちなみに、犬も猫も雌で、彼女の一家は全員が女ばかりの、楽しい家庭だったそうです」

「ペットまで雌なんて」

鮫島が、ぷっと噴きだした。初美は喋るのをやめて、鮫島を睨《にら》んだ。鮫島は肩を竦《すく》めて、ワインをがぶりと飲んだ。

「彼女は神田《かんだ》にある大学に通っていました。同じ大学に通う彼氏も出来ました。彼氏のアパートは東陽町《とうようちょう》。彼女たちは互いの部屋を行ったり来たりして、大学生活と恋愛を堪能《たんのう》していました。彼女の幸せな生活に何か問題があるとしたら、彼氏が卒業後にさっさと結婚したがっていることくらいでした。だって、大学を出ても、まだ二十二歳。彼女は独立心が旺盛《おうせい》でしたから、結婚などに縛り付けられずに就職して、仕事をばりばりこなしてみたかったのです。姉が実家の母と一緒に住んでくれているのですから、自分は東京で自由に暮らせるはずでした。でも、そんな彼女の、希望に溢《あふ》れた生活が暗転したのは、一年八ヵ月前のある夜のことです」

「何か、怖いんだけど」

元木が身内でざわめくものを抑えるように、何度も両腕を撫でさすった後、皆に訴えるように言った。

「ねえ、この人、幽霊じゃないよね?」

「しっ、静かに」と、青山が真剣な表情で元木を叱ったので、初美は意外な思いがした。他の二人は、初美が生き霊か何かではないかと疑っているのか、少し身構えるように半身になっている。しかし、誰も初美から目を逸《そ》らすことなどできない様子だった。

「続けます。それは、彼女が彼氏とつまらない諍《いさか》いをした頃のことでした。原因は何だったか忘れてしまうような、よくある些細《ささい》なことだったそうです。彼女はとても面白くない気分で夕飯を食べ、インターネットをして、それから本を読んで寝たそうです。すると、誰かがベッドの脇に立っているような気配で、目が覚めたということでした。目を開けると、暗闇の中に立っていたのは、黒ずくめの格好をした男でした。男は、鍵《かぎ》を掛け忘れた二階のベランダから侵入して来たのです。彼女は恐怖で声も上げられず、凍り付きました。男は、竦んでいる彼女の顔を覗《のぞ》き込んだそうです。黒縁眼鏡を掛けた若くない男でした。そして、男は床に置いたリュックサックから、小さな黒い物を取り出して、彼女の脇腹に押し付けました。それは息が止まるほど痛くて、跳び上がったそうです。後に、彼女はそれがスタンガンという武器だったことを知ります。幸い、パジャマの上からだったので、意識を失うことなく、彼女は男を観察することができました。でも、体はまったく動かなかったといいますから、威力は相当なものでしょう。男はこの後のことを考えて、スタンガンを使ったのでした。彼女が後で調べたところ、スタンガンは骨の細い女性だと骨折することもあるほど、危険な武器なのだそうです」

「悪質だな、そいつ」

佐藤が怒りに満ちた声を上げた。好奇心もすっかり失《う》せ果てたようだった。

「あたし、怖いわ」

鮫島が佐藤に媚《こ》びるように大袈裟《おおげさ》に言った。

「許せないよ、ぜってえ許せない」

元木は拳《こぶし》を握って、怒りに燃える目で言った。青山はしんと聞いている。平田は細い脚を抱えて目を閉じていた。聴衆の反応を確認してから、初美は続けた。

「彼女は痛みに喘《あえ》いでいましたが、意識はありましたから、男が自分の腕に静脈注射をするところも眺めていられました。そうです。注射は、さらに昏睡《こんすい》させるためでした。何をされても目が覚めないように。そして、男は完全に意識を失った彼女をレイプしました。彼女は意識を失う寸前に、この犯罪者は、医者もしくは医療関係者に違いない、と確信したそうです。注射を打つ手が慣れていたからです。

実際、彼女は同じ目に遭った被害者の女性たちと連絡を取ることができました。そして、詳しい情報交換をしたのだそうです。すると、たまたま病院に勤めていた一人が、医者に聞いてみたとかで、意外なことを言いました。彼女たちが注射されたのは、おそらくセレネースという薬物ではないだろうか、というのです。とてもよく使われる薬剤で、わずか五ml ほどで意識を失うのだとか」

初美は息苦しくなって言葉を切った。全員、衝撃を受けた表情で、初美が何を言うのか待っている。が、青山だけが一人、暗い顔で俯《うつむ》いているのが気になった。

「翌朝、いいえ、次の日の午後遅くでした。彼女は、裸で寝ている自分を発見して、とてもうろたえました。いったい何が起きたのか、思い出せなかったからです。しかも、物凄《ものすご》い頭痛で、気分がとても悪いのです。彼女は混乱していましたが、ベッドの横に吐瀉物《としゃぶつ》があったので、次第に思い出したそうです。男が侵入して来て、スタンガンでショックを与えた後、静脈注射をしたことを」

「その人、どうしたんですか。警察に行った？」

元木が話の腰を折った。

「いいえ、彼女は警察には行きませんでした」

　初美は首を横に振った。

「何で、行けばよかったのに」鮫島が怒ったように言った。「やっぱり科学捜査してもらわなくちゃだめよね」

「行きたくない、いや、行きたくても行けない、という気持ちもあるんです。被害者の身になって考えてみてください。なぜなら、彼女はその時、一瞬だけですが、喧嘩《けんか》した彼氏の仕業かと考えたんだそうです。彼氏が仕組んだのかと」

　一同がはっとして黙った。とりわけ佐藤は衝撃を受けたように頭を抱えた。初美は皆の顔を注視しながら続ける。

「まさか、そこまで、と思いながらも、当時の彼女は、犯人と同じ男である彼氏が信じられなかったのだそうです。それほどまでに、性暴力は男と女の信頼関係を打ち砕くのです。しかも、不幸なことに、彼女は妊娠してしまいました。その頃、喧嘩していたこともあったので、彼氏は不信の目を向け、やがて彼女の元を去って行きました。彼女が絶望と憤怒《ふんぬ》のあまり、自殺したとしても、それは不思議ではありません」

「ね、それはあなたの経験ではないんでしょう。なのに、あなたはどうしてそんなに彼女のことを知っているの。それに、どうして彼女の住んでいた部屋に住んでいるの」

青山が冷静に問うた。さっきまでアルコールで赤らんでいた頰も、青白くなっている。

「この人の話だからだよ」

今まで黙っていた平田が口を挟んだ。初美は平田の方を振り向いて頷《うなず》いた。

「そう、幽霊はこのあたしです。そりゃそうでしょうよ。過去のあたしが出て来ては、毎晩、悔しい悔しいと言って泣くんですもの。あたしはそんな幽霊に、今に仇《かたき》を取ってやるからって言っては、慰めているんです」

「じゃ、もう一度ここに住んでいるの？」

鮫島が驚いた声を上げた。

「そうです。以前はこの部屋を見るのも嫌だったけど、あたしと同じ目に遭った友達も、勇気を出してアパートに戻って来たから、あたしも頑張ることにしたんです」

「その人はどこに住んでいるの」

青山が真剣な顔で尋ねた。

「この近くです。あのね、皆さん、一応、三人の被害者がいることがわかったんだけど、不思議なことに、みんなこの辺りに住んでいたんです。だって、ここは中野区弥生町でしょう。もう一人は渋谷区本町、もう一人が北新宿でした」

「嫌だよ、怖いよ。ねえ、警察に行こうよ」

元木が叫んだ。

「待って、もっとわかってから」

「あなた、リンチすることを考えているでしょう?」

鮫島に指摘された初美は顎《あご》を上げた。

「そうだけど、それが何か」

「やめなさいよ、できっこないよ」

佐藤が真剣に言ったので、初美は鼻で笑った。

「そんなことが言えるのは、あたしたちの身になってないからです。行きずりのレイプも悔しいでしょうけど、あたしたちが遭ったのは、本当に計画的で悪魔のような邪悪な犯罪ですよ」

初美がそう言った時、尻《しり》ポケットに入っている携帯電話のメール着信音がした。

「ちょっと待ってください」

初美は携帯メールを見た。snoopyからだった。

「ツミレ、こんちは。フラットの会合はどう。何か新しくわかったことがあったら教えてね。チャラからは、あれ以来、連絡なし。てか、音信不通に近いかもよ。メールにも答えず。でもさ、アイツは新しいレイプしてないよ。したら、絶対にネットに出てくるもん。そこがまた狡《ずる》いとこだけど、ほとぼりが冷めたら、絶対にやる気でいるよ。死んでも許せない。だからこそ、諦《あきら》めないで絶対に追及しようね。あたしはツミレと二人きりになっても頑張るし、地の果てまでも追いかけてやるから。平田君によろしく」

ｓｎｏｏｐｙの投稿がきっかけで集まった「レイプ被害者オフ会」は、細々とだが、まだ存続していた。途中から、ハンドルネーム「チャラ」こと、アナウンサー志望の専門学校生は連絡が途絶えてしまったが、ツミレこと奥村初美と、ｓｎｏｏｐｙの鹿《しか》田《た》亜由美は、相変わらず頻繁にメールを取り交わし、時折会っては、憎しみを募らせて、情報交換に怠りなかった。

初美は、亜由美と一緒に、互いの現場を見よう、とかつて住んでいた部屋にやって来た。すると、ピーターフラット1の二〇一号室は、レイプに遭った女性が自殺し、その幽霊が出る、という曰《いわ》く付きの部屋に変わっていたのだった。借り手も絶えてないというので、それならいっそもう一度、自分が住んでやろうと思ったのは、再び犯人がやって来たら、この手で、という思いがなきにしもあらずだった。

「ｓｎｏｏｐｙから、こんなメールが来てるよ。よろしくって」

初美は平田に画面を見せた。平田は、初美が翌日、目撃者がいないかどうか探し回った時、唯一、犯人らしき男を見た人間だった。飲んで遅く帰った平田が、一階の郵便受けを覗《のぞ》いているところを、二階から階段を駆け下りて来た男と出くわしたのだ。

男は見かけない顔で、そう若くはないのに、若者風の洒落《しゃれ》た格好をしていたという。男は平田の視線を避けて目を背け、アパートを走り出て行った。間違いなかった。

「ともかく、奥村さんが勇気をもって話してくれたんだから、みんなで協力し合って、こういう犯罪を未然に防ぎましょうよ」

涙目になった元木が訴えるように纏《まと》め、みんなも頷いた。佐藤がいそいそと新しいビールを開け、「これ美味《おい》しいですね」と、鮫島が大家のワインを褒めた。何ごともなかったかのように、再び宴会モードに戻る。

初美は徒労を感じて、へたり込んだ。あの男がどこかでへらへら生きているかと思うと腹立たしさを超えて恐怖さえ感じるのに、やはりピーフラ会は平和だった。

「メールせんきゅ。今、話し終えたところです。みんな驚いていた。そりゃそうだよね。だけど虚《むな》しいのはどうしてだろう。時間が過ぎてしまったけど、やっぱ警察に行くべき？　みんな、どうしてあたしたちが警察に行かなかったのかが不思議みたい。そういうところも被害者は孤独だよね」

メールの返信を打っているところに、青山が話しかけてきた。

「奥村さん、ちょっといいかしら」

初美は手を休めて、青山に向き直った。顔の皮膚が薄く透き通るようで、美しい顔だった。こんな顔をした人がクリニックにいたら、医者も嬉《うれ》しいだろうとそんな想像をした。途端、医者という語に背筋が寒くなる。初美は、レイプに遭って以来、完全な医者嫌いになってしまった。白衣を見るだけで、あの指を連想し、気分が悪くなるのだった。

「今の話なんだけど、とんでもない目に遭ったんですね」

「はあ」と答えた後、口癖となっている「それが何か」と言いそうになって、さすがに初美は口を噤《つぐ》んだ。

「それで、ちょっと気になったんだけど、セレネースのことでお話があります」

青山は眉《まゆ》を顰《ひそ》めて囁《ささや》いた。他の人間には聞かれたくないようだ。初美は平田や元木を見たが、二人とも、話に夢中になって気付かなかった。

「関係ないとは思うんだけど、うちの院長がセレネースばかり買ってるって言われて、何に使っているんだろうと気になって仕方がなかったんです。クリニックでは一度も使ってない薬剤なんですよ」

「それは奥さんが西新病院の内科の先生だとかいう人ですか」

そう、と頷く青山の沈んだ面持ちを見て、初美はとうとう何かに突き当たった気がした。ふと気配を感じて目を上げると、薄暗い部屋の隅に、もう一人の自分が虚《うつ》ろな眼差《まなざ》しでこちらを見ているような気がして目眩《めまい》がした。

# 12　妻の責任

カオルは、タリーズのコーヒーが入った紙コップを両手にひとつずつ持ち、救命救急センターの前で玉木を待っていた。「すぐ出る」とメールにはあったのに、なかなか現れない。暑熱の中、カオルは救急車の車回しの軒下で、かれこれ十分は立っていた。

目立たぬように白衣は脱いで来たが、IDカードを胸に下げているから、病院の関係者であることは一目瞭然《いちもくりようぜん》だ。行き交う人々が好奇の視線を投げかけてくるような気がするのは、玉木との噂のせいだけではなかった。カオルは、若くて綺麗《きれい》な女医として、女性誌に登場したこともあるし、テレビのコメンテーターとして何度か出演したこともあったのだ。しかし、今のカオルは、人の目を気にするどころではなかった。

昨夜から、あることがカオルの胸を塞《ふさ》いでいる。

昨夜、トイレに起きた際にふと思い出して、川辺のデジカメに入っている写真をすべて見たのだった。薄暗いマンションや表札を写したものが多く入っていて、いったい何のために撮ったのかと不審に思った矢先、とんでもない写真が目に飛び込んできた。救命救急センターの前で指揮を執る玉木の姿。自分たちの仲が川辺にばれているのは間違いなかった。

「ああ、ごめん。暑かっただろう」

センター横の扉が開いて、玉木がやっと現れた。白衣の袖《そで》に、血液の染みが付いている。玉木は気付かない様子で、すぐさま煙草をくわえた。そして、満面の笑みでカオルの差し出すコーヒーを受け取った。

「気が利くね。ありがとう」

玉木が、冷めたコーヒーを旨《うま》そうに啜《すす》っている。川辺は、食べ物に不満があると、すぐに顔を顰《しか》めたり、文句を言う。玉木は単に鈍いだけかもしれないのに、川辺の方が小物に見えるのはなぜだろう。デジカメにあった玉木の写真を見て以来、川辺に対して芽生えた疑念と不信は、面白いように、すべてを玉木への信頼と愛情に転化していくのだった。

「忙しいのにごめんね」カオルは素早く腕時計を見た。「あと何分ぐらい平気なの?」

「十分くらいならいいよ」

手が離せない玉木に無理を言って会って貰《もら》っている。カオルだとて、午後の診察時間が二十分後に迫っていた。

「あのね、簡単に言うね。用事というのは、うちのダンナのデジカメをこっそり見たら、あなたが写っていたの。あなたはうちのダンナに写真を撮られたのよ」

「え、どこで」

さすがに玉木はぎょっとした顔をした。脂気のない髪に手を入れて、掻《か》きむしる仕《し》種《ぐさ》をした。

「それが、ここなのよ。救命救急センター前。多分、そこら辺から撮ったのよ。気が付いていた？」

「いつのことかな」

「きっと、梅雨時の水曜日。二ヵ月も前よ」

絶対にあの日だ、間違いない。いつものデートが中止になった休日前の水曜日だ。川辺は、見覚えのない黒ずくめの服装で、夜遅く帰って来た。ジムに行った、とあからさまな嘘を吐き、カオルが見ている前で、着衣のままシャワーを浴びたのだ。あの夜、川辺から漂ってきたのは、たとえようもない疚《やま》しさと不吉さだった。

おそらく、あの晩、川辺は玉木を撮影したのだ。その後、どこで何をしていたのだろうか。よく知っているはずの夫が、知らぬ間に違う生物に変貌《へんぼう》したような気がして気味が悪かった。

「おいおい、よく覚えているね。どうして」

玉木は眉《まゆ》を寄せて、煙草の煙を吐き出した。

「あの日、様子が変だったから」

「どんな風に」

さすがにカオルは言《い》い淀《よど》んだ。玉木は、辛抱強くカオルの返事を待っている。カオルは思い切って言った。

「つまり、何か罪でも犯したかのような、すごく後ろめたい感じだったの。怯《おび》えているようでもあり、やったぜ、みたいな爽快《そうかい》さもあって異様だった」

言いながら、不安で息が切れた。普段だったら、玉木に夫の話など絶対にしないのに、今日はどうしたのだろう。

「そうか、どんな写真だった？」

「あなたが白衣の裾《すそ》を翻して、ここで指揮しているような写真だった。救急車も担架も写っていたよ。もう暗くなっていて、少し光量不足だったけど鮮明に写っていた」

「ね、俺に見せるのは嫌だろうけど、今、ダンナの写真持ってない？」

「嫌じゃない、見せてあげる。見覚えがあるかもしれないから」

カオルは即座に携帯電話に入っている写真を見せた。去年、二人で横浜中華街に行った時の写真だ。川辺は、粋《いき》にストライプのマフラーを巻いてポーズを取っている。

玉木は年寄り臭く、目を眇《すが》めて画面を覗《のぞ》き込んだ。

「ああ、覚えてる。この人がきみのダンナさんだったのか。なるほどね。だったら、俺のことを知って来たんだよ。間違いない」

「どうしてわかるの」

カオルは腕時計を覗き込んだ。時間がない。

「ちょっとここで喋《しゃべ》ったんだよ。カッコいい、とか褒めそやすからさ。俺が、時間との勝負なんで、てなことを言った。そしたら、変なことを言ったんだ。確か、そうしないと命に別状ありますものね、とかなんとか。命に別状ないっていうのが普通の言い方だから、何か含んだような言い方をするな、と違和感があった」

川辺は、数カ月以上も前から、自分たちの仲を知っていた。そして、玉木を見に来ていたのだ。もしかすると、二人の跡をつけたこともあるかもしれない。カオルの腕にざわざわと鳥肌が立った。

「いったいあの人は何を考えているのかしら」

「嫉妬《しっと》だよ」

玉木は言い捨てた。

「そんな簡単に言わないで」

単なる嫉妬で、人はこんな陰険になるのか。

「簡単に言ったつもりはないよ。嫉妬という感情は怖いものだよ」

「どうしたらいいのかしら。悪いのはこっちだってわかっているけど、もうばれちゃったんだよ。あたし、怖いよ」

カオルは大きく嘆息した。ここまで来たなら、川辺とは別れて一人で生きていく他はなかろう。すると、玉木が煙草を捨てて、スニーカーの底で踏みにじった。

「俺も女房と別れるからさ、一緒になろう。そして、ここを辞めて、離島かなんかで二人で医者やろうぜ。ほら、Dr.コトーみたいにさ。夫婦で乗り込めば楽しいこともあるかもしれないよ」

「マジ?」カオルは唖然《あぜん》として玉木の顔を眺める。

「大マジだよ」

玉木が保証すると、何とかなりそうな気もする。カオルは思わず微笑んだ。

「それ、何か嬉《うれ》しい」

「だろう。もう誰にも何も言わせないからさ」

「カッコいい」

「いいだろ、俺」

時間も忘れて、そんな浮き立つ話をしている。このまま仕事など放り出して、二人でどこかに行ってしまいたかった。抱き合うことができないのなら、せめて手を握りたい。カオルはうずうずした。小清水がいたら、注意を受けるに決まっていた。自分たち二人からは、あからさまな親密オーラ、いや、エッチなオーラが溢《あふ》れ出ていることだろう。

　突然、脇から若い女の冷ややかな声が割り込んできた。

「川辺先生。お取り込み中、すみません。お話があります」

　厳然とした物言いに、カオルと玉木は同時に振り返った。顔に見覚えはあるが、名前は知らない女子事務員が、にこりともせずに立っていた。背は低く、やや太め。長い髪を頭頂部で大きな団子状の髷《まげ》に纏《まと》めている。髪が多いのか、その髷がかなり大きなために、鏡餅《かがみもち》を連想させる面持ちだった。

　女は、西新病院の事務方の制服である紺色のベストスーツを着て、IDカードをぶら下げていた。IDカードには、「鹿田亜由美」という名前が黒々と印字してある。胸ポケットからは、携帯電話のストラップと蛍光ピンクのサインペンが覗いていた。

　まだ幸福感に包まれていたカオルは、優しく鹿田を見遣《みや》った。しかし、鹿田は相変わらず強張《こわば》った表情を崩さない。カオルは少し嫌な気がした。

「あれ、どうしたの」

　鹿田とは知り合いらしい玉木が、気軽に声をかけた。すると鹿田は、玉木に向かって頭を下げて挨拶《あいさつ》してから、はっきり言った。

「玉木先生。川辺先生と大事な話があります。申し訳ありませんが、外して頂けませんか」

「ちょっと待ってよ。あなた、いきなり来て、それは失礼じゃないかしら」

いい気分だったカオルは、邪魔をされたのでむっとした。だが、鹿田は何も答えず、顎《あご》を上げてカオルの目を挑むように覗き込んでいる。もしや、患者が面倒なクレームを付けてきたのかもしれない。あるいは、玉木との問題が何かあるのか。カオルの中に別の不安が過《よ》ぎった。

「お声をかけようと思って待っていたんですけど、お取り込み中のようなので、かけられませんでした」

鹿田の中に、自分に対する怒りが燃えているのを感じた。カオルは理由がわからず後退《あとずさ》った。まさか、鹿田が玉木と付き合っていると、自分に文句を言ってきたのではないか。

「何か問題発生かい」

玉木が口を挟んだ。すると、鹿田は玉木の方を見ずに切り口上で言った。

「はい、その通りです。では、玉木先生もここに居て聞いててください。すぐに終わりますから」

「何かわからないけどさ。あなた突然来て、ずいぶんと喧嘩腰《けんかごし》じゃない。失礼よ」

カオルは腹を立てて、空になったコーヒーの紙コップを近くのゴミ箱に投げ入れた。

あいにく外れたので、玉木が拾って入れた。それを横目で見て、鹿田が憎たらしく鼻で嗤《わら》った。

「喧嘩腰ですかね」

「感じ悪い。ね、あたし時間ないんだよ。早くして」

鹿田は、まるで玩具《おもちゃ》のような、これも蛍光ピンクの腕時計を眺めて頷《うなず》いた。

「時間はみんなありません。先生だけないような大きな顔をしないでください。だいたい、医者って皆、威張っているでしょう。自分を何様だと思っているんですかね。ろくな仕事もできない癖に」

「ちょっと無礼過ぎない。何を言うの」

玉木と自分の大事な時間に闖入《ちんにゅう》して来て、この失礼な言いようは何だ。カオルは怒りのあまり、鹿田を突き飛ばそうとしたが、玉木が素早く腕を出して止めた。

「まあまあ、鹿田さんが何に対して怒っているのか聞いてみようじゃない。誤解なら誤解でいいし、そうでないのなら、ちゃんと対応しないと」

鹿田が、さっと玉木を見た。その目に涙が浮かんでいるのがわかって、カオルはやはり玉木と鹿田の恋愛問題だと早合点した。

しかし、鹿田の口から飛び出てきたのは、とんでもないことだった。

「では、時間もないようですから、はっきり言います。川辺先生のダンナさんの、ああ、さん付けにもしたくないです。川辺先生と結婚している川辺康之という男は、とんでもない犯罪者です。独り暮らしをしている女の部屋に忍び込んでは、スタンガンとセレネースを使って昏倒《こんとう》させ、無力の女をレイプしてきました。被害者はこれまでわかったところで、四人もいます。この間まで三人だったのですが、先日、サイトを充実させたところ、また一人連絡してきました。全員が二十代で、この病院の近くに暮らしています」

なぜか、そんなことは嘘っぱちだ、と反論できない自分がいた。鹿田が、「渋谷区本町、中野区弥生町、新宿区北新宿……」と、次々と地名を挙げていくのを聞きながら、カオルは凍り付いて動けなかった。次第に脚から力が抜けて行くような脱力感がある。デジカメに写っていたのは、アパートやマンションだけでなく、住所も写っていたのだ。やはり、やはり。とんでもないことが起きていた。

「待て。証拠がないんだから、そんなことを迂闊《うかつ》に言ってはいけないよ」

玉木が鹿田の肩を押さえたが、鹿田は乱暴に振り払った。

「やめてください。わかってるんです。顔を覚えている人がいて、この間、クリニックに行って首実検して来たんです。そしたら、間違いないって。川辺先生のダンナって、平気な顔してクリニックなんかやってるけど、本当は、女なんか人とも何とも思っていない冷酷な悪魔で、ケダモノなんです。あ、ケダモノなんて言ったら動物に失礼ですね。ともかく、悪魔です。死刑に値します」

「な、鹿田さん。証拠がどこにあるんだよ。それだけのことを言う時は証拠がないと駄目だろう」

何も反論できないカオルに代わって、玉木が言ってくれた。しかし、カオルは、鹿田の言うことは真実だと直観していた。

「よくそんなこと言えますね、玉木先生」と、鹿田が怒鳴った。「あんたたちがちゃらちゃら浮気なんかしてるから、川辺は怒ってモンスターになったんでしょう。違いますか？　そんなこと、小学生だってわかりますよ。そして、被害者は、何も関係のないあたしたちです。あんたたちが自分勝手に好きなことしてるから、こんなことになったんです。馬鹿にするのもいい加減にしてください」

鹿田は一気に喋《しゃべ》ると、肩で大きく嘆息した。カオルは、これほどまでに怒っている人を見たのは初めてだった。あまりの衝撃で戸惑い、両手で顔を覆った。川辺とは離婚しよう、と思った矢先に、とんでもないことが出来《しゅったい》した。自分はどうしたらいいのだ。

鹿田の目から、ぽろぽろと大粒の涙がこぼれ落ちた。

「レイプが元で、みんな人生狂わされたんです。あたしだって、何度も自殺とか考えたし、せっかくアパート借りたのに独り暮らしが怖くなって、実家に帰らなきゃならなくなった。そんな屈辱わからないでしょう？　彼氏と別れた人もいるし、男が信じられなくなった人もいる。妊娠させられた人だっていたんですよ。川辺先生、先生はあの男の子供を堕胎したことありますか？　一度もないんですか。じゃ、レイプされた女に何かしてあげてくださいよ。あんたが何もしないから、あんたが子供産まないから、あんたが偉そうに女医なんかしてるから、あんたたちが浮気なんかしてるから、こんなことになっているんでしょう。しっかりしてくださいよ。いいですか、復讐《ふくしゅう》、ちゃんとしますからね。落とし前だけは付けて貰《もら》います。警察に通報するくらい生温《なまぬる》いですよ。もちろん、警察にだって言いますけど、あたしたちの復讐はそんなものじゃない。川辺先生も、責任取って貰っていいですか」

「あたし？　あたしに何ができるの」

カオルは茫然《ぼうぜん》としたまま、呟《つぶや》くように言った。

「責任取るんです。あの男の妻だという責任」

「せきにん」と、カオルは口の中で繰り返した。

「待ちなさい。まだはっきりしたわけじゃないんだから、言い過ぎだよ」

玉木が遮ると、鹿田が玉木の白衣の襟を指先で摘《つま》んだ。

「はっきりしてますよ、玉木先生。だって、セレネース五ｍｌでことんといくよって、教えてくれたのは玉木先生じゃないですか。覚えていますか？　あたし、あの前の日に、ここの鬼畜のような亭主にやられたんですよ。スタンガンで気絶させられて、仰《おっしゃ》る通り、セレネースでことんといきましたよ」

気が付くと、三人の周りに人が集まっていた。早く終わらないかとじりじり焦っているのは、戻って来ない玉木を呼びに来た救命救急センターの医師や看護師たちだった。騒ぎを聞いて駆け付けて来た、事務局長や部長の姿もあった。鹿田が昂奮《こうふん》しているので、一応話が終わるまで待つつもりらしい。その後ろには、看護師の小清水の姿もあった。

小清水は、陽に灼《や》けた顔を顰《しか》めて、鹿田とカオルと玉木を等分に眺めていた。その仕種《しぐさ》が小刻みなので、小鳥を思わせた。カオルはそんなことを思って、放心しかけていた。あまりのことに、心が付いていかないのだった。

やがて、鹿田がその場でわっと泣きだして蹲《うずくま》ってしまったので、玉木とカオルはようやく解放された。

「気を付けて。後でメールするから」

「電話ちょうだいよ。電話の方がいい」

カオルはそれだけ言うのがやっとだった。

「大丈夫ですか？」

病院内の廊下を歩いていると、小清水が追い付いて囁《ささや》いたが、カオルは首を捻《ひね》った。

自分でも、何が大丈夫で何が大丈夫でないのかが、よくわからなかった。ただ、衆目の中で夫がレイプ犯だと名指された衝撃だけは、カオルを大きく混乱させている。自分とは関係ないからいいのか。いや、そんなはずはない。「妻の責任」と鹿田に言われたではないか。玉木と恋愛していた自分は、その責任を全うしていなかったのか。

何とか上の空で午後の診察を終えた後、自分から「電話の方がいい」と言ったにも拘《かかわ》らず、カオルは玉木にメールを打った。こんな内容だった。

「今日は、夫にこれだけを告げるつもりです。あなたとは別れます、と。鹿田さんのことは何も言うつもりはありませんし、あなたのことも理由にするつもりはありません。なぜかわからないけれども、それだけが理由ではないような気がするからです。誤解を恐れずに書くと、今の私は夫が大嫌いで、でも、可哀相なのです。カオル」

午後七時、カオルは自宅に帰って来た。いつもなら、川辺も帰って来る時間なのに、今日は遅い。カオルはすぐに顔を突き合わさずに済んで、少しほっとした。川辺の顔を見るのが怖かった。

しかし、玉木へのメールにも書いたように、今後、結婚生活を続けるつもりがないことを真っ先に言わねばならないだろう。レイプの告発には言及せずに、ともかく穏やかな話し合いをして、無事に別れるのだ。こじれたら、自分もレイプ騒動の責任を取らなければならなくなる。

カオルは着替えもせずに、リビングのソファに深く腰掛けて、川辺の帰りを待っていた。待ちながら、昔を思い出している。なぜ自分は川辺康之と結婚したのだろう、と。不思議でならなかった。

カオルと川辺、そして野崎は、新設大学医学部の同窓生で仲がよかった。何をするのにも三人で行動していたのは、カオルが接着剤のような役割を果たしていたからだ。川辺と野崎は、性格が正反対だった。野崎が陽気なら、川辺は陰気。野崎が暢気《のんき》なら、川辺はせっかち。野崎が積極的なら、川辺は受け身。新しもの好きも野崎だし、好奇心が強いのも野崎だった。カオルはどちらかと言うと、明るい野崎の方が好きだったが、川辺の慎重さや、よく考えた上での行動力も嫌いではなかった。また、川辺と環境が似ていることもあった。

野崎だけが、地方の大病院の息子で、カオルも川辺も医者とは関係のない家庭に育ったのだ。カオルの父親は市職員で、母親は小学校教師。つまり、二人とも地方公務員で、地道ながら知的な家庭だった。

川辺の父親はメーカーに勤めるサラリーマンだったが、川辺がカオルと結婚した後に起業し、失敗して借金取りに追われた、と聞いた。聞いたというのは、川辺が一切、連絡を断ったからである。川辺には、そういう冷酷なところがあった。だからと言って、卑劣な方法でレイプするような男ではなかったはずだ。

祖父が農地を売った金で医学部に入れた、とことあるごとに人に語り、常に幸運に感謝する、気弱で心優しい男ではなかったか。人の目を気にする見栄《みえ》っ張《ぱ》りなところはあったが、芯《しん》は真面目だったはずだ。医者に憧《あこが》れ、医療に従事できることにあんなに喜んでいたのに、川辺の心のネジはどこで緩んだのだろう。父親と縁を切った上に、無理をして開業したせいか。そう思った時、カオルは、間違いなく自分のせいだ、と身を縮めた。

川辺は、カオルもクリニックの仕事を手伝う、と思っていたのだ。だが、夫や友人と一緒の仕事は気詰まりだと、カオルは公立病院に飛び出して行った。そこで待っていたのは、思いもかけない人気だった。カオルは、若く華やかな女医、と周囲からちやほやされた。マスコミに追われたし、自分だけのクリニックを開くなら資金提供する、と囁く実業家の男もいた。

しかし、何と言っても大きいのは、玉木との出会いだった。玉木と付き合い始めてすでに三年。もう別れられないし、誰よりも信頼している。川辺には悪いが、これからは玉木と生きていくのだ。鹿田には申し訳ないが、やはり「妻の責任」など果たせない。自分はすでに身も心も川辺の妻ではないのだから。

玄関の方で、乱暴に鍵《かぎ》を開ける音と、大きな舌打ちが聞こえてきた。カオルが帰って来ていることは、三和土《たたき》にあるパンプスを見ればわかる。脱ぎ方が気に入らなかったのだろうか。川辺は、いっそう神経質になったようだ。カオルは息を吐きながら、玄関に迎えに出た。

川辺は、カオルを見て、ふと目を泳がせた。

「お帰り」

「暗いな」とひと言。白のワイシャツに細身の黒いパンツ。黒い鞄《かばん》を持っている。スニーカーではなく、先の尖《とが》った黒い革靴。若いロックミュージシャンが履くような形だ。

「何で電気点《つ》けないの」

カオルは疲れた顔を上げた。

「ごめん。ぼうっとしてた」

川辺は無言で居間に入り、照明を点けて回った。天井に埋め込まれた小さなライトが点《とも》り、次にフロアスタンドの白い灯《あか》りが部屋をほんのりと染めた。

「メシ、食ってないの？」と川辺が聞く。

カオルが頷《うなず》くと、川辺が不機嫌に肩を竦《すく》めた。

「じゃ、どうすんだよ。何か作るの」

「作らない」

「ピザでも取るって？」

カオルは食器棚の抽斗《ひきだし》に入っている、デリバリーピザのメニューを渡した。川辺は片手で受け取って眺めながら言う。

「あまり、食いたくねえな」

「あのね、別れたいの」

唐突に言ってしまってカオルは、川辺の表情を見た。川辺は動ぜずに、メニューを見ながら平静に聞いた。

「へえ、どうして」

「あたし、もうここにはいられないから他のところで暮らすね。あなたともうやっていけないので、別れたいの」

「二度も言うなよ」

いきなり川辺が怒鳴ったので、カオルはどきっとした。鹿田に川辺。今日はつくづく怒鳴られる日なのだと思うと溜息《ためいき》が出る。

「何度でも言うわ。別れたいの。離婚しましょう」

「理由は？」

川辺の唇が小刻みに震えているのを認めて、カオルは哀れを催した。さっき、玉木のメールに書いた言葉「可哀相なのです」を思い出すと、目の奥がつんとして涙が出そうになった。

「他に好きな人が出来た。あと、あなたがレイプしていると告発する人がいる」

そう言うと、川辺は激怒した。

「何だよ、それ。俺がレイプしているなんて、大嘘だよ。最近、クリニックにも嫌がらせの電話とかかかっててさ、えらい迷惑してんだよ。駅前に出来たクリニックが、俺の悪い噂流しているらしい。カオルがそんなのに引っかかるなんてな」

「嘘なら嘘でよかったわ。でも、あたしは別れたいの」

「俺は嫌だ」

「じゃ、出て行くから、離婚の用紙送るね」

そう言ってカオルは立ち上がった。川辺は立ったまま、暗い眼差《まなざ》しでフローリングの床を見つめている。床には白い疵《きず》がある。一昨年《おととし》、川辺がワインのボトルを落として割ってしまった時に、出来た疵だった。あれは何かに対して怒った時だった。何だっけ。

「お前が浮気しているのは知っている。それを、俺が我慢しているのに、そういう仕打ちをするのか」

カオルははっとして立ち止まったが、構わずドアを開けた。不穏な空気が流れている。最早、ここに留《とど》まることはできないと思った。

「それはともかく、レイプのことはショックだった。その人、あなたのこと、告発するって言ってた」

早口に言って、バッグを抱えて玄関に向かった。何でもいいから靴を履いて、早く飛び出そう。なぜか焦っていた。さっき脱ぎ捨てたパンプスが川辺の手によって揃えられていた。足を入れた途端に後頭部に激しい衝撃があってカオルはよろめいた。フロアスタンドの傘が三和土を転がっていく。驚いて振り向くと、川辺が長いコードを垂らしながら、再びスタンドを振り上げているところだった。

カオルは悲鳴にもならない声を上げて、必死に外に飛び出した。そのまま全力疾走で通りに向かう。川辺は追って来なかったが、なぜか、「妻の責任」という語が浮かんで、カオルを切なくさせた。

# 13　地獄で会うホトケ

「じゃ、家電とかは全部置いてくからさ。それでチャラにしてくれない？」

佐奇森《さきもり》こずえがおずおず願い出ると、マリは腕組みをしたまま、じっと押し黙っていた。険しい表情で、冷蔵庫、その上の電子レンジと炊飯ジャーを一瞥《いちべつ》する。次いで、玄関脇のコーナーに納まった小さな全自動洗濯機、さらに玩具《おもちゃ》のような掃除機へと視線を向けた。他には、食卓と椅子、棚代わりのボックスがある。

これらの家電と家具は、すべてこずえの物だ。六年前、放送専門学校に入学することになって北海道から上京した際に、母親が買ってくれた無印良品の独り暮らしセットだ。

他方、こずえのルームメイト募集に応募してきたマリは、二十インチの薄型テレビ以外、何も持って来なかったから、こずえの家電や家具を使わせて貰《もら》うことにはいたく感謝していたはずだ。

が、実際に暮らしてみると、冷蔵庫は二人で使うには小さ過ぎたし、洗濯機は使用頻度が高過ぎて、脱水機能が落ちてしまった。そして、白米しか炊けない炊飯ジャーに苛立《いらだ》った玄米好きのマリは、自分用の炊飯ジャーを買った。掃除などせず、粘着テープで髪の毛を取る程度だから、掃除機もすぐに無用の長物と化して邪魔でしかない。

「チャラって言われても困るんですけど」

マリが呆《あき》れ顔《がお》で嘆息した。こずえは必死に説明した。

「だって、これ全部で十五万以上はしたんだよ。今買ったら、もっとすると思う。マリちゃんだって、最初からあったから楽したじゃない、違う？　助かるって言ってたじゃない、違う？　あたしがマリちゃんから使用料貰ったことなんてある？」

「あると思います」マリが、そんなことも忘れたのかという風に、小動物を思わせる黒目がちな目を剝《む》いた。「あたしが新しい家電を買いましょうかって言ったら、佐奇森さんが、勿体《もったい》ないから最初に使用料を払ってくれれば、自分のを使っていいって言ったじゃないですか。半分以下にまけるって言うから、最初に十万払ったの覚えてますよ。本当は総額十五万くらいだったんですね。だったら、十万だって取り過ぎじゃないですか」

思いがけない反撃に、こずえはうろたえた。

「それ、領収証とかある？」

「あるわけないじゃないっ」

マリが高い声で叫び、ぶるっと狭い肩を竦《すく》めた。マリは細いのに、それでも満足できずにダイエットを続けているのは、容赦のない女だからだ。

ルームシェアが新鮮だった最初の頃は、仲良く料理を作って一緒に食べていたのだが、いつしか生活時間が擦れ違い、好みと主義が食い違い、それぞれ用意して食べるようになっていた。

「それより、家賃の立て替え分、いつ払ってくれるんですか。うちのお父さんもすぐ返して貰いなさいってきつく言ってます。場合によっては訴えたっていいって」

マリが焦《じ》れた風に言う。

「ごめん。必ず払うから、もう少し待ってくれる？　これから田舎に帰って母親から貰って来るから必ず払う。約束する」

マリは鼻先で笑った。

「佐奇森さんの田舎って、北海道でしょう。振り込んで貰えばいいじゃないですか。帰るお金があるんなら、少しでも返してください」

２ＤＫの家賃十万円を折半し、ルームシェアを始めて半年。しかし、こずえはバイト先をクビになったために、早速二カ月目から家賃を滞納しているのだった。マリはやむを得ず、貯金を切り崩してこずえの分を払ってくれているが、その我慢も限界に達したらしく、新しいルームメイトを見付けるから出て行け、と言われたのだ。どう考えても当然の要求だった。

「銀行口座ないんだもん」

「じゃ、バイト料どうしてたんですか。今、どこだって振り込みじゃないですか」

風俗のバイトばかりしていたから、現金で貰っていたとは言えなかった。

「ほんとにないの」

突然、マリが激怒した。

「嘘ばっか言わないでよ。じゃ、現金書留で送ってくれって言えばいいじゃない。あたしは、あんたの言葉にずっと騙《だま》されてきたんだからさあ。あんたは返す気なんて毛頭ないじゃん。この間だって、いけしゃあしゃあと新しい服を買って来たし、化粧品だって買ってるし、飲んで帰って来ることだってあるじゃん。そういうの払うお金があるんだったら、一円でもいいから、あたしに返そうって思わないの」

とうとう堪忍袋の緒が切れたらしい。マリは、もう決して「佐奇森さん」とは呼ばないし、敬語も使わないだろう。決壊して溢《あふ》れた水はどこへ向かう。

こずえは目を瞑《つぶ》った。新しい服とは、ユニクロでセールになっていた五百八十円のスカートだし、化粧品は百円ショップの乳液だ。贅沢《ぜいたく》なんかしていない。必要に迫られて買っても贅沢と言われるのだから、貧乏暮らしは辛《つら》い。

こずえは、マリに対して心から申し訳なく思っているのだが、金がないのだからどうにもできないのだった。職がないから金がない。金がないから職も探せない。悪循環がだらだらと続いていた。何度か母親に電話をしたが、年下の新しい恋人と一緒に暮らしているので、こずえに回す金などない、と断られた。

「それをさ、こんなんでチャラにして、なんて調子いいよ。今時、こんな冷蔵庫は粗大ゴミだよ。電子レンジは汚いし、洗濯機はボロいし。新しくて性能いい方がいいに決まってるじゃん」

マリがぶんむくれて言う。こずえは、決して豊かではない母親が、懸命に選んで買ってくれた物を「こんなもん」と言われて悲しかったが、抗弁せずに項垂《うなだ》れて聞いていた。

「ともかく、ここから出てってくれない？　もう顔を見るのも嫌。声を聞くのも嫌。こんなこと人に言ったことないから自分でも驚いているんだけど、あたし、もう鬱病《うつびょう》になるくらい、あんたのこと嫌い。もう、ほんっとに大っ嫌い。出てってよ。何よ、今さらチャラとか言って、最低。あんたの物なんか汚らわしいから全部捨てる」

「つまり、お金は返さなくていいってこと？」

こずえの弁に、マリはきっとなった。

「まさか。何言ってんのよ、返して貰うよ。あんたの携帯、どうせどこに行ったって変わらないでしょう。お金ないんだからさ。だから、ずっと追いかけてやる。戻って来たって入れてやんないよ。鍵《かぎ》なんかすぐ取り替えちゃうもん」

マリが、一度も見たことのない形相で怒鳴ったので、こずえは驚いて後退《あとずさ》った。家賃十万の折半で五万円。さらに、電気代、ガス代、水道代を入れればほぼ六万になる。それを五ヵ月分。つまり、こずえは三十万もの大金をマリに立て替えて貰っているのだった。マリが怒るのは当たり前だ。

しかし、追い出され、生活道具を奪われ、なおかつ金を返せ、と言われるのはちょっと酷《ひど》くないか。が、こずえはすぐに納得する質《たち》でもある。衝撃を受けると、激しく怒ったり悲しんだりするのだが、数週間経つと綺麗《きれい》さっぱり忘れてしまう。「ま、いっか」と。

勿論《もちろん》、一年前、何者かに侵入されてレイプされたことだけは絶対に忘れられなかった。前のワンルームマンションを出て、オートロック付きのマンションにグレードアップし、ルームシェアを試みたのも、その怖ろしい経験があるからだった。しかし、他人と暮らすのは限界だ。特にマリのようなきつい女はこりごりだ。こずえは早くも諦《あきら》め気分になって、身の回りの物を小さなスーツケースに詰め始めた。

「そのコート、借金のカタに置いてってくれない」

荷造りを横目で見ていたマリに指差され、こずえは素直にマーク・バイ・マーク・ジェイコブスの紺色のコートをフックに戻した。どうせ今は夏だから荷物になるし、いいや、と思う。それに一昨年《おととし》の流行だから、今年の冬着るのは少し恥ずかしい。そう思うのは、派手な暮らしのできた風俗嬢をしていた名残だろうか。

「それから、そのアクセもトップスも」

渋谷の「AndA」で買った白いレースのトップスは惜しかったが、仕方がない。「agete」のフェイクパールと金のペンダントも、大いに気に入って大活躍したアクセサリーだったが、これも仕方あるまい。こうなればもう、借金のカタというよりも、マリの厳しい追及と怒号から逃れられるのなら、何でも置いて早くトンズラしようと願うのみだった。それがこずえの弱さであり、強みでもあった。

一時間後、やっと解放された、というより追い出されたこずえは、マリのお目こぼしを受けた安い服や下着、化粧品の入った小さなスーツケースを引っ張って、とぼとぼと甲州《こうしゅう》街道を歩いていた。財布の中にはなけなしの二万円と小銭が少し入っている。マリに取り上げられずに済んだのは、下着の中にへそくっておいたからだ。

こずえは木陰で立ち止まり、彼氏のジュンヤこと本橋淳也《もとはしじゅんや》に電話をした。が、留守電になっていた。

「ジュン。あたし。この間の焼肉、美味《おい》しかったよ、ありがとう。あのね、ちょっと困ったことが起きたの。折り返し電話くれる？　頼むねー」

ジュンヤと知り合ったのは、半年前のことだ。いつも行く美容院の子の知り合いの知り合い。ジュンヤは、麻布のデザイン事務所で働いている、ということだった。ひょろひょろと背が高くて、顔の小さなジュンヤは、どんな服を着てもよく似合った。モデルみたいでカッコいいから大好きだった。

こずえが、マリに追い出されても落ち着いていられるのは、いざとなれば、中目黒《なかめぐろ》に住んでいるジュンヤの部屋に転がり込もうと目論《もくろ》んでいるからだ。むしろ、転がり込む口実ができてよかった、と思っているくらいだ。これほどまでに金がなくなったのも、ジュンヤの無心も原因しているのだから。

三十分後にもう一度電話したが、やはり留守電だった。日曜なんだから、部屋にいるのだろう。直接行くことに決めたこずえは、東横《とうよこ》線で中目黒まで行き、山手通りの喧噪《けんそう》の中で再びジュンヤに電話した。

「ああ、ズエか。どうしたんだよ」

ジュンヤはこずえの名を縮めてズエと呼ぶ。寝起きらしく不機嫌そうで、「ゾエ」と聞こえた。

「ねえ、ジュンの部屋って、中目黒のどこにあるの」相手がしんと静まり返ったのに気付かず、こずえは喋《しゃべ》った。「大鳥《おおとり》神社の方とか言ってなかったっけ？」

「そうだけど、何で」

「今、ナカメまで来たの。あたし、ルームメイトに追い出されちゃったのよ。悪いけど、落ち着くまでそこに居させてくれない？」

「いいよ。じゃ、迎えに行くから、駅の改札で待ってて。あ、でも、これから顔洗って着替えるから、三十分経ったら改札でね」

「わかった。ありがとう」

浮き浮きと駅前のスーパーで時間を潰《つぶ》した後、こずえは改札口に戻ってジュンヤが迎えに来てくれるのを待った。が、ジュンヤはなかなか現れない。待つこと、二時間。電話は十回以上はかけた。すべて留守電になって、ジュンヤはかけ直してもこなかった。

部屋を訪ねようにも、大鳥神社のそばという情報だけで、正確な住所は知らない。交番で聞こうと思い立ったが、マンション名も知らないのだった。果ては、ジュンヤが中目黒に住んでいるのさえ、正しいのかどうかもわからないと気付いた。

名刺一枚貰《もら》っていないのだから、麻布のデザイン事務所勤務という情報も怪しいし、「本橋淳也」という名だとて実名ではないかもしれない。二人を繋《つな》ぐものは、携帯電話だけなのだった。

こずえは、足元が崩れるような不安な気持ちと闘いながら、改札口の前に立っていた。地図を眺めるふりをして必死に考えている、どうしよう、どうしようと。

もしかすると、自分は大嘘吐きの詐欺師野郎と付き合っていたのかもしれない。家賃が払えず、マリに罵倒《ばとう》されっ放しの自分は、ジュンヤにだけは金を貸していたのだ。十万、いや、二十万近く。騙《だま》されたかもしれない。真っ青になったこずえは携帯の画面で時間を確認した。シャネルの腕時計は、とっくに質入れしていた。

　午後五時。情けなくて涙が出そうだった。しかし一方で、それはすべて自分の妄想で、今にもジュンヤが、あの茶色の髪を掻《か》き上げながら、「ズエ、ごめん」と手を上げて現れそうな気もして、動けないのだった。

「どうしたの、待ちぼうけ？」

　男に声をかけられたこずえは、驚いて振り返った。黒縁の眼鏡を掛けた三十歳くらいのサラリーマン風の男が立っていた。灰色のスーツに地味な柄のネクタイ。黒い鞄《かばん》を提げて、右手に携帯を持っている。男は、どこかで自分を観察していたのだろうか。

「ちょっとした行き違いみたいで」

　必死に笑おうとしたが、すでにパニックになっていたこずえの顔は引きつっただけだった。

「何だ、連絡取れないの。電池なくなったとかじゃなくて」

　男は、こずえが握り締めた携帯を指差して気軽に言った。

「いや、いないみたいで」

そう返しながら、携帯なのだから「いない」という語は合わないのだった。つまり、ジュンヤは発信元を見て出ないのだ。急に、不信感が募る。確かに、ジュンヤが時折、冷酷な表情を見せるのが気になっていた。でも、こずえがレイプされた話をすると同情して、涙さえ浮かべてくれたではないか。

会えば楽しいし、週に一度はホテルにも行ってるのだから、ジュンヤは、こずえの「彼氏」には違いない。なのに、本当の名前さえも教えてくれずに騙されていたのだとしたら。黒く苦い思いが広がって、こずえはたちまち暗い顔付きになった。

「どうしたの、大丈夫？　すごく顔色悪いよ」

男は心配そうに言った。飲み過ぎた翌日、ジュンヤに親切に介抱されて仲良くなった時とパターンが同じと思いながらも、寂しさで参りそうなこずえは笑顔を作った。

「綺麗《きれい》な人が悩んだりしちゃ駄目だよ。元気出して」

男はにっこり笑うと、電話をかけながら、どこかへ歩いて行ってしまった。こずえは安堵《あんど》しつつも、がっかりしたような不思議な気分になった。

気を取り直して、ガラガラとスーツケースを引っ張り、山手通りを大鳥神社の方向に歩きだした。もしや、ジュンヤとばったり出会わないだろうかと期待して。

ごめん、用事ができちゃってさ。ごめん、携帯のバッテリー切れてさ。ごめん、親が様子見に来てさ。

こんな言い訳を何度か聞いた気がしないか。いや、何度も聞いた。こずえは、次第に憂鬱《ゆううつ》になった。

急に暗くなったと思ったら、雨が降ってきた。雨脚はどんどん強くなる。こずえはローソンの軒下に避難した。ローソンに駆け込んで行く客は、ビニール傘を買って表に出て行く。だが、傘を買う金も惜しいこずえは、軒下で土砂降りの暗い空を見上げるしかない。

このコンビニで雇ってくれないかとレジの方を見遣《みや》った。若い女性の店員と目が合う。店員は薄気味悪そうに、そっとこずえの視線を外した。感じ悪い。でも、あの店員にだって帰る部屋は絶対にあるのだ。なのに、自分は今夜、泊まるところもない。

こずえは泣きそうになった。部屋に戻ってマリに土下座し、今夜ひと晩だけでも泊めて貰おうか。いや、マリのことだから、部屋の鍵《かぎ》をとっくに取り替えてしまったに違いない。自分の留守中に、こずえに入られるのを一番嫌がるだろうから。

元はと言えば、自分名義で借りた部屋で、母親が買ってくれた家財道具だって揃っていたのに。軒を貸して母屋を取られるとはこのことだった。お人好《ひとよ》しの自分が、さらにジュンヤに騙されて泣いているのだ。

「今度は、こんなところで雨宿りですか？」

明るい声がした。驚いて顔を上げると、目の前でタクシーが停まって窓が開き、さっきの男が笑顔を見せていた。

「お困りでしょう。送るから、乗ってください」

迷うほどの選択肢もないこずえは、雨を避けながらタクシーに飛び乗った。

「僕、新宿に行くんだけど、そこまで乗って行きますか」

「はい、すみません」

新宿に行ったとて、何の当てもないのだが、一瞬だけでも濡《ぬ》れない車内で他人と話している方が楽な気がした。

「あ、僕、怪しい者じゃないから」

男は笑いながら、名刺を出してこずえにくれた。「鈴木《すずき》義雄《よしお》」という、ありふれた名前だった。不動産会社の営業の仕事をしているらしい。

「佐奇森です」

こずえは苗字《みょうじ》だけを言い、タクシーの窓から次第に雨脚の強くなる様を眺めていた。

いつしか、今夜ひと晩ラブホテルで寝られるのなら、御の字だと考えていた。

靖国《やすくに》通りで車を降りた鈴木は、鞄から小さな折り畳み傘を取り出して、こずえに差し掛けた。だが、こずえが、雨に濡れるからと取っ手を畳んで手で提げている重いスーツケースを代わりに持とうとはしなかった。

「ご飯、まだでしょう？　僕もまだだから、よかったら、少し付き合ってくれませんか」

　鈴木は、花園《はなぞの》神社の裏にある小さな居酒屋にこずえを誘った。そこでこずえは、生ビールとウーロンカシスソーダ割焼酎《しょうちゅう》を一杯ずつ飲んだ。鈴木は、焼酎ロックを五杯は飲み干し、色の悪いマグロのぬたと、もろキュウ、そしてアボカドとエビの湯葉巻きという洒落《しゃれ》た物を頼んだ。どうやら、湯葉巻きはこずえのために頼んでくれたらしく、こずえの前に小鉢を置いて手を付けようとはしなかった。

　鈴木はよく気の付く男で、こずえの飲み物がなくなればすぐに手書きのメニューを渡して寄越し、「何か飲みませんか」と優しく聞いた。そして、景気が悪いという話をぐだぐだした後に、趣味の競馬について語り始めた。こずえが何をしているのかなどは、一切聞こうとしない。

　やがて、永谷園らしき出来合いの味の茶漬けで夕餉《ゆうげ》が終わり、勘定を済ませた鈴木が、振り向きざま、「良かったら、静かなところに行きませんか？」と誘ってきた時、こずえはむしろほっとしたのだった。

　近くのラブホテルの部屋に入り、こずえは鈴木に頼んだ。

「あの、今夜泊まってもいいですか」

　嫌な顔をするかと思ったら、鈴木は喜んだ。

「え、一緒に泊まってくれるの。ラッキーだな。俺、独身だから嬉《うれ》しいよ」

こずえの方こそラッキーだった。風呂《ふろ》もベッドもある部屋で泊まれるのだから。とりあえず、今日は何とかなった。

明け方、こずえはバタンとドアが閉まる音で目が覚めた。隣に寝ていたはずの鈴木がいない。枕元の時計で確かめると、午前五時だった。会社に行かねばならないと言ってたから、ひと足先に帰ったのだろう。自分はチェックアウトタイムまで寝てやろう、とこずえはもう一度目を瞑《つぶ》った。

近頃は、マリとの関係が日増しに険悪になっていたので、マリが仕事に行く時間を見計らって部屋に戻り、睡眠を取ったり風呂に入っていたのだ。そして、マリが帰る八時頃になると外をほっつき歩き、寝入った頃に戻る、というような不規則な生活を繰り返していたから疲労が溜《た》まっていた。

しかし、何か胸騒ぎがしてならなかった。こずえは顔を上げて、自分の衣服を確認した。ちゃんと椅子の背に掛けてある。ほっとして、次に入口に置いたスーツケースの在処《ありか》を確かめた。大丈夫。こずえは今度こそ本当の眠りに落ちていった。

二時間後、こずえは、短いながら満ち足りた眠りから目覚めた。シャワーを浴び、バスタオルを体に巻いたまま、携帯の着信を見ようと探した。すると、携帯電話を入れたヴィトンのバッグごと見当たらないことに気付いた。こずえは、一瞬、何が起きたのかわからなかった。服もスーツケースもあるのに、バッグがないのだ。布団を剥《は》がし、あちこち見たが、どこにもない。

「やられた」

こずえはへなへなと床に座り込んだ。バッグごと盗まれたのだとしたら、携帯も財布もカードも鍵もないのだから、ライフラインをすべてなくしたことになる。鈴木の名刺を持っていたことを思い出して、警察に駆け込もうと思ったが、名刺はバッグの中に入れてあった。何と巧妙なやり口だろうか。バッグもヴィトンだから、「コメ兵」にでも持ち込めば、少しは金になるだろう。

とりあえず服を着て、基礎化粧だけは済ませたものの、眉《まゆ》を描くペンシルも口紅も全部、ポーチに入れてあったことに気付く。それもバッグの中だった。

仕方なしに、こずえはノーメイクでラブホテルを出た。どこにも居場所がないし、金もないから、何もできない。泣きたい思いで、とりあえずマツモトキヨシに駆け込んだ。化粧品売り場で、ファンデーションを試すふりをして適当に塗り、眉を描き、口紅を塗る。

その後は、伊勢丹《いせたん》デパートの地下食料品売り場に直行して、試食品を食べ歩いた。しかし、不思議なことに、試食品を食べれば食べるほど、どんどん空腹感が増して腹が鳴るのだった。友人から金を借りたいと思っても、携帯電話がないから連絡の取りようがない。どのみち、すでにさんざん借りているので、誰も助けてはくれないだろうと思ったが。こずえは、トイレの前の飲料水をたらふく飲んで交番に向かった。

しかし、交番では何の収穫もなかった。

「つまり、男版の枕探しだね」

年輩の警官が言うと、後ろ手をして入口に立っていた警官が、堪《こら》えきれずに笑った。こずえの頭にかっと血が上る。だから、あのレイプ事件のことだって、こいつらに言いたくなかったんだ、と腹が立った。

警官が、鈴木が勤務しているはずの不動産会社の番号を探して電話したが、鈴木姓は二人いて、一人は女性でもう一人は五十代だった。

「要するに騙《だま》されたんでしょう。被害届出しますか？」

「いいです。その代わり、電話貸してください」

借りた電話で、北海道の実家に電話をかけた。母親の携帯電話の番号はわからなくても、家の電話番号は覚えている。出て来たのは、母と同居している男だった。母の恋人は、三十八歳でまともな職に就いていないという。

「もしもし、東京のこずえだけど、お母さんいますか」

「いない」と木で鼻を括《くく》ったような物言いにかっとした。

「じゃ、お母さんの携帯番号教えてください」

「お前は誰だ。こずえなら知ってるはずだから教えられない」

電話は向こうから切れた。気の毒そうに見ている警官に、もう母親には頼れないと思い知ったこずえは頼んだ。

「必ず返しますから、お金貸して頂けませんか？」

ようやく借りた五百円玉をしっかり握り締めて、こずえは新宿の路上を歩きだした。目指すはコンビニ。握り飯を買うのだ。すでに気分は路上生活者だった。

コンビニでお握りをふたつ買い、デパートのトイレで立って食べた。清掃員が不審な目を向けるのに堪えられず、食べ終わるやデパート内を彷徨《さまよ》った。しかし、どんな情報網があるのか、どの売り場に行っても厳しい視線が飛んで来た。スーツケースを転がした変な女がいる、という連絡が行き渡っていると思うのは僻《ひが》みだろうか。残金は二百二十円。これではネットカフェにも行けない。いったいどうしようか、とこずえは華やかなファッションフロアに立ち尽くした。

突然、思い出したのは、レイプのオフ会のことだった。「ツミレ」というハンドルネームの学生風の女が怖くて、いつの間にか行かなくなってしまったが、初めに投稿した「ｓｎｏｏｐｙ」が、西新病院の事務をしている、と話していたのを思い出したのだった。地獄で仏とはこのことか、とこずえは西新病院に向かって歩きだした。

「ｓｎｏｏｐｙ」の実名を忘れてしまったこずえは、事務室に居並ぶ女や男を一人一人検分した。必死の光線でも届いたのか、突然、一番奥でパソコンの前に座っている若い女が顔を上げて、こずえを見た。驚いた様子で立ち上がり、こちらに向かって来る。

「チャラさんじゃない？」

「そうだけど」

「ああ、よかった」「ｓｎｏｏｐｙ」はよほど嬉しかったのか、チャラに飛び付いた。

「あなたに連絡取りたかったのよ。何度メール出しても梨のつぶてだし」

「パソコン見てないの」

マリに覗《のぞ》かれるのが嫌で、パスワードを設定してロックしてしまったのだ。以来、触っていない。そもそも、パソコン自体も、昔付き合っていたボーイフレンドに貰《もら》った物で、型も古いし、もともとそんなに興味はなかった。携帯ひとつですべての用は足りる、と思っていた。

「でも、来てくれたんだね。何か心が通じたのかな」

「ｓｎｏｏｐｙ」が涙ぐんだような気がした。

「どうしたの」

「レイプの犯人わかったのよ。目星が付いたの」

「マジ？」

金を貸してくれ、と真っ先に頼むつもりだったのに、「チャラ」ことこずえは、昂《こう》奮《ふん》して病院の廊下でぴょんぴょん飛び跳ねていた。ジュンヤや「鈴木」に受けた仕打ちがこれで雲散霧消するような気がした。

# 14　川辺康之、破滅す

少し前、こんな白日夢を見たような気がする。カオルが後ろも見ずに家を飛び出して行き、自分が立ち尽くす瞬間の夢を。川辺は、自分の既視感を検証しながら、ぼんやりと玄関先に突っ立っていた。

いや、そうじゃない。既視感は、川辺を「レイプ犯」と弾劾する女が現れることではなかったか。すでに顔も部屋も状況も忘れてしまった女たちの誰かが、川辺を指差して激しく糾弾するのだ。「極悪人、死ね」と。

川辺は首を捻《ひね》った。簡単に露見するはずはなかった。女が自分の顔を見たとしても、一瞬に過ぎないし、物的証拠は残していない。目撃者もいない。

もっとも、女が警察に駆け込んでいれば別だ。精液からDNA検査をされてしまう恐れはある。しかし、注意しているが、昏睡《こんすい》レイプ事件の記事は一度も見たことがなかった。レイプ被害に遭った女の多くは、警察に行かずに泣き寝入りするそうではないか。セカンドレイプとやらを怖れているからだ、と。

被害者を舐《な》めきっているものの、川辺は、留守番電話の一件を思い出して不安になった。数日前、女の声で留守番電話に伝言が吹き込まれていたのだそうだ。川辺が直接聞いたわけではない。朝、青山秀子が報告してきた。

『先生、朝来たら、変な留守電が入ってました』

青山は、川辺の目を見つめながら言った。川辺は、これまでの診療に対する嫌がらせかと思い、あまり気に留めなかった。

『どんな内容なの』

『それがですね。川辺先生に昏睡させられてレイプされました、これから告訴しますから覚悟してください、と思い詰めた声で言うんです』

川辺は内心ひどく慌てたが、辛《かろ》うじて冷静を保った。だが、青山の強い視線を受け止め切れずに俯《うつむ》いた。

『それ、女の声？』

『勿論《もちろん》です』

『俺も聞いてみたいから、再生してくれない？』

『すみません、気持ち悪いんで消去しちゃいました』

川辺は、遠巻きにしている栗原や井上を意識して言った。

『駅前のクリニックの連中じゃないか。陰険な手を使うな』

その時、栗原は無言で顔を歪《ゆが》めていたっけ。「昏睡」という語から、セレネースのことを思い出したのではないだろうか。

急に慌て始めた自分を意識しながら、川辺は玄関扉を開けて表を眺めた。路地の一番奥にある川辺の自宅付近は、まったく人通りがない。耳を澄ませば、たった今出て行ったばかりの、カオルの高い靴音が聞こえそうなほど、静かだった。遠くの方で、電車の音がする。まだ何事も起きてはいないのだ、安心しろ。

気を取り直した川辺は、カオルの書斎に行き、カオルのノートパソコンを立ち上げた。玉木とのメールの遣《や》り取《と》りを覗《のぞ》き見たかった。パソコンを持ち出せなかったカオルは、さぞかし残念がることだろう。まだカオルへの気遣いが少し残っているのに気付いて、川辺は苦笑した。

パソコンは、パスワードでロックされていた。パスワードは何だ。川辺はいろいろ試してみた。まず、KAORU。それから、カオルの誕生日。ふたつを組み合わせたもの。それから、カオルの実家で飼っていた猫や、カオルの両親の名前。そして、TAMAKIとも入れてみた。最後は自分の名前、YASUYUKIだ。自分の名を最後にしたのは、あり得ないと思ったからだが、やはり、どれも駄目だった。

玉木の下の名前は何だっけ。確か、平凡な名前だった。川辺は自分の部屋に戻ってパソコンを立ち上げ、幾つかキーワードを入れて検索した。「玉木」「西新病院」「救命救急センター」。簡単にヒットした。「玉木和彦《かずひこ》」。

川辺は、再びカオルのパソコンの前に陣取って、幾つかパスワードを入れた。KAZUHIKO、カズヒコ。果てはKAZU－CHAN、KAZUCHIN、KAO－KAZUとまで入れたが、ロックは解けなかった。きっと何か数字を入れているのだ。二人が付き合い始めた記念日とか、玉木の誕生日を。試しに、自分たちの結婚記念日を入れてみたが、勿論、駄目だ。

川辺は、冷凍ピラフを電子レンジで温めてかっ込み、ビールをしこたま飲んだ。それから、カオルが患者に貰《もら》った高価な赤ワインを開けた。カオルと玉木にどうやって復讐《ふくしゅう》してやろうか、とそればかりが頭の中をぐるぐると巡っている。そして、自分を弾劾した女たちにも鉄槌《てっつい》を下してやろうと考えた。「証拠を出せ、コノヤロー。またやってやるぞ」と怒鳴ったら、あいつらは、それだけで怯《おび》えるに違いない。

酔った川辺は、カオルの宝石箱を開けた。玉木がプレゼントしたピアスがあったら、踏みにじって捨ててやろうと思ったのに、中にあるのは、自分が贈った高価で洒落《しゃれ》たアクセサリーばかりだった。

川辺は癪《しゃく》に障り、ネックレスやブレスレットを引《ひ》っ摑《つか》んでは、満身の力を籠《こ》めて壁に投げ付けた。ビーズは砕け、貴石は外れ、鎖は千切れて、無惨に散らばった。すべて自分がカオルのために選び、買ってやった物ばかりだった。なのに、カオルは夜店で売っているような安っぽいピアスひとつを手に、自分から逃げ去ったのだ。

そう思うと、腹立たしさが募った。川辺は、ものすごい勢いで風呂《ふろ》に湯を溜《た》め、そこにカオルのノートパソコンを投げ捨てた。パソコンはしばらく湯に浮いていたが、やがて底に沈んだ。

翌朝、九時過ぎに起きた川辺は、まだワインの酔いの残る頭を振り振り、自分のクリニックに電話した。電話に出たのは、井上はるかだった。

「はい、川辺クリニック」

言い方がおざなりだった。

「俺だけど」

「俺だけどって、川辺先生ですか？」

「そうだよ」

「何ですか」

院長が電話しているのに、「何ですか」はないだろう。どうして朝の挨拶《あいさつ》をしない。なぜ、俺を敬わない。川辺は、井上の無礼な態度に腹を立てた。井上は近頃、川辺の目を見ようともしなかった。川辺は、人を小馬鹿にしたような井上の態度を思い出して不快になり、高圧的に言った。

「一時間ほど遅刻する。患者がいたら待たせておいて」

「患者なんて誰もいませんよ」

にべもない言い方は、「街のクリニックは医療の最前線ですから」と熱を籠《こ》めて語っていた井上と同一人物のものだろうか。川辺は、井上の急激な変貌《へんぼう》を気味悪く思った。それも、あの留守番電話以来だ。こいつらは皆、あの怪電話を信用したということか。としたら、事態はまずい方向に向かっている。

「じゃ、栗原さん、いるかい？」

今度は優しく聞いた。セレネースのことがあるから、栗原には少し下手に出た方がいい。

「栗原さんは、コンビニに行ってます」

「コンビニ？　何しに」

「さあ、おにぎりとか買いに行ったんじゃないですか」

看護師が朝からコンビニに行くなんて、信じられない緩みようだった。

「勤務時間内に行くなって言っておいてよ」

「先生、そういうことは、お気に入りの青山さんにお願いしてください」

厭味《いやみ》たっぷりに言われ、川辺は腹が立った。女という女がすべて、自分に逆らっているような気がする。

「よし、じゃ青山さんに代わってくれ」

ぶっきらぼうに言うと、井上は嬉《うれ》しそうに答えた。

「まだ来てません」

「何だよ。遅刻か」

「さあ、来ないかもしれませんよ。それから、先生。言っときますけど、青山さんも煙草吸いますからね。大好きらしいですよ、煙草。昨日、ここでぷかぷか吸ってました」

井上は嘲笑《あざわら》った。自分が煙草吸いだからと、川辺に嫌われていたことを知っているような口ぶりだった。

「そんなこと、どうでもいいよ」

川辺が切ろうとすると、井上が遮った。

「先生、患者さんはいませんけど、お客さんがいます」

「客？　どんな客だ」

どうしてそれを先に言わない。川辺は苛々《いらいら》した。

「若い女の人です。先生にレイプされたって。だから、顔を見たいし、賠償もしてほしいって。スーツケース持って、外でお待ちです」

「スーツケース？　正気かよ。何言ってるんだか、わからないよ」

「じゃ、電話代わりましょうか」

川辺は慌てて切った。悪夢の中にいるような気がした。どうして突然、悪事がばれたのか、そして、女たちが全員で刃向かってくるのか、皆目見当が付かなかった。何もかもがうまくいかない。どころか、崩壊の予感がする。いや、これは崩壊の最中だった。

川辺は、不安を押し殺して冷たい水をゆっくり飲んだ。珍しく歯に沁《し》みる。少し気持ちを落ち着けてから、カオルの携帯に電話した。案の定、出ない。

だったら、西新病院まで押しかけて行くまでだ。ついでに、玉木にも詰め寄って、妻を奪われた慰謝料請求をする。恥なんて、お互い様だからどうでもいい。どうせ自分は破滅したのだ。

川辺は急いで着替えた。いつもなら、納得のいく格好に決まるまで、取っ替え引っ替え、かなりの時間を要するのだが、その日はクローゼットにあった適当なTシャツにジーンズを穿《は》き、昨日と同じジャケットを羽織った。

外に出た途端、ロックミュージシャン風のジャケットとジーンズが合わないことに気付き、引き返そうとしたが、目の前に、デジカメを構えた女が立っていたので驚いた。女は、川辺の前を動こうとしない。小柄で、髪をメロンパン大の団子に纏《まと》めていた。

川辺は何が嫌いと言って、頭頂部に量の多い髪を団子状にして載せている女が大嫌いだった。映画館で後ろに座れば、自分の団子が視界を塞《ふさ》いでいることに気付かないし、何よりアーティスティックだと気取っている自己主張が鬱陶《うっとう》しい。

「何だよ、お前」

川辺の問いかけにも答えず、女は無言でシャッターを切った。目付きの鋭い狷介《けんかい》な顔だった。きつい顔の女も、川辺の大嫌いなもののひとつだった。

「るっせえな、レイプ男」

さらには、女の乱暴な物言いにも反吐《へど》が出そうだ。

「冤罪《えんざい》だ。これ以上言うなら、訴えるぞ」

川辺は怒鳴りながら、駐車場に停めてあるボルボに乗り込もうとした。この女が被害者だというのか。まったく嫌いなタイプの女を、自分が犯したことが信じられなかった。自己嫌悪になりそうだ。

「逃げるのかよ、レイプ男」

「勝手に言え。冤罪だからな、こっちも黙ってないぞ」

女は薄笑いを浮かべて、川辺の写真を撮り続けた。

「やめろ、馬鹿女」

川辺は女に怒鳴った。

「おい、てめえ」

いきなり横から割り込んで来てボルボのドアを摑《つか》んだのは、ヤクザ風の若い男だった。派手な花柄のシャツに、洒落《しゃれ》た黒いスーツを着ている。川辺は瞬時に、それがグッチの新作だと気付いていた。八〇年代風のゴージャスなデザインだからすぐわかる。しかも、男は洒落た身形《みなり》だけでなく、目立つオーラを身に纏《まと》っていた。何だ、こいつは。

川辺がぽかんとしていると、男は思いっきり唇を歪《ゆが》めて川辺を威嚇《いかく》した。

「おめえは、俺の妹に酷《ひど》いことしやがったな。ただじゃ済ませねえからな、覚えとけ。ゴメンで済みゃー、オマワリ要らねんだよ」

誰だ、この男は。ただ者ではなさそうだ。見覚えのあるような、ないような顔だ。男が現れたため、川辺は急に恐怖を感じた。隙を見て車のドアを素早く閉める。

「おい、逃げるのか」

若い男がドアに追《お》い縋《すが》ったので、川辺は慌てて中からロックした。まるでサファリパークにいるみたいだった。外は猛獣だらけ。

近所の主婦たちが三々五々飛び出して来て、何事かと手庇《てびさし》でこちらを窺《うかが》っているのが見える。川辺は、何もかもが腹立たしかった。怒鳴り散らしたいのを必死に堪《こら》える。若い男がドアノブに手をかけて開けようとすると、デジカメを構えた女が、若い男を引き留めた。

「若宮さん、焦ることはないよ。追いかけてって、こいつの行状をすべてレポートしてやろうよ」

「だけど、逃げるつもりだぜ」

若宮と呼ばれた男は、戸惑った風に振り返って女の顔を見た。格好だけで、意外に頭が悪そうだ、と川辺は見て取った。

「大丈夫、逃げられやしないよ」

自信たっぷりに何を言ってるんだ、こいつらは。川辺はエンジンをかけて、車をスタートさせた。二人の姿をバックミラーで確認して、この場を逃げられたことに安心しながらも、とんだことになった、と思う。離婚問題とレイプの弾劾。このふたつは切っても切れない関係にある。

誰にこの困難を相談したらいいのだろう。やはり野崎しかいない。ほとぼりが冷めるまで、野崎の病院に逃げ込んでもいい。医師不足と言ってたではないか。

信号待ちで、川辺は後ろを振り返りながら携帯電話を取り出した。幸い、二人は追って来ないし、警官の姿もない。素早く野崎に電話をかけたが、留守番電話だった。

川辺は片手で電話を覆って吹き込んだ。

「もしもし、川辺です。ちょっと相談したいことが起きた。急いでいる。手が空いたら、折り返し電話くれないか」

それから、クリニックにもう一度電話をした。午前中休診にしてほしい、と伝えようと思ったのだが、誰も出ないし、留守電にもなっていなかった。いったい何だ、これは。職場放棄か。自分一人がパニックに陥っているようで、腹立たしいことこの上ない。だが、間違いなく、この状況はパニックだった。

西新病院の駐車場は満杯だった。仕方がないので、ナビの指示通り、周辺をぐるぐる回ってコインパーキングを探した。やっと空きを見付けて駐車した場所は、方南通りを西に、かなり離れたところだった。超高層ビル群に混じって、西新病院の薄緑の建物が遥か先に見える。十分以上は歩かねばなるまい。

川辺は周囲を見回してから、この辺りで罪を重ねてきたことに気付き、はっとした。自分を告訴する連中がいないか、不安になってきょろきょろと見回す。視界に、見覚えのあるコンビニが入ったので、川辺は顔を背けて通過した。

やっと病院に着いた川辺は、内科を探して走り回った。妻の職場である西新病院の中に入ったのは初めてで勝手がわからない。忙しそうに職員が行き交って、患者が自分の診療科に向かって一心に歩いているのには、圧倒される思いだった。内科は第1から第3まである。診察室前の廊下に置いてあるソファや椅子には座りきれないほど大勢の患者が溢《あふ》れていた。川辺は、自分のクリニックが閑散としているのに比べ、カオルはこの患者たちを捌《さば》いているのかと、気後れに似た気持ちを持つのだった。今更ながらに、美しく有能な妻を失うのが辛《つら》かった。

診察室前のホワイトボードに、「第2内科・医師・川辺カオル」とある。昨夜来、ようやく妻を捕まえたことに満足しながら、川辺は勝手に中待合いに入って行った。中待合いの小さなベンチには、五、六人の患者が窮屈そうに腰掛けて、今にも名前を呼ばれるのを待っていた。ほとんどが老人だったから、ぬっと現れた川辺の顔を、皆が驚いて見上げた。カーテンの中からは、話し声も物音もしない。

「すみません、診察始まってますか？」

川辺は、一番近くに座っていた老人に聞いた。

「いや、まだです。今朝は遅い」

老人はのんびりと答える。

「ちょっと失礼」

川辺は、カーテンの隙間から中を覗《のぞ》いた。色黒で姿勢のいい看護師が、カルテを抱えて入って来たところだった。

「すみません、川辺先生はどこに」

「ちょっと、勝手に入って来ては困ります。出てってください」

看護師の胸には、「小清水」という名札がぶら下がっている。きっぱりした物言いと、ややハスキーな声は、どこかで聞いたことがあった。

「私は川辺カオルの夫ですが」

「それは、どうも。いつもお世話になっています」

小清水がはっとした顔をして頭を下げたが、どこか面白がるような気配もある。川辺は、小清水の態度に不審の念を覚えながら尋ねた。

「女房、今日来てますか？」

川辺は、直截《ちょくせつ》に聞いた。亭主がこう言えば、夫婦喧嘩《ふうふげんか》したことが明らかになるが、連絡が取れない以上、仕方がない。

「あら、ご存じないんですか」

「ちょっと」と言《い》い淀《よど》んで、適当に頷《うなず》く。

「はあ。いずれ、いらっしゃると思いますが、何かあったんですか」川辺が黙っていると、小清水は陽《ひ》に灼《や》けた目尻《めじり》に、愛嬌《あいきょう》のある皺《しわ》を寄せた。「あのう、ここは診察室ですので、外でお待ちになって頂けると助かります」

「ねえねえ、あんたさ、俺に電話くれた人でしょう？」

川辺が言うと、小清水は不快そうに聞き返した。

「は？　何ですか」

「何ですか、じゃないよ。あんたが俺に女房のことで電話くれたんだよ。それが、そもそもの発端なんだよ。俺、その声、間違いないと思うけどな」

『川辺先生でいらっしゃいますか。余計なことですが、ご存じないでしょうから、お知らせしておきます。お宅の奥様が救命救急センターの玉木先生と不倫しています。玉木先生も既婚ですから、じきに騒ぎになりますよ』

「何のことか、さっぱりわかりませんけど」

小清水が唇を尖《とが》らせた。

「あんた、言ったじゃないか。偉そうにさ。『奥様の監督をよろしくお願いします』って。そうだろう？　匿名でかけやがってさ」

「何かお間違いだと思いますよ」

「間違ってないよ。あんただよ」

騒ぎを聞いて、数人の看護師が駆け付けて来た。カルテを胸に抱えたまま後退《あとずさ》る小清水を庇《かば》うように、看護師たちが前に出た。

「どうしたんですか」

「さあさ、外でお願いしますよ。ここは診察室ですからね」

隣のブースから、白衣の中年医師が顔を出した。

「何の騒ぎ」

「こちら、川辺先生のご主人なんですって」

小清水が医師に囁《ささや》いたのが聞こえた。ああ、と訳知り顔に頷く医師の横顔。川辺は屈辱を感じて小清水に詰め寄った。

「あんたが余計な電話をくれたせいで、うちは大変なんだよ。何であんな電話したんだ。あんたが玉木と付き合っていたから、癪《しゃく》に障ったんだろう。どう？　違うか？　あんたのせいで、うちの夫婦は滅茶苦茶になったんだ。どうしてくれる」

小清水は気が強いのか、怒鳴り返してきた。

「言いがかりでしょう。小高《おだか》先生、この人、ちょっと頭おかしいです」

「おい、誰か警備の人、呼んで」

小高という中年医師が叫ぶ。

「警備、警備」

大騒動になったので、川辺は身を翻した。カーテンを払って中待合いに戻ると、立って こちらを窺《うかが》っていた老人たちと鉢合わせした。

続いて川辺は、救命救急センターに向かって廊下を走った。背後を振り返ったが、警備の者は追って来ない。よかった。病院内で走るのは目立つ。川辺が走るのをやめた途端に、胸ポケットの携帯電話が鳴った。発信元は野崎だ。川辺は、近くにあった男子便所に駆け込んだ。

「忙しいのに悪いね」

川辺は状況を説明しようとしたが、野崎の方から意気込んで喋《しゃべ》った。

「お前、どうしたんだよ」

「どうもこうも滅茶苦茶なんだよ。ゆうべ、カオルが出てった。離婚したいって言ってる」

「それより、お前のこと、ネットやツイッターで評判になってるぞ」

「俺が？」

「そうだ。練馬の川辺クリニック院長って言えば、今や有名人だぞ」

「何だよ、それ。畜生。名誉毀損《めいよきそん》で訴えるぞ」

野崎は言いにくそうに黙り込んだ。

「どうしたんだよ。どんな風に騒がれてるんだ」

「すごい詳しいんだ。川辺院長が家から出た、とか。車は、黒いボルボのエステートワゴンで、ナンバーはこれこれ、とそこまで書いてある。お前の顔写真も載ってるぞ」

「誰が書いているんだ」

「それがさ。レイプ自警団って名乗る女たちなんだ。お前、レイプしたのか？　読むと、すごいことが書いてある。女の部屋に忍び込んで、スタンガンで気絶させて、セレネースで昏睡《こんすい》って」

「嘘だよ、嘘に決まってる」

「でも、栗原さんも青山秀子も言ってたぞ。お前さあ、セレネース買ってるだろう」

川辺は話の途中で電話を切った。あいつらはそんなことまで調べ上げているのか。やり方が陰険で悪質過ぎる。川辺は自分の悪事を棚に上げて、女たちに大きな怒りを感じた。

川辺は、救命救急センター前で怒鳴った。

「玉木先生、いますか？」

ドアが勢いよく開いて、背の高い若い医師が現れた。

「非番です」

不機嫌でとりつく島もない。ドアが閉まった。川辺は、構わず「玉木、いるか？」と叫びながら、病院の廊下を歩いた。駆け付けて来た警備の人間が、両脇から川辺の腕を摑《つか》もうとするのを振り切って走りだす。

「川辺、どうした。飛んで火に入る夏の虫ってか。いい加減にしろよ」

前から、別の女がデジカメを持って近付いて来た。西新病院の事務服を着ている。ずんぐりした体型で、こちらもお団子頭。しかも、乱暴な物言いまで同じだった。まったく趣味じゃないのに、犯した女は皆似たタイプなのはどういうわけだ。それとも、犯したから同じになったのか。

「川辺。こっち見ろや」

思わず振り返ってしまい、驚いた顔を撮られた。

「西新病院にとうとう川辺院長が現れたよ。写真すぐアップします」

朝、自宅にいた女がいつの間にか来て、喋《しゃべ》りながらiPhoneでメールを打っている。きっと、ツイッターで知らせているのだろう。

「警察、早く来ねえかな。おい、何してんだ」

女が怒鳴った。

「玉木いるか？」と川辺。

「非番ですよー」

またも、制服を着た女が前に立ちはだかった。そうそう、よく見れば、この女は覚えていた。一番最近、忍び込んで犯した女だ。そうか、こいつが西新病院に勤めていて、すべてがばれたんだな。

「お前が元凶か」

「元凶はお前だろ」女が笑った。

「川辺、頭がおかしくなる」

またも、ツイートしているのか。女に摑みかかろうとした川辺は、後頭部に激しい衝撃を受けて廊下に転倒した。

「おい、乱暴するな」

警備の人間が止めている。目の前に、ブーツを履いた大きな足が見えた。どうやら、若宮という男が後ろから跳《と》び蹴《げ》りを食らわしたのだと気付いた川辺は、プラダの秋の新作を早々と履いている、と感じ入りながら、ゆっくり気絶した。

# エピローグ　しかたない

広い店内は冷蔵庫の中にいるように冷えていた。特に寒いのは、肉の冷蔵ケースと鮮魚売り場の間だ。買い物客も首を竦《すく》めて、さっさと肉や魚をカートに放り込んで行ってしまう。吟味する時間も耐えられないほどだ。

沖縄の夏は、外気温が高いため、店の中は凍えるほど冷房を効かせている。どこにも楽な仕事はない、と海老根たか子は自分を戒め、ストッキングの上から穿《は》いた白いハイソックスをずり上げた。

顔を上げたたか子は、包装カウンターの中から店内に睨《にら》みを利かした。嘱託とはいえ、東京本社から来たのだから、少しくらい偉そうにした方がいい。

若い男性社員が冷凍食品を補充しているのが見えた。半袖《はんそで》ワイシャツに、店のイメージカラーであるミントグリーンのネクタイをだらしなく締め、同じ色のエプロンをしている。男性社員は、誰も見ていないと思ったのか、エビピラフの棚に商品をぎゅうぎゅう詰め込んでいる。注意しなくちゃ、とたか子は背伸びした。

女子に人気のない金城《かねしろ》だった。金城は色が浅黒く、彫りの深い顔立ちをしている。が、酒飲みで鈍くさいから、という理由でもてないらしい。たか子にはそれが信じられない。顔がよければ何の問題もないではないか、と思うのだが、若い女子社員は、男の顔がいいとギャグっぽいと笑うのだった。

ふと、酒の棚の前にいる店長と目が合った。たか子は紙袋を整理するふりをした。金城には後で注意するつもりだ。地元出身の店長に言われるより、東京から来たたか子が優しく言う方がいいだろう。

「すみませんが、海老根さんですか?」

名前を呼ばれて、びっくりしたたか子は思わず大きな返事をした。

「はい、そうですが」

目の前に見知らぬ女が立っていた。黒いリボンの付いた洒落《しゃれ》た帽子を被《かぶ》っているので、地元の人間ではなさそうだ。三十代か。色白で顔立ちは寂しい。どことなく緊張している様子だ。

「あの、すみません。お仕事終わった後でもいいんですが、お時間頂けませんでしょうか。休憩時間でもいいですが、ただ、十五分くらいじゃ終わらない感じなのです」

嫌な予感がした。女は緊張している様子だが、有無を言わせぬ感じが漂っている。

それが証拠に、金城も店長もこちらを見ているし、レジの女子店員たちも何気なさを装って、窺《うかが》っている。

「そろそろ休憩ですけど、どんなご用事かしら」

たか子は、少し気取った声を出した。

「すみません、あたし、こういう者なんですけど」

女が出した名刺には、「代々木署　刑事課刑事　米田理香《よねだりか》」とあった。「あっ」とたか子は思わず声を上げた。

「刑事さんなんですか」

「そうなんです。東京から来たので、ちょっとお時間を頂きたいのですが」

米田が前もって、店長に話を通したり、店に電話して来なかったのも、わかるような気がした。とてもデリケートなあのことだから、噂になってはいけないのだ。一年以上も前の凶事が、たか子の頭の中を巡って嫌な気分にさせた。

「じゃ、この地下にフードコートがあるので、そこで十分後でもいいですか」

「ありがとうございます。お待ちしています」

米田は軽く頭を下げて、ほっとした面持ちで歩いて行った。

今度は、たか子が緊張する番だった。米田は、どうしてたか子が被害者だとわかったのだろう。男が侵入して、両の太腿《ふともも》に悪戯《いたずら》書きをして行ったことは誰にも話していなかったのに。

しかし、事件以来、気分が塞《ふさ》いでどうにも元気が出なくなったたか子は、林桃花にルームシェアを解消して、引っ越したいと申し出た。まさか、あたしはお前の身代わりになったんだよ、とも言えず、かといって、お前がやられた方がよかった、などとは夢にも思わず、ただただ鬱屈《うっくつ》だけが重く身内に溜《た》まったのだった。

上田《うえだ》市に住む兄に電話して、農業の手伝いでもやりたいから、空いたアパートを探してくれないかと頼んだところ、農業の手伝いなんて要らない、不景気な今日び、誰も雇わないよ、と断られてしまった。

ついに食い詰めたか、と困り果てていたら、助けは意外なところからやってきた。以前の職場、高級スーパー「ディズ」の山崎から声がかかったのだ。

『今度、那覇に店出すことに決まったんだけど、マネージャー代理で行くか？　ただし嘱託だけど』

まさか土壇場で、昔の男に救われるとは思わなかった。一も二もなく承知して、那覇市にやって来たのが半年前だ。今はもうすっかり新しい土地にも慣れて、「大五郎」を「久米仙《くめせん》」に持ち替え、夜な夜な一人で一杯やる日々だ。行き付けの酒場も出来たし、近くの爺様《じいさま》が三線《さんしん》を教えてくれるというし、夜中まで騒いでいる南の暮らしも性に合っていた。だが、腰を落ち着けた途端、気持ちがそれじゃ済まない、とざわめくのか、時折、あの時の恐怖や屈辱が蘇《よみがえ》るのだ。まったく、人の心は不思議だった。

米田は、夏休み中の子供たちが駆け回る喧噪《けんそう》の中、端っこの席で文庫本を読みながらコーラを飲んでいた。たか子は、自分もアイスコーヒーを持って向かい側に座った。もう何でも話してやろう、と覚悟を決めていた。

「お呼び立てしてすみません」

米田は文庫本を閉じて謝った。

「いいえ、とんでもない。わざわざ沖縄までいらしたんですか。すみません」

「いいんです。こういう事件は、こちらも気を遣うんですよ」

たか子は、はあ、と返答とも溜息《ためいき》ともつかない息を吐いた。

「先週、川辺という男が住居侵入、強姦致傷《ごうかんちしょう》容疑で捕まりました。その川辺の自供から、被害者の方がもう一人いるということで、海老根さんではないかと」

「どうしてあたしだとわかったの」

「川辺のデジカメに、海老根さんのアパートや表札が写っていたんです」

はあ、とたか子は再び息を吐く。

「あたし、そいつ見ましたよ」

「そのようですね。川辺も目が合ったと供述しています。で、海老根さんは、被害届を出されますか？　他にも四人ほど被害者がいて、全員が出しています」

たか子は少し怖《お》じた。

「だけど、みんな若いんでしょう？」

「はい。主に二十代前半です」米田は目を合わせずに言った。「皆さん、スタンガンで体の自由を奪われ、薬液を注射されて気を失ったところをレイプされました。事件のせいかはわかりませんが、妊娠された方もいらっしゃいます」

「あのね、あたしも本当に悔しい目に遭わされたんですよ。知ってる？」

「それも供述にありました。太腿にマジックで」

米田は困惑したように目を伏せる。

「おまえじゃないがしかたないって書かれたんですよ」たか子の目に涙が浮かんだ。

「あたしだけが、被害者の中でも五十近いわけでしょう。で、歳を取ってるから、そいつもあたしをレイプしなかったわけでしょう。だからあんなこと書いたわけでしょう。許せます？」

「許せません。だから、川辺の凶悪さを証明するためにも、被害届を出して頂けませんか」

米田が真剣な表情で言う。

「あの、川辺っていうんですか、そいつ。何してるんですか」

「開業医です」

米田は大きなバッグから書類入れを出して、写真を見せた。

「あ、こいつだ」

たか子は寒気がした。邪悪な魂と大きな悪意。

「被害届出せそうですか」

「そしたら、警察言って喋《しゃべ》ったり、裁判とかにも行くんでしょう。そら、あたし、すごく悔しいですよ。今でも恐怖で眠れないこともあるんです。でも、公の場で馬鹿にされたり、そういう傷付けられ方は、絶対にしたくないの」

「わかります。でも、今は裁判でも衝立《ついたて》の陰で証言したり、いくらでもお顔がわからない方法があります」

「考えさせてくれないかしら」

たか子は腕時計を見ながら言った。いつの間にか、二十分の休憩が四十分に及んでいた。

九時過ぎ、ようやく勤務が終わって、たか子はおもろまちのねぐらに帰って来た。

市場の暗い通路には、酔《よ》い潰《つぶ》れた男たちが野良犬や野良猫と一緒に寝転んでいた。那覇の夏は緩んでいる。

たか子はアパートのすぐ近くにある、行き付けの飲み屋に入った。

「お帰りい」と、たか子とほぼ同年齢のママが濃い化粧の顔を上げて言った。仲良くなっても、愛想はよくない。地元出身ではなく、和歌山から来て店を開いたと言ってたから、何か事情があるのだろう。

「生ビールちょうだい」

「へい、生一丁ね」

他に誰も従業員などいないのに、ママが繰り返した。狭い店には、二人の常連が来ていて、テレビのナイターに見入っていた。たか子は貝の刺身だのゆし豆腐だのを注文した後、居ても立ってもいられない気がしてママに喋った。

「ねえねえ、恥掻《か》いたって何したって、正義はちゃんと通すべきなのかしら」

「何言ってんだか」

ママは初めて笑った。たか子は溜息を吐き、ビールを飲んでから考えよう、とジョッキに口を付けた。

「ねえ、何かあったの」

ママが不自然に描いた濃い眉をひそめて聞く。

「あったっていうか。こういうの、何て言ったらいいのかな」

たか子は言葉に詰まり、自分の身に起きたことの説明し難《にく》さに、改めて愕然《がくぜん》とするのだった。

　ふと目を上げると、ナイター中継がコマーシャルに変わっていた。テレビに見入っていた男たちが、ふっと緩んだようにこちらを振り返った。

　一人と目が合った。半ば白くなった髪。洗いざらして灰色になりかかったTシャツに、よれたようなチェックのハーフパンツを穿《は》いている。ぼうぼうと生えた黒い臑毛《すねげ》が暑苦しい中年男だ。

　男がたか子をじろじろ見て、にやりとした。途端に、たか子は激しい怒りに駆られた。

「何、見てんのよ」

　低い声で言うと、男は気が付かない素振りでテレビを見上げた。画面はまだコマーシャルだ。

「ねえ、知らん顔しないでよ。今、あんた、あたしを見て笑ったでしょう。何で笑ったのよ」

　男は聞こえないふりをしている。

「あんた、どうしたの」

　ママに諫《いさ》められたが、怒りは収まらなかった。こんなところで勇気を出してどうするんだよ。たか子は無意識に、バッグの中にある米田の名刺を探っていた。

# 解説

桜木紫乃

桐野文学に描かれているのはいずれも「生活」だと思っている。登場人物たちはどんな状況においても常に、今日と明日を生きようとする生活者なのだ。

ごくごく普通の生活を送っている人間が、歩道を歩いているときにうっかり足首をひねってしまうくらいのできごとが「あり得ないこと」へと変化してゆく様は、登場人物たちがみな「生活する者」だからこそ、恐ろしく現実味がある。

本書は「妻あり子なし、三十九歳、開業医」の川辺康之が、妻とその同僚の肉体関係を妄想し、嫉妬《しっと》と興奮ゆえ歪《ゆが》んだ性衝動に走ることから始まる。

開業医川辺康之は「趣味、ヴィンテージ・スニーカー」で「連続レイプ犯」だ。彼の視点で始まった連作短編集は、彼の周辺の人物、彼がレイプした女たち、その家族、自分の妻、かつて妻を好きだった男の視点へと移りながら進んでゆく。

途中、被害者たちがネットで繋《つな》がり、結託して復讐《ふくしゅう》を誓い合うのだが、ここにも著者の企みとして「生活」がするりと滑り込んでゆく。結束の結び目が、時間とともに緩むのだ。理由は「人間関係」。

せり上がる復讐心も、人間関係と時間の前ではいつの間にか色が褪《あ》せてしまうということが、実にさりげなく書かれている。読者は人の心の危うさを、レイプ犯から、被害者から、その周辺の人物たちから、彼らの思考速度で受けとることになる。

しかし憎しみ恨み、被害者の痛みと闘いが報われるだけでは、著者は満足しない。連続レイプ犯にも周囲にも等しく時間は流れ、その心の変化は誰にも止められないということを、冷静に書く。ひとは必ず己の速度で立ち直るという救いの光を、見せるのではなく感じさせるのだ。『緑の毒』は、作者のぶれない筆によって、七年という時間をかけ十四の短編（文庫化に際してエピローグが追加され十五編）がひとつの輪になった一冊だ。

人の心の不条理を腑《ふ》に落とす際に襲ってくる心のきしみは、小説という表現方法を選んだ人間が耐える役割を担う。世の中には真正面からひとを元気にする栄養剤的事実もあるのだが、小説はその効能が切れかけたときに人を支える真実になる。桐野作品は決してそこを曖昧《あいまい》にしない。

レイプ犯川辺が持つ「暗い衝動」は誰にでもある。発散先が何であるか、の違いであって、衝動にはモラルもインモラルも本当はないのだ。あるのは「世間がどう思うか」という本人にとっての「他者視点」で、そこにわずかでも視点を移せるうちは悪事も隠そうという意識が働く。レイプ犯川辺康之は、犯罪を犯しながら隠蔽《いんぺい》にも力を注ぐたちの悪い「生活者」だった。

川辺が妄想を実際に行動に移す過程では、嫉妬や興奮が起爆剤になる。ただ、妄想を現実にしない場合も、嫉妬と興奮は同じくらいに働くから、人の心というのは見えないだけに激しく厄介だ。

川辺とその周辺を、読者として探っていると、もやもやとした思いが湧いてくる。

――もしかして著者は「恐ろしいのは、悪いことをしているという自覚がない人間だ」と言いたいのではないか。法律で裁ける人間、尻尾《しっぽ》をちらつかせる犯罪者には、世間という「生活を脅かす景色」がある。ひょっとして「理由といいわけのある善意」に対して、著者にはひとこと言いたいことがあるのではないか――。

当然ながらそのようなことをにおわせる部分は行数として大きく割かれていないので、へそ曲がりのわたしは余計に作者の企《たくら》みを邪推してしまう。

桐野文学に触れているときにいつも頭の中で流れる曲がある。シャーリーンの歌う「愛はかげろうのように」だ。

歌詞はひとりの女性が同性に語りかけるように進む。つまらない毎日、ちいさな心のささくれに対して彼女は「あなたが抱えている日々の不満や悩みは、本当は幸福なことなのよ」と諭す。そして「ひとが憧《あこが》れるこの上ない幸福を味わってみても、わたしは自分というものがつかめなかった」と結ぶ。憧れてやまない物や環境が見せる幸せなど、幸せではない、ときっぱり。だから、普通の生活を大切にしなさいな、と囁《ささや》くのだ。

生活を見つめ続けた書き手の表現はいつも、人の世を生きることが最も尊いことを教えてくれる。その文章からは、告白・怒り・反省・再生の、絶え間ない「生活音」が響き続けている。

作品世界に漂っているとき「あぁもう、誰も触れてくれるな」という己の心の底の冷めた部分をつよく圧《お》されて泣きたくなることがある。フィクションにしか出来ない仕事があるとしたらこの「誰もが言うに言われぬ思いをあえて言語化すること」ではないかと思っている。

経験が書かせる経験なき一行があると信じているので、心の底の黒々としたものをすべて引き受けてきた著者の涙は、どこで流されたのか知りたくもあるし、正直知るのが怖い。

表向き美しいものを本当に美しくするために、人の心の醜悪さと闘い続けている著者が、日々正気を保つためにもしも心がけていることがあったならば、それだけはいち書き手として訊《たず》ねてみたいと思っている。

「桐野夏生は情念の書き手」という称号は、おそらく男がつけたものだろう。齢《よわい》五十のわたしにとって、桐野文学が語りかけるものはとても優しい。どんな状況でもひたすら生きようとする人間の心を、柔らかくそっと包んでくれる先達なのだ。

男女の別なくその心のありようをすべて赦《ゆる》すひと——。

そう考えると、男たちが「情念」と名付けて怖がったとしてもおかしくはないな、と思う。

本書は、小社より二〇一一年八月に刊行された単行本に「エピローグ　しかたない」（「小説　野性時代」二〇一一年九月号掲載）を加え、加筆・修正し、文庫化したものです。

緑《みどり》の毒《どく》

桐野《きりの》夏生《なつお》

平成26年 9月25日 初版発行
令和7年 10月25日 15版発行

発行者●山下直久

発行●株式会社KADOKAWA
〒102-8177 東京都千代田区富士見2-13-3
電話 0570-002-301(ナビダイヤル)

角川文庫 18762

印刷所●株式会社KADOKAWA
製本所●株式会社KADOKAWA

表紙画●和田三造


ISBN978-4-04-101953-5 C0193

◆◇◇

# 角川文庫発刊に際して

角川源義

第二次世界大戦の敗北は、軍事力の敗北であった以上に、私たちの若い文化力の敗退であった。私たちの文化が戦争に対して如何に無力であり、単なるあだ花に過ぎなかったかを、私たちは身を以て体験し痛感した。西洋近代文化の摂取にとって、明治以後八十年の歳月は決して短かすぎたとは言えない。にもかかわらず、近代文化の伝統を確立し、自由な批判と柔軟な良識に富む文化層として自らを形成することに私たちは失敗して来た。そしてこれは、各層への文化の普及滲透を任務とする出版人の責任でもあった。

一九四五年以来、私たちは再び振出しに戻り、第一歩から踏み出すことを余儀なくされた。これは大きな不幸ではあるが、反面、これまでの混沌・未熟・歪曲の中にあった我が国の文化に秩序と確たる基礎を齎らすためには絶好の機会でもある。角川書店は、このような祖国の文化的危機にあたり、微力をも顧みず再建の礎石たるべき抱負と決意とをもって出発したが、ここに創立以来の念願を果すべく角川文庫を発刊する。これまで刊行されたあらゆる全集叢書文庫類の長所と短所とを検討し、古今東西の不朽の典籍を、良心的編集のもとに、廉価に、そして書架にふさわしい美本として、多くのひとびとに提供しようとする。しかし私たちは徒らに百科全書的な知識のジレッタントを作ることを目的とせず、あくまで祖国の文化に秩序と再建への道を示し、この文庫を角川書店の栄ある事業として、今後永久に継続発展せしめ、学芸と教養との殿堂として大成せんことを期したい。多くの読書子の愛情ある忠言と支持とによって、この希望と抱負とを完遂せしめられんことを願う。

一九四九年五月三日